敗走と捕虜のサルトル

戯曲『バリオナ』「敗走・捕虜日記」「マチューの日記」

J-P・サルトル

石崎晴己 編訳＝解説

藤原書店

本書を読む前に

サルトルは、戦後日本に圧倒的な影響をもたらし、およそ大学学歴を有する者で知らない者がいないほどの知名度を誇ったが、一九七〇年代をピークに急激に読書需要を失っていった。それはサルトルが実存主義を主唱する大思想家と考えられ、その思想が、やがてマルクス主義に包摂される（マルクス主義の一亜種?）気配を窺わせたことと無関係ではない。そのため一九八九―九一年の社会主義圏の崩壊とともに、マルクス主義、あるいはより広義的に社会・政治革命の概念の全般的失効ないし信用失墜の巻き添えになって、サルトルも失効を宣言されたと考えられる。

このような事態については、サルトル本人だけでなく、サルトル研究者・紹介者も責任なしとしない。一つは、戦後爆発的な人気と関心の中で、一種急ピッチで翻訳が進められたため、サルトルについての把握が時として十分でないままに、紹介・解説が行われたという事情もあろう。もちろん、哲学的な著作の翻訳の多くは、本来の難解さと、日本語に訳す際の特殊な困難にもかかわらず、今日でも十分に有効なものであると言えるが、時として、特に小説や演劇などの場合、それらが「実存主義」という思想の「絵解き」であるとする考えに基づく不十分な解説によって、歪められたとは言わないまでも、単純な図式にはめ込まれた場合もあろう。

そうした図式的ヴィジョンに捉われずに、また時には、サルトル自身の意図にも逆らって、虚心坦懐にサルトルを読んでいく必要があり、そうした読み方を読者層に提唱していく必要があるのであるが、これまでのところ、冷戦時代の思想状況で書かれた古い解説類が大幅に残存しており、新たな翻訳と新たな解説によって置き換えていく課題は、まだまだ十分に実現しているとは言えない。そうした中で、『自由への道』の新訳刊行は、各巻に付された斬新な解説によって、まことに有意義なものとなっていた。

もう一つ、日本人のサルトルの読みは、これまで思想偏重の嫌いがあった。これは日本に限った話ではないかもしれないが、サルトルの文学者としての面は、やや軽視されてきたというのは事実であろう。確かに、サルトルの小説創作の活動は『自由への道』の中途での挫折で終わっており、それ以降は文学的執筆活動は、自伝たる『言葉』も含めた「評伝」のジャンルに引き継がれたと言える。しかし、このジャンルも含めて、サルトルの「文学作品」は、どうも十分に読み取られ、味わわれているとは言い難い。それは上に述べたように、サルトルにおいて、演劇作品も含めて、文学作品を哲学思想の「絵解き」として読むことが、もっぱら行われてきたからと思われる。つまり、文学においても、それを通して優先的に読み取られるのは哲学であったわけであり、サルトル的エクリチュールの味わいを味わおうとする姿勢は不在、ないし不十分であったのである。要するに「テクストの快楽」は、問題にはならなかったのである。

実は、サルトルという著作者の実相、ないしサルトルの作品全体の真相は、解明され、汲み尽くされているとは言い難いのである。没後多くの遺稿が発見されており、フランスではそれら新たな資料に基づく研究も進んでおり、日本でもサルトル学会を中心に、それに呼応する研究活動は行われているが、やや学問的研究の枠内に留まり、仮に成果が生み出されたとしても、広範な読者層にまで届くに至っていないのが現状である。新たなサルトル像、サルトルの作品の新たな意味や側面を探り当てて、日本の読者層に提示していくことは、急務とさえ言える。その中で、サルトルとは何だったのか、サルトルが君臨したあの二〇世紀後半とは、いかなる時代だったのか、その意味を改めて考える機会が生まれ、二一世紀という新たな混迷の時代を生きるわれわれにとっての、思考と行動の新たなヒントが得られるかも知れないのである。

本書は、ドイツの捕虜収容所内で執筆・上演された、サルトルの実質的処女戯曲『バリオナ』と、兵士サルトルの敗走と、それに続く捕虜生活を綴った二点の日記、「敗走・捕虜日記」「マチューの日記」の邦訳に、それぞれ詳細な論考・解説を付したものである。サルトルは、一九三九年九月、対独宣戦布告とともに動員され、対独国境に配属されていたが、翌四〇年五、六月のドイツ軍大攻勢によるフランス軍の壊滅の中で、敗走を続け、奇しくも誕生日たる六月二一日に、ドイツ軍に降伏し、八月半ばにドイツ最西端のトリーア郊外の捕虜収容所XIIDに収容される。その年のクリスマスに、クリスマスに相応しいキリスト降臨を主題とする聖史劇（中世以来の劇形式）を上演することを、サルトルは同じ捕虜仲間と語らって企画し、劇を書き、演出し、自らも副主人公を演じた。それが『バリオナ』である。それは、対独レジスタンスへの呼びかけとされており、二年後に初演される、プロの劇作家としての処女戯曲『蠅』の前身とも捉えられる。劇作は、戦後サルトルの受容と名声にとってきわめて重要な要因であるが、この処女戯曲は、サルトルの劇作活動の本質的ありようを規定している気配があり、彼のドラマトゥルギーを考えるための新たなヒントを提供している。戯曲としては、荒削りながら、『蝿』よりも内容的に豊かで、複数の観念が複雑に交叉する中で、主人公バリオナが、『嘔吐』的段階から、反逆天使（リュシフェール）段階、そして『存在と無』の超越と自由の段階へと変貌していくだけでなく、以後のサルトルにはほとんど見られない、母性の論理の強烈な表出、父性の論理の静かな臨在という点でも、極めて複合的・立体的な作品となっている。

日記は、サルトル的エクリチュールの主たる特質として近年評価が高まっている、エクリチュールの多様性・多声性《ポリフォニー》あるいはランダム性が横溢する場であり、その意味で、この二つの日記をここに邦訳することは、有意義にして興味深いことであるが、さらに「敗走・捕虜日記」のうちの敗走部分は、カフカ的ないしシュルレアリスム的とも言えそうな不安と不条理感に満ちた記述が、圧巻である。また、サルトルの大河小説『自由への道』の第三部『魂の中の死』と、内容的に重複・交叉する部分を含み、作品生成論的観点からも、きわめて重要な意味を持っている。また特に「マチューの日記」は、やはり『自由への道』の未発表に終わった第四部『最後の機会』との関連が濃厚であり、それの未定稿の一つとも考えられ、サルトルの作品研究にとってきわめて興味深い。この二つの日記とも、サルトル的エクリチュールの醍醐味を十全に発揮しており、多くの読者にとって、忘れられたサルトルの魅力に改めて触れる機会となるだろう。

われわれはサルトルに対面する時、一九八〇年に死によって完結したその全生涯を承知している。

これはもちろん当然なことではあるが、例えば、小説『嘔吐』で桁外れの新人としてデビューした時のサルトルは、ある意味で実に多様な可能性を秘めていたのであり、その時のサルトルは、今日われわれの知っているサルトルの生涯が「約束」された人物であったわけでは、必ずしもない。その意味で本書のカヴァーする対独敗戦から捕虜時代は、極めて意味深長である。

周知の通り、一九三八年に『嘔吐』で一挙に大作家の地位を獲得したサルトルは、一九三九年九月の大戦勃発によって、新進気鋭の文学批評家としての八面六臂の活躍の中断を余儀なくされる。そして、翌四〇年六月から九カ月間の捕虜生活を経て、パリに帰還。『存在と無』の刊行と、戯曲『蠅』の初演によって、当代随一の哲学者と新進気鋭の劇作家となり、大戦の終結とともに、爆発的な実存主義の流行と、新雑誌『レ・タン・モデルヌ』の創刊によって、フランスの文化・知識界を主導する存在となるに至った。これが、日本の読者によく知られる、戦後フランス実存主義の主導者としてのサルトルであるわけだが、本書収録の諸編、特に『バリオナ』は、戦前のサルトル、『嘔吐』のサルトルが、ハイデガーを自分なりに消化しながら、自由と超越の戦後サルトルへと展開していく過程を表象しており、われわれはあたかも、戦後サルトルの形成の「建設現場」に立ち会うことになる。それはまるで、サルトル 対 サルトルの激烈な対決であり、サルトルによるサルトル自身の超克なのである。

ちなみに、対独宣戦布告に始まる、「奇妙な戦争」の兵士生活から捕虜生活のこの十八カ月は、サルトルの生涯の最も多産な時期であり、まさに「奇跡の十八カ月」であった。サルトルの作品系の最も優れた部分、『存在と無』や『自由への道』の骨子は、この期間に書かれ、戯曲系列の本質を決定する作品『バリオナ』も、この期間に書かれ、何よりもサルトルが劇作家となるきっかけとなった。その意味でも、本書刊行はまことに有意義であろう。

なお、本書のタイトルは、『敗走と捕虜のサルトル』とした。『バリオナ』と二つの日記とも、一般の読者には馴染みのないものであり、タイトルを並べただけでは十分にアピールすることはできない。例えば、「敗走・捕虜期作品集」とすることも考えたが、それならばいっそより読者の興味を引くタイトルを、ということで、編者の責任でこのタイトルに決めた次第である。この選択が、所期の効果をもたらしてくれることを願うばかりである。

二〇一八年一月

編者　石崎晴己

敗走と捕虜のサルトル　目次

装丁・作間順子

敗走と捕虜のサルトル

凡例

一、イタリックの語句には、傍点を付す。ただし、区別や強調の必要上、傍点を付すこともある。

一、大文字で始まる語句は、基本的に〈 〉で括る。

一、原文中の（ ）は、そのまま（ ）とし、訳者による割註は、〔 〕で括り、文字のポイントを下げる。

I　戯曲『バリオナ——苦しみと希望の劇』

登場人物

バリオナ　キリスト降誕の頃のユダヤの山間の寒村、ベトスールの村長《むらおさ》
サラ　その妻
バルタザール　東方の三博士の一人
メルキオール　東方の三博士の一人
レリウス　ローマの植民地行政官
取税人　名はレヴィ、ベトスールに居住する

長老たちのコロス
第一の長老
第二の長老
第三の長老

通りがかりの男　名はペテロ
シモン　羊飼い
カイフ　羊飼い
パウロ　羊飼い

天使　羊飼いたちにキリストの誕生を知らせる、寒がりの天使
羊飼い1
羊飼い2
羊飼い3
イエレヴァ　ベトスールの村人
シャラム　ベトスールの村人
あるユダヤ人
呪術師　ベトスールの呪術師
マルコ（天使）
聖家族（イエス、聖処女マリア、ヨセフ）舞台上に姿を見せないが、映像の中に登場し、また、舞台奥の馬小屋の中にいるとされる。

映像提示者＝語り手

バリオナ――苦しみと希望の劇(1)

《前口上《プロローグ》と七幕》

前口上《プロローグ》

アコーデオン演奏。

映像提示者　東西東西、ただいまより、手前、雷《いかづち》の子(2)バリオナの前代未聞の尋常ならざる冒険の物語をお話いたしましょう。物語は、ローマ人がユダヤの主であった時のことですが、定めしみなさまのお気に召すことと存じます。手前がお話をいたす間、手前の後ろに映し出される映像を、ご覧になられることでしょう。それらの映像は、物事がどのようであったかを、みなさまが思い浮かべる手助けをいたします。そしてご満足戴けましたなら、どうぞたっぷりと思し召しを下さりますよう。音楽、スタート。始まり、始まり。

アコーデオン。

旦那さま方、前口上にござります。手前、事故にて盲《めしい》となりましたが、視力を失うその前に、これよりみなさまがご覧になる映像を、千回以上もとくと眺めておりまして、諳んじております。と申しますのも、手前の父親も手前同様、映像提示者でございまして、これらの映像を遺産として手前に残してくれたからでございます。手前の背後に、手前が棒にてお指《さ》し示します映像が、ご覧になれましょうか。これはナザレのマリアの姿を映し出していることを、手前は承知しております。一人の天使が到来し、マリアに告げようとしています。彼女は男の子を授かるだろう、そしてその男の子こそ、われらが主、イエスであるだろうと。

天使は巨大で、その二つの翼は、まるで二本の虹のようです。みなさまの目には見えますが、手前の目には見えません。目には見えませんが、手前、頭の中でしっかと見ております。天使は、マリアのつましい住いの中に、まるで洪水のように流れ込みます。いまや、この家は、天使の流れる水のような神聖な体と、そのひらひらとはためく大きな着衣で、一杯になっています。もし画面を注意深くご覧になるなら、天使の体の向こうに、部屋の家具が透けて見えることにお気づきになるでしょう。このようにしていかにも天使らしい透明性を印象付けようとしたわけです。天使は、マリアの前に立っていますが、マリアはほとんど彼の姿を見ていません。彼女は、じっと考えているのです。天使は、嵐のような大音声で口上を述べる必要などありません。声を出して話すことはしませんでした。マリアは、言葉など介さずとも、彼の伝言を理解したからです。すでに自分の肉体の中でそれを予感していたのです。いままさに天使はマリアの前に立っています。そしてマリアは、草木も眠る深夜の森のように暗く、そして無数です。そして佳き知らせは、まるで旅人が森の中を彷徨うかのように、彼女の中に吸い込まれて行きました。マリアは、無数の鳥と、葉群れの果てしなく続くざわめきで一杯になっています。そして言葉なき無数の思いが、彼女の中で目を覚まします。痛みを感じる母親たちの重い思いが。お分かりでしょう。余りにも人間のものであるこれらの思いを前にして、天使は茫然自失の体《てい》です。彼は天使であることを悔みます。なぜなら天使は、生まれることも苦しむこともできないからです。そしてこの受胎告知の朝、意外な驚きに打たれた一人の天使の目の前で繰り広げられるのは、人間たちの祝祭なのです。なぜなら、今度は人間こそが聖なるものとなる番だからです。みなみなさま、映像をよくご覧下さい。そして音楽、スタート。前口上はこれにて終了。物語はそれより九カ月後の十二月二十四日、ユダヤの高い山々の間で始まります。

音楽。新たな別の映像。

語り手　さて、ここに見えますのは、峨々として連なる岩山、そして一頭のロバでございます。画面はまさに人跡未踏の隘路、ロバの背にまたがって道を進むのは、ローマの役人です。でっぷりと太ったこの男、まことに不機嫌の様子でございます。受胎告知より早九カ月が過ぎました。そしてこのローマ人は、渓谷の道を急いでおります。夕暮れが迫っており、彼は暗くなる前にベトスール(3)に着きたいからです。ベトスールは、住民八〇〇人の村、ベツレヘムから二五里、ヘブロンから七里のところ。文字が読める者なら、家に帰って、地図の上に見つけ出すことができるでしょう。さていまや、みなみなさまは、この役人の目論見がいかなるものか、お分かりになるでしょう。彼はただいまベトスールに到着し、取税人(4)のレヴィの家に入ったところですから。

幕が上がる。

第一幕

第一場

取税人レヴィの家

レリウス、取税人

レリウス （ドアの方を向いてお辞儀をしながら） 奥様、初めまして。親愛なる友よ、奥方は実に魅力的ですな。さてここらで、重大な事について考えなければなりません。まあ、お座りなさい、いやいや、どうぞお先に。そして話し合いましょう。私が来たのは、例の戸籍調査[1]のためで……

取税人 危ない！ お気をつけ下さい、閣下！ （スリッパを脱いで、床を叩く）

レリウス 何がいたのです。タランチュラですか。

取税人 ええ、タランチュラです。ただいつもこの時期には、寒さで少し鈍くなっていまして、こいつも半分眠っていて、ノロノロしていました。

レリウス　上出来！　しかしここにはサソリもいますね、もちろん。サソリだと、こんな風に眠っていても、やられたら即死ですよ。眠くてあくびをしている奴でも、目方が一八〇パウンドの男を殺してしまいます。お国の山の寒さは、ローマの市民を凍えさせるのに、ローマ市民は、お国の汚い虫けらをやっつけることもできない。ローマで植民地学校の受験勉強をしている若者たちには、植民地行政官の生活なんて、いまいましい責苦に過ぎないと、警告しておく必要がありますな。

取税人　何をおっしゃいます、閣下！

レリウス　いまいましい責苦、と言ったのです。もうふた月も、ラバ〔ママ〕の背に揺れて、この山岳地帯を彷徨っているのに、人っ子一人見かけることはない。草木一本さえ、ぺんぺん草さえ、見かけなかった。凍てつく青の無慈悲な空の下に、赤茶けた石の塊が続くばかり。そしてこの寒さ、相変わらずこの寒さが、まるで鉱物のように私にのしかかる。そしてところどころに、この村のような、牛の糞で作った村があるばかり。ブルル、何て寒いんだ。ここも、あんたの家も……。もちろん、あんた方は暖を取るすべを知りません。毎年、冬が来るたびに、まるで初めて冬が到来したかのように、慌てふためくのです。あんた方は、本当に未開の野蛮人ですな。

取税人　少しブランデーなど召し上がりますか。暖まりますよ。

レリウス　ブランデー？　言っておきますが、植民地行政当局というのは、ひじょうに厳格でね。巡回視察で回っている際に、管轄下の者から何か受け取るようなことは、あってはならないのです。まあそういうわけですが、今夜はここに泊らなければならないでしょう。明後日、ヘブロンへと出立します。もちろん、旅籠なぞはないでしょうな。

取税人　閣下、なにせひじょうに貧しい村ですから、外から人が来ることなど、一度もありません。しかし、もしよろしければ……

レリウス　お宅で一夜の褥を提供して下さる？　友よ、それはそれはご親切に。しかしやはり同じなのですよ。巡回の際に管轄下の者の家に泊まることは禁止、です。どうしようもないんですよ。わが国の規則は、イタリアから外に出たことがなく、植民地の生活がどんなものか考えてもみない役人どもが書いたのですから。どこで寝りゃいいんだ。野宿しろというのか。家畜小屋で寝ろというのか。それはそれで、ローマの官吏たる者の尊厳にもとることになる。

取税人　是非にとお願いしてよろしいのでしたら……。

レリウス　そうですよ、わが友、そうやって何度も言われたら、私としても、終いには折れないでもないかも知れない。私が誤解しているのでなければ、あなたが言いたいのは、お宅はこの村で唯一、ローマを代表する者を泊めるという名誉を切望することのできる家である、ということですね。フムフム、なるほど、それに結局、私は必ずしも巡回視察中の身であるわけではない……。親愛なる友よ、今夜はお宅に泊めて戴くことにしましょう。

取税人　そのような名誉になんとお礼を申したらよろしいのか……。心底感激致します。

レリウス　いやいや、友よ、よく分かっています。しかしそれを村中に大声で吹聴しないで下さい。私のためにもならないが、あんたのためにもならない。

取税人　だれにも一言も申しません。

レリウス　大変結構。(足を伸ばす) フーッ！　くたくただ。村を一五も見回ったのだからな。そう言えば、さきほどブランデーと言いましたね。

取税人　ここにございます。

レリウス　一口戴くべきでしょうな。なにせ一夜の褥をご提供下さるのだから、飲み物と食べ物を下さるのもまた筋というもの。素晴らしいブランデーだ。ローマのブランデーにも引けを取らない。

取税人　ありがたいお言葉……閣下。

レリウス　まあまあ。さてと、友よ、この戸籍調査はまことに困難な事業でして、どのアレクサンドリアの廷臣が神のごときカエサルにこのアイデアを吹き込んだのかは知りませんが、要するに話は、この地上のすべての人間を数え上げて目録を作るということです。よろしいかな、これはまことに壮大なアイデアなのです。〔これまでは、(2)自然のままの人間の時代でした。大部分の人間は、雑草のように、偶然生育して、あとはそのまま消えていたのです。何人かの心の中に多少の痕跡を残したかも知れないが、ほとんどはなんの痕跡も残さずに。そこに神のごときカエサルは、社会的な人間の時代を創始したのです。社会的人間とは、その個人カードに合致している者のことです。これからは死というものは、なんの重要性も持たない偶発事では無くなります。生身の肉体は消え去りますが、カードが残ります。それは人に、新たな尊厳と社会的重要性を付与するのです。おほん、まあそういうわけです。ただしそれはわんさと書類を作り出します。それに、もっぱらこの仕事だけを担当する官吏を何人か指名すべきだったんです。そういう措置を取るどころか、通常業務も免除しないで、この仕事をやれと言うもんだから、もう仕事が多すぎて、目が回るほどの忙しさですよ。」それに、パレスチナでこの仕事をやっていることを考えてもみて下さい。お国の宗教を奉ずる人の大部分は、自分の生まれた年もわからないんです。大増水の年の生まれ、大豊作の年の生まれ、大嵐の年の……などとやっている。全くの未開人なんですから。もちろん、お気に障ることはありませんよね。あなたは、イスラエル人ではあっても、洗練された教養人ですからね。

取税人　なにせ私はローマに留学をしましたもので。

レリウス　なるほどそうでしたか。あなたの立居振舞いを見れば、分かります。［あなたは節度ある身振りを身につけていらっしゃる。お分かりでしょう。私たち植民地官吏は、お国の人々の身振り手振りにじわじわと神経がやられてしまうのです。彼らの手は、まるで鳥使いの体の周りを飛んでいる鳩のように、体の周りをばたばたと羽ばたきながら飛び回ります。市場だろうと、神殿だろうと、いつでもどこでもこの手品師の手が、葉群れのようにざわざわと音を立て、くるくる回り、くるっと反転する。手の平を前に向けたままで。彼らが何かの事情を説明しにくる時にです。体を二つに折って、頭をかしげ、あのいまいましい、せせこましくて卑屈な、身振りをしながら。そんなとき私は彼らの手から目を背けることができなくなります。家内はいつもこう言っています。彼らの目を見るのよ、とね。あるいは額の、眉毛と眉毛の間を見るのだと。そうなると視線は自ずから厳かな眼差しになります。私はこれをシリアの長官から教わったのです。たしかにこんな風に、鼻の付け根の辺りを見られていると感じるのほど、面食らうことはありませんね。

取税人　たしかに。

レリウス　そう。どうです、私は他の者と同様に、いかにもローマらしい威厳を眼差しにこめることができます。もしかしたら、大抵の者より巧みにね。しかしユダヤ人の顔を見るのは、耐え難い。そう、わが国のフォワグラを食べたことはおありでしょう。強烈な味をしていますから、ほんのひと口ふた口食べただけでも、吐き気がしてきます。それと同じように、ユダヤ人の顔は、味が強すぎて、吐き気を催させるのです。水のように澄んだ美しい目、謙虚さのあまり震える頬、吐きたいか泣きたいか、どちらかの欲求で不断に膨張しているかのような、苦々しく滑稽な幅広い口、そして彼らの唇の分厚い善良さ……。品位がないのですよ、品位が。ああ、いつなったら、ローマの群衆に再会できるのだろうか。われわれの顔は、何かを表わすということがありません。お分かりでしょう、わが国民の偉大さの拠って来るところは、われわれの顔が無表情であることなのです。われわれは重々しく、安定しており、われわれの顔は、人の眼差しを寄せ付けず、われわれの目を通して中に入り込むのは、本質的に重要なものだけです。

取税人 その通りです、閣下。

レリウス 私のいとこは、私に続いてこの道に入りましたが、ギリシャに派遣されました。このことを思うと、いささか物悲しい気分を禁じ得ません。彼はこの職に伴うバラの花の部分を味わうことになるだろうが、私は棘の部分だけを知ることになる、と思うからです。ユダヤに一五年、片田舎、行けども行けども灌木の林ばかり、そして未開人、一五年間、こればかりです。それは根性を鍛えるということは、分かっています。おほん、ブランデーをもう少し戴けますかな。それは根性を鍛える。それはそうだが、(ひと口飲む) それにしてもやはり、ギリシャは、あのメナンドロスとアナクレオン(3)の国はねえ……。

取税人 ギリシャ人も、やはり手振りをしますけれど。

レリウス そりゃそうだ。しかし彼らは本物の地中海人です。ところがあなた方は、「東洋《オリエント》の人間だ」。いいですか、あなた方は東洋人なのです、この微妙な差が分かりますか。あなた方は決して合理的な人間にはなれません。呪術師たちの民なのです。この観点からすると、あなた方の預言者という奴、これが大変な害悪を流して来た。あなた方を、メシアという怠惰な解決法に慣れさせたのです。どこかからやって来て、すべてを解決してしまう、指先一つでたちどころにローマの支配を追い払い、この世にあなた方の支配を打ち立てる、あのメシアという奴です。ところがあなた方は、メシアを浪費してしまう。毎週毎週、新しいメシアが登場し、一週間であなた方は、それが嫌いになる。ちょうどローマで、ミュージックホールの歌手や剣闘士に対して私たちがやっているようにね。つい最近、私の前に連れてこられたメシアは、白子《しらこ》で、四分の三白痴でした。しかし夜でも物が見えました。この類の人間はみなそうです。ところがヘブロンの人々はびっくりしていましたよ。ぶちまけて言うと、ユダヤの民はほんの小さな子供なのです。

取税人　たしかにその通りですね、閣下。わが国の学生たちが大勢ローマに留学できることが望まれます。

レリウス　たしかに。そうすれば、国家の根幹を担う者たちを生み出すことになるでしょうよ。よろしいかな、ローマ政府は、あらかじめ相談さえあれば、適切なメシアの選択というものを冷ややかな目で見ることはないはずです。例えば、古いユダヤの家門の後裔で、わが国に留学をし、立派な貫禄を備えていることが確実な、そういう人物。こういった企てにわれわれが資金を提供することさえ、考えられます。ここだけの話ですが。なにせわれわれは、ヘロデ朝(4)の王どもにはうんざりし始めており、ユダヤの民にはいい加減ここらで頭を冷やして貰いたい、それがユダヤ民族のためにもなる、と考えているからです。本当のメシア、ユダヤの立場についての現実主義的な理解力を示すような人物、こういう人物が現れるなら、われわれも援助を惜しみません。［お分かりでしょう、あなた方の宗教は、われわれの宗教と同じほど古いとは言え、まだまだ老成していないのです。啓示という固定化現象をまだ経過していないため、今日まで混乱の、無秩序の、信仰生活の単なる一要素と言うだけのものでした。神秘的恍惚、熱情、期待、理由なき心の高ぶり、それはそれで大変結構。しかしわれわれもこうしたものは経験しました。ヌマ・ポンピリウス(5)の時代にね。その頃はわれわれの未熟な信仰は、あなた方の信仰と同じで、新酒のように発酵の最中でした。しかしいくつかの啓示を得て、われわれの宗教はしっかりと固定され、年振りた大人しい国教、すなわち秩序の要因となったのです。今ではもう信仰心を抱いている者はあまりいません。下層民だけはまだ熱心に信仰しているようですが。しかし神殿や神々、これには敬意を払い尊重している——こういう次第です。あなた方がこのような変貌を遂げたならば、あなた方の成長は成就したということになるでしょうから、委任統治なき国としての資格を願うことも可能になるでしょう。しかしあなた方はまだそこまで行っていません。あなた方はあまりにも不安定で、いつまでも懐胎中であるというのがあなた方の運命であり、決して来ることのない啓示にあなた方はいつまでも左右されているのです。(彼は笑う)ユダヤ人、すなわち啓示の落第生、ということですかな。]

おほん、いかにも。ブルルル……それにしても何て寒いんだ、この家は。友よ、村長《むらおさ》は召喚したのでしょうな。

取税人　はい、閣下。間もなく来るはずです。

レリウス　この戸籍調査の一件を彼に引き受けて貰う必要がある。明日の朝には、彼が名簿を持って来られるようにしなければならない。

取税人　仰せの通りにいたしましょう。

レリウス　村人は何人いるのですか。

取税人　八百人ほどです。

レリウス　村は豊かですか。

取税人　とんでもない。

レリウス　やれやれ。

取税人　どうやって生活しているのか、不思議なほどです。痩せた放牧地がいくつかありますが、そこまで行くのに一〇から一五キロメートル歩かねばなりません。あるのはそれだけです。村は徐々に人口が減っています。毎年五、六人、村の若者がベツレヘムへと下って行きます。すでに老人の比率の方が、若者のそれを上回っています。出生率が低いので、なおさらです。

レリウス　それは仕方がないでしょう。町に行く者を非難することはできない。わがローマの入植者たちが、ベツレヘムに見事な工場をいくつも設置しました。おそらくはそこから文明の光があなた方にまで届くのです。技術文明の光がね。私の言っていることがお分かりですね。どうです、アアン？　よろしいですか、私が来たのは、戸籍調査のためだけではない。ここでは何が取れるのですか、税として納められるものとしては？

取税人　そうですねぇ、何も納められない極貧者が二百人おります。それ以外の者は一〇ドラクマ納めます。良い年悪い年を均して、まず五五〇〇ドラクマといったところでしょうか。まさに貧窮状態です。

レリウス　フム、なるほど。さてそれでは、これからは彼らから八千ドラクマ引き出すようにする必要がありますな。長官殿は、人頭税を一五ドラクマに引き上げるとされています。

取税人　一五ドラクマなんて、不可能だ、とてもとても。

レリウス　なんと、不可能？　それこそ、あなたがローマにいた時にしばしば耳にすることなどなかったはずの言葉です。いいですか、村人はきっと実際はもっと金を持っているはずだ。ただ口に出して言おうとしないだけです。それに……おほん、ご存知の通り、政府は取税人の仕事に口出しをするつもりはありません。いずれにせよ、あなたが損をすることはないと思いますがねぇ。

取税人　いやいや、そうは申しません、そうは……。［一五ドラクマなんて！　奴らに目玉をくり抜かれてしまいます。私たち取税人は、すでにもうひじょうに評判が悪いのですから。もちろん悪くはない取引ではありますが。

レリウス　いいですか、友よ、あなたが当事者になることはありません。私は村長《むらおさ》を呼びつけています。長官殿の決定を通告するためです。彼がこれを長老たちに通知します。あなたは税を取り立てるだけでいいのです。

取税人　それならば……。」一六ドラクマとおっしゃいましたね。

レリウス　一五です。

取税人　そうです。しかし一六番目のドラクマは、私の手数料ということで……。

レリウス　ああ、なるほど。（笑う）例のこの村長《むらおさ》というのは……どんな男ですか。バリオナと言うのですね。

取税人　はい、バリオナです。

レリウス　厄介だな、大変厄介だ。ベツレヘムの連中がとんでもないヘマをやらかした。彼の義理の弟は町に住んでいたのだが、何やら込み入った窃盗事件があって、結局、ユダヤ人の法廷はこの男に死刑を宣告したのです。

取税人　存じています。彼は十字架に架けられました。その知らせは、ひと月ほど前にわれわれのところまで届きました。

レリウス　なるほど、おほん。で、村長《むらおさ》は、この件をどう取ったのでしょう。

取税人　彼は何も言ってません。

レリウス　フム、まずいな、ひじょうにまずい……。アア、重大なミスだ。［しかしわれわれの責任ではない。ローマ政府は、現地の村長《むらおさ》層を慰撫することに意を用いています。われわれはできる限りの手は尽くして来ました。しかし件《くだん》の男は、ローマの管轄下で裁かれたわけではない。あなた方の法廷が死刑宣告をしたのです。彼らは厳正な判決を下した。しかしそうなると当然、われわれにとばっちりが来る。われわれはいろいろ良いことをやっているのだが、手柄はヘロデのものになり、何か不手際があると、その責任はわれわれに背負いこまされることになる］。そう。で、どんな男ですか、そのバリオナというのは。

取税人　扱いにくい男です。

レリウス　群小封建領主の類ですな。思った通りだ。ここらの山岳民は、彼らの住まう岩山のようにゴツゴツしている。その男、われわれから金を受け取っていますか。

取税人　ローマからはびた一文受け取ろうとしません。

レリウス　遺憾千万。ああ、悪い予感がする。どうやら、われわれのことが好きではありませんね。

取税人　分かりません。彼は何も言いませんから。

レリウス　女房は、いるのですね。で、子供は？

取税人　いません。子供は欲しいようですが。それがあの男の最大の悩みの種です。

レリウス　まずい、全くまずい。きっと何か弱点があるはずだ。女は？　勲章はどうだ？　どうなんだ？　まあいい、すぐ分かるさ。

取税人　来ました。

レリウス　大仕事だな。

バリオナ、登場。

取税人　ご機嫌よう、バリオナさま。

バリオナ　犬め、出て行け！　お前が息をすると、空気が腐る。お前と同じ部屋に留まる気はない。（取税人、退場）閣下、ただいま参上致しました。

第二場

レリウス、バリオナ

レリウス　大いなる長《おさ》よ、お目にかかれて光栄です。長官殿からもよろしくと言付かっております。

バリオナ　そのようなご丁寧なご挨拶、私はそれに全く値しませんので、余計に痛み入ります。私はいまでは名誉を失った人間、負い目を抱えた一族の長《おさ》ですので。

レリウス　あの遺憾千万な事件のことをおっしゃっているのですね。長官殿は、どれほどユダヤ人法廷の厳格さを遺憾に思っているかあなたにお伝えするよう、特に私にお命じになりました。

バリオナ　お優しいお心遣いに御礼申し上げる旨、どうぞ長官殿にお伝え下さりますよう。まるで炎熱の夏の熱く乾ききった心に恵みの驟雨が突如降り注ぐかのように、お陰で思いがけず心身ともに爽快になりました。長官殿の絶大なお力を承知している者としましては、ユダヤ人たちがあのような判決を下すのをお許しになった以上、長官殿はあの判決をお認めなのだと思っておりましたが。

レリウス　それは間違いです。全くの思い違いです。［しかしお互い子供ではないのですから、ローマの政府は、己が保護する国々の制度と風習を尊重するという義務を己に課しており、それゆえにあなた方の内政に干渉することは、己に禁じている、ということは、私と同様にご承知のことでしょう。］われわれはユダヤ法廷の意向を変えさせようとはしましたが、いったい何ができたでしょう。ユダヤ法廷は揺らぐことなく、その時宜を得ない熱中を遺憾とするの他なかったのです。村長《むらおさ》殿、われわれのようになさい。心を固く保ち、個人的な恨みを、パレスチナの利益のために犠牲として捧げて下さい。己の慣習とその現地当局とを護持するということほど、パレスチナの喫緊の利益に叶うことはないと、お考えください。たとえその結果、迷惑を被る人が出ることになろうとも。

バリオナ　私は一介の村長《むらおさ》にすぎません。申し訳なきことながら、そのような政治的な事柄は何一つ理解できません。私の理屈の進め方は、もっと単純素朴です。私は誠実にローマに仕えて来たし、ローマは何であれできないことはない。だとすると、町にいる私の敵どもが私にこのような侮辱を加えるのを許したのは、ローマが私のことをお気に召さなくなったからでなければならない、とこんな風に考えたわけです。そこで一時は、私に与えられた権限をすべて辞するなら、ローマの願いを先回りして叶えることになると考えました。しかしこの村の住民たちは、私への信頼を失うことがなく、かれらの首長として留まるよう私に懇願したのです。

レリウス　で、あなたはそれを受け入れた？　それは結構。長《おさ》たる者は個人的な恨みより公の問題を優先させるべきであることを、理解なさったわけだ。

バリオナ　私はローマに恨みなどありません。

レリウス　結構、結構、大変結構。おほん。村長殿《むらおさ》、あなたの祖国の利益とは、独立への歩みを、ローマの思いやりあるしっかりとした手が静かに導くままに委ねるということです。［われわれはあなた方を隷属させようなどと思ってはおらず、進歩のお手伝いをしようと思うだけです。そしてあなたのような見識のある人士が相手の時は、協力を要請する以上のことは致しません。

バリオナ　これまであなた方が私の協力を得られなかったことはありませんし、協力を取り止めにするつもりもありません。たしかにあなたのおっしゃる通りです。私は取るに足らない人間ですから、己の失望とローマがわが国に惜しみなく与えてくださる恩恵とを天秤にかけることはできません。

レリウス　（小声で）おほん。どうやら私を嘲笑っているな。（大声で）］では、ローマに対するあなたの友情が以前に変わらず力強いことを長官殿に証明する機会を、いま直ちにご提供いたしましょうかな。

バリオナ　お話伺いましょう。

レリウス　ローマは、心ならずも長く困難な戦争に突入しております。戦費に対するユダヤの臨時の貢献があれば、実質的支援としてよりもむしろ連帯の証言として、ローマはそれを高く評価するでしょう。

バリオナ　税を上げようとなさるのですね。

レリウス　ローマはそれをせざるを得ないのです。

バリオナ　人頭税ですか。

レリウス　いかにも。

バリオナ　いま以上納めることはできません。

レリウス　ほんの少しの努力をお願いしているだけです。長官殿は、人頭税を一六ドラクマに引き上げられました。

バリオナ　一六ドラクマ！　こちらに来て、ご覧になって下さい。あれらの赤い土の古びた山、私たちの手のように、大きなひび、小さなひび、さらには亀裂まで入ったあの土の山、あれは私たちの家です。建ってからもう百年のあの家々は、埃となって崩れて行きます。御覧なさい、あそこを通るあの女、背負うた柴の束の重みで腰の曲がったあの女、斧を担いで歩くあの男、いずれも老人です。だれもかれも老人ばかりです。村は瀕死の状態にあります。こちらにいらしてから、一度でも子供の泣き声を聞いたことがありますか。子供は多分、二〇人ほどしか残っていないでしょう。やがて彼らも、大きくなれば出て行きます。彼らを引き止める手立てなど、ありはしません。村全体で用いるみすぼらしい犂を買うために、私たちは喉元まで借金まみれになりました。私たちは税に打ちひしがれています。痩せた牧草地に羊を連れて行くのに、羊飼いたちは一〇里の道を歩かなければなりません。村は血を流しているのです。あなた方、ローマの入植者たちがベツレヘムに機械仕掛けの製材所を作ってからというもの、わが村の最も若い血が流出し、まるで温かい泉の水のように、岩山から岩山へと流れ落ちて、低地にまで至り、その地を潤しています。わが村の若者たちは、あちらの方に、町にいます。町では、奴隷のように隷従させられ、食うにも事欠く賃金を支払われる、町は、わが義弟シモンを殺したように、彼らをみな殺してしまうだろう、そんなところである町に、彼らはいるのです。この村は瀕死の状態にあるのです、閣下。すでに死臭がしています。ところがあなた方は、そのような屍体からさらに搾り取ろうとしている、あなた方の町のため、平野のために、私たちに金を要求しようとしているのだ。いっそ静かに死なせて欲しいものだ。百年も経てば、わが村落の痕跡など、この地上にも、人々の記憶の中にも、残りはしないでしょう。

［**レリウス**　まあまあ、悲観論に身を委ねてはなりません。長《おさ》たる者に相応しいことではありませんぞ。若者たちが田園を捨てて出て行くですと？　しかしそれは、正常な現象です。より良い、と言っても構わない。それは社会が健全であることの保証なのです。あなた方、逞しく頑強な山の民は、その現実主義的な感覚、忍耐強さ、辛い労働を遂行する力を都会にもたらし、その見返りとして、われわれの文明の光を受け取るのです。それこそは進歩の条件そのものです。

バリオナ　進歩というのは、町の話です。村は進歩などしません。生き、そして死んで行くのです。わが村は、死んで行く最中です。そんな村を苦しめないで下さい。］

レリウス　はてさて、大いなる長《おさ》よ、私としては、あなたがおっしゃりたかったことに心を動かされましたし、あなたの言い分は分かります。しかしそれでどうなるものでもありません。一個の人間としてはあなたにご同情申し上げますが、ローマの官吏としては、命令を受けた以上、執行しなくてはなりません。

バリオナ　それはそうでしょう。で、もし私たちがこの税を納めることを拒むなら……？

レリウス　それは重大な結果を招く軽率な行為となりましょう。長官殿は、やる気のない不誠実さを許容することはできないでしょう。容赦なく対処なさるはずと、申し上げることができると思います。あなた方の羊を取り上げるでしょう。

バリオナ　わが村に兵士たちがやって来るのですね、昨年、ヘブロンであったように。彼らはわが村の女たちを強姦し、家畜を連れ去るのでしょう。

レリウス　そうならないようにするのは、あなた方次第です。

バリオナ　いいでしょう。長老会議を招集し、あなたの要望を伝えましょう。迅速に実行することをご期待ください。願わくは、長官殿が私たちの従順を末永くご記憶下さりますよう。

レリウス　その点はご安心ください。あなたの現在の苦境については、忠実にお伝えしますので、長官殿もご斟酌下さるでしょう。もしあなたを手助けすることが可能である場合には、われわれは手をこまねくことは致しません。それは確実です。では大いなる長《おさ》よ、これにてお別れを。

バリオナ　心からの敬意を捧げます。

バリオナ、退場。

レリウス （ひとり）あの男、いきなり従順になったが、どうもこのままでは済みそうもないぞ。あの火のような目をした肌の黒い男は、良からぬ企みを思い巡らしているところだろう。レヴィ！　レヴィ！　（取税人、登場）友よ、もう少しブランデーを戴けるかな。もっと厄介な面倒に備える必要がある。

幕。

語り手 あのローマの官吏、さすがです。用心を怠らないとは、さすがですな。といいますのも、バリオナは、取税人の家を出るや、長老たちを会議に招集するラッパを吹かせたからです。

幕が開く。

第二幕

町の城壁の前

第一場

長老たちのコロス
舞台裏でラッパの音。長老たちが徐々に登場。

長老たちのコロス

いまやラッパが鳴った
われら、祭りの衣装を身にまとい、
ブロンズの門を越えて、
赤土の壁の前に集合す。
昔のように。

総奏《トゥッティ》

われらが村は断末魔にあり、乾いた土のわれらが家の上には
カラスの黒い飛翔が旋回す。

C(1) テノールたち

会議を開いて何になる、
われらが心は灰燼に帰し、
われらの頭の中には
無力の思いがゴロゴロと転がっているというのに。

B

第一の長老　われらに何の用があるのか？　なぜわれらを集めるのか？　昔、私が若かった頃、会議の決定は実効性あるものであって、私はどんな大胆な提議にも決して尻込みすることはなかった。しかし今日では、会議を開いて何になるのか？

コロス

われらが病んだ獣のように
引き篭もっている穴倉から
われらを這い出させて、何になる。
この城壁の上で昔

B

われらが父たちは敵を撃退した。

R

しかしいまや城壁はひび割れ、瓦礫の山となる。
われら真っ向から己の顔を見たくはない、
皺だらけの顔が過ぎ去りし時を思い出させるからだ。

――M

第二の長老 ローマ人《びと》が村にやって来て、取税人レヴィの家に投宿したという。

第三の長老 やつは何を求めているのか？ 死せるロバから搾り取ることができるというのか？ われらにはもはやびた一文もなく、奴隷にしたところで、働きの悪い奴隷にしかならない。どうか静かにくたばらせて欲しい。

コロス

あれに来《きた》るはバリオナ、われらが長《おさ》、
まだ若いとはいえ
その心にはわれらより多くの皺が刻まれている。
ここへと来《きた》る彼の額は
地の中へと彼を引きずり込むかのよう。
彼はゆっくりと歩みを進め、
その魂は煤に覆われている。

C　V　M

全員

バリオナ、ゆっくりと登場。一同、立ち上がる。

第二場

バリオナ 仲間たちよ！

コロス バリオナ！ バリオナ！

バリオナ ローマ人《びと》が、長官の命令を携えて、町からやって来た。ローマは戦争をしているらしい。今後われらは一六ドラクマの人頭税を納めよとのことだ。

コロス ああ、何たること。

第一の長老 バリオナ、われらにはできない、そんな税を納めることなど、できない相談だ。われらの腕は弱すぎる。われらの家畜は死んで行く。われらが村には不運が降りかかる。ローマの命令に従ってはならない。

第二の長老 よかろう。しかしそうなると、兵士たちがここへとやって来て、お主の羊を取り上げるだろう。去年の冬のヘブロンでのように。彼らはお主の髭を掴んで、お主を引きずって街道を行き、ベツレヘムの法廷は、お主の足の裏をしたたか殴りつけることだろう。

第一の長老 ではお主は、その税を納めるのに賛成なのか。お主はローマ人《びと》に心を売り渡したのか。

第二の長老　心を売り渡してはいない。お主のように愚かでなく、物事の先を見るすべを心得ているまでだ。敵がこちらより強い時には、頭《こうべ》を垂れざるを得ないことを心得ているのだ。

第一の長老　皆の衆、私の言葉をしかと聞いているか？　われらはそれほどまでに低く身を落としてしまったのか？　これまでわれらは力に屈してきた。しかしもうたくさんだ。われらは、できないことはしないであろう。レヴィの家に押しかけて、そのローマ人を探し出し、城壁の狭間に吊るそうではないか。

第二の長老　反抗しようというのか、子供ほどの力ももはやないお主が。お主の剣は、ただの一打ちで老いさらばえた腕から地に落ちるだろう。そしてお主のせいで、われらすべてが虐殺されることになるのだ。

第一の長老　私が自分で戦をすると言ったか？　われらが村にはそれでもまだ、三十五歳前の者がいるではないか。

第二の長老　お主は彼らに反抗を説くのか。彼らを戦わせようというのか、お主の銭《ぜに》を護るために。

第三の長老　静かにせよ！　バリオナの言葉を聴こうではないか。

コロス　バリオナ、バリオナ！　バリオナの言葉を聴こう！

バリオナ　われらはこの税を納めるだろう。

コロス　何と！

バリオナ　われらはこの税を納めるであろう。（間）しかしわれらののちに、この村では何人も税を納めることはないだろう。

第一の長老　いかにしてそのようなことが為し得ようか？

バリオナ　税を納めるべき者がもはやひとりもいなくなるだろうからだ。仲間たちよ、われらの現状を見よ。お主らの息子たちは、お主らを見捨てて町へと降りていった。しかしお主らはここに残ろうと欲した。誇りがあるからだ。そしてマルコ、シモン、バラアム、イェレヴァは、いまだ若くとも、お主らとともに残っている。彼らもまた誇りがあるからだ。そして、お主らの長《おさ》たるわれも、彼らのように、祖先が命じる通りにした。とはいえ、次のようなことがある。すなわち、村はまるで、幕が降り、観客が帰った後の人気《ひとけ》のない劇場のようだ。山の大きな影が、その上に広がっている。われはお主らを集め、お主らはみなここにいる。夕日を浴びてここに座っている。とはいえわれらの一人一人は、暗がりの中で孤独だ。そして沈黙がまるで壁のように、われらを取り囲んでいる。まことに驚くべき沈黙。ほんの少しの子供の泣き声でもすれば、それだけでこの沈黙は破られるだろう。だが、われらがいかに力を合わせ、声を合わせて叫ぼうとも、われらが年老いた声は、この沈黙に打ち当たって、粉々に砕け散るだろう。われらは、シラミだらけの年老いた鷲のように、己の岩に鎖で繋がれ、われらのうち、いまだ肉体の若さを持つ者は、足元から忍び寄る老いに侵され、その心は石のように硬い。なぜなら子供の頃より、何一つ希望がないから、死の他に何一つ希望がないからだ。ところが、事態はわれらが父たちの頃よりすでに、かくの如きであった。村はローマ人《びと》がパレスチナに入って以来、死に瀕しており、われらのうち子をなす者は、罪ある者なのだ。なぜならこの死に瀕した臨終を長引かせるのであるから。聞け。先月、わが義兄の死を知らされた時、われはサロン山[2]に登った。日の光の下で押し潰されたわれらが村を高みより見下ろし、われは心の中で瞑想した。こう考えたのだ。一度も地元を離れて下に降ったことはないが、われはこの世界を知っている。人間たるもの、どこにいようと、世界全体が彼の周りに押し寄せひしめくのであるからだ。わが腕はなお逞しいと言えども、われは老人のように賢い。いまやわが知恵に問いかけるべき時だ。鷲はわが頭上、凍てつく空を旋回し、われはわれらが村を眺めていた。そしてわが知恵はわれにこう言った。世界は果てしなくだらだらと落ちて行く落下にすぎない。どこまでも落ちて行く土くれにすぎない。人も物も、この落下のある点においていきなり姿を現わし、姿を現わすやいなや、この全世界の落下に巻き込まれ、落下し始め、ぼろぼろと崩れ、ばらばらに壊れて行く。仲間たちよ。わが知恵はこう言ったのだ。生とは敗北であり、何ぴとも頑健ではなく、何ぴとと言えども敗者なのだ。すべてはつねに失敗だった。そしてこの地上の最大の狂気とは、希望なのである、と。

コロス　この地上の最大の狂気とは希望だと！

バリオナ　さてそこで、仲間たちよ、われらは諦めて落下に甘んじてはならない。諦めは人間に相応わしくないことだからだ。それゆえにわれはお主らに言う。われらの魂をして決然と絶望を決意せしめる必要がある、と。サロン山を降った時、わが心は固く握りしめた拳のように、わが苦しみを握りしめていた。盲目の者が杖をしっかと手で握りしめるように、強く硬く握りしめていたのだ。仲間たちよ、お主らの苦しみを心にしっかと握りしめよ。強く硬く握りしめよ。人間の尊厳は、その絶望の中に存するのであるから。そこでわが決定は以下の通りだ。すなわち、われらはいささかも反抗しない。疥癬病みの年老いた犬が反抗しても、ひと蹴りで犬小屋に追い戻されるのが関の山だ。われらは、妻たちが苦しむことのないよう、税は納める。しかし村は己自身の手で己を埋葬して行く。われらはもはや子を作ることはない。以上だ。

第一の長老　何と、子を作らないと！

バリオナ　いかにも。われらはもはや妻とまぐわいをしないであろう。われらはこれ以上、生を永続させることも、われらの種族の苦しみを長引かせることも欲さない。われらはもはや子をなすことなく、悪と、不正と、苦しみに思いを凝らすことの中にわれらの生を費やすことだろう。やがて四半世紀が経てば、われらのうちの最後の者が死んで行くだろう。もしかしたら、最後に逝くのはわれかも知れぬ。もしそうであるなら、われは最期が近づくのを感じたら、祭りの晴れ着をまとい、広場に横たわり、空に顔を向けて大の字になるだろう。カラスどもがわが骸《むくろ》を清め、風がわが骨を散り散りに吹き飛ばすだろう。そのとき村は土に戻ることになる。風は住む人のない家の扉をバタンバタンと鳴らし、われらの土の城壁は崩れ落ちるだろう。山腹に積もる春の雪のように。もはやわれらの何ものも残らないだろう、この地上にも人々の記憶の中にも。

コロス　われらの残された日々を、
子供の微笑みを目にすることなく過ごすことができるだろうか？
われらを取り囲む非情な沈黙はさらに深まる。
ああ！　いったいだれのためにわれは働くのか？
われらは子供なしに生きることができるだろうか？

バリオナ　何と、お主らは嘆き悲しむのか？　お主らの腐った血でなおも新たな命を作ろうなどと望むのか？　世界の果てしない臨終に、新たな人間を送り込んで、新たな息吹を吹き込もうというのか？　お主らの子供たちのために、いかなる運命を望むのか？　籠の中にただ一羽囚われて、羽もはげ落ち、ただ一点をじっと見据えるハゲワシのように、彼らがここに住み続けることをか？　それともかしこへ、町へと降り、ローマ人《びと》の奴隷とされ、食うにも事欠く料金で働かされ、終いにはもしかしたら、十字架に架けられて死ぬことをか？（捕虜たちに向かって）諸君、戦争捕虜、敗者の諸君、果たして諸君は、未来の戦争捕虜をこの世に生み出す気になれるだろうか？　諸君は、己の弟や子供たちが二列の鉄条網の間でくたばることを願っているのか？　はらわたを日に晒し、泥の中で血を流し、この世に生み出した者を呪いながら、くたばって行くのを。（舞台上のユダヤ人たちに）われに従え。さすれば、願わくは、われらの行いは模範として、ユダヤ中至るところに公表され、新たな宗教、無の宗教の起こりとなることを。そしてローマ人どもは、われらが町の主として留まるとも、町は無人の町となり、われらが血の報いは彼らの頭上に降りかかることを。これから述べる誓いの言葉をわれに続いて反復せよ。復讐と怒りの神、エホヴァの前で、われは誓う、一人たりとも子を成さぬことを。もしわれが誓いに背くことあらば、わが子供は盲目で生まれ、レプラを病み、他者にとっては嘲りの的、われにとっては恥辱と苦しみの的とならんことを。ユダヤ人たちよ、反復せよ。

バリオナの妻　止《や》めて！

コロス　復讐と怒りの神……。

第三場

長老たちのコロス、バリオナ、サラ(3)

バリオナ　何だ、サラ？

サラ　止めて！

バリオナ　どうした？　言ってみろ！

サラ　私は……あなたに……。おお、バリオナ、あなたは私に呪いをかけたのよ！

バリオナ　まさかお前……？

サラ　そうよ、私は身ごもったの、バリオナ。あなたに知らせにやって来たのよ、私はあなたの子を身ごもったの。

バリオナ　何と！

コロス　何たること！

サラ　あなたは私の中に入り、私に子種を授けたわ。私はあなたに体を開き、私たちはともに、エホヴァに息子を授けてくれるよう祈ったわ。そして今日、私は胎内に息子を授かり、私たちの交わりはついに神の嘉みし給うところとなったと言うのに、あなたは私をはねつけ、私たちの子を死へと捧げようとしている。バリオナ、あなたは私を欺いたのだわ。あなたは私にひどい痛みを与え、血を流させた。私はあなたの褥の上で痛みに苦しんだけれど、すべてを受け入れたわ。あなたが息子を欲していると思ったからよ。でも今では、私を欺いていた、自分の快楽しか求めていなかったことが、分かるわ。私の体があなたに与えたすべての歓喜、私があなたに与え、あなたから受けたすべての愛撫、私たちのすべてのキス、すべての抱擁、これらすべてに今度は私の方から呪いをかけてやるわ。

バリオナ　サラ！　それは違う、私は欺いてなどいない。私が息子を欲したのは、嘘ではない。しかし今日、私はいかなる希望も信念も失ってしまった。私がかくも願い、いまお前が胎内に宿しているこの子、この子が生まれないことを私が欲するのは、この子のためなのだ。呪術師のところへ行け。薬草をくれるだろう、そうすればお前は身ごもらない女となるだろう。

サラ　バリオナ！　お願い。

バリオナ　サラ、私は村の主君であり、生と死を決める者だ。その私が、一族が私と共に消滅すべきことを決めたのだ。行け。未練を捨てろ。もしこの世に生まれて生きたとしても、この子は苦しんだことだろう。そしてお前を呪ったことだろう。

サラ　この子が私を裏切るのが確かだとしても、盗人のように十字架に架けられて、私を呪いながら死んで行くのが確かだとしても、私はなおもこの子を産み落とすでしょう。

バリオナ　どうして？　いったいなぜ？

サラ　分からない。私は、この子が苦しむことになるすべての苦痛を、この子に代わって受け入れるわ。でも、それらの苦痛を私は自分の肉体の中に実感するということ、このことは分かっているのよ。この子の進む道で足に刺さる棘は、どれも私の心に刺さらずに済むことはないわ。この子の苦痛のたびに私はおびただしい血を流すでしょう。

バリオナ　お前の涙で、この子の苦痛が軽減するとでも言うのか？　苦しむにせよ、死ぬにせよ、人はつねに一人で苦しみ、一人で死ぬのだ。この子が架けられた十字架の根元に、仮にお前がいたとしても、この子は一人で断末魔の苦しみに耐えなければならない。お前がこの子を産み落とすのは、お前の歓喜のためで、この子の歓喜のためなどではない。この子への愛が足りないのだ。

サラ 今からもう愛しているわ、この子がどんな子になろうとも。あなたのことは、私はあらゆる男の中から選んだのよ。あなたは最も美しく最も強かったから、私はあなたの許に赴いたの。でもいま私が待っている子、この子は私が選んだわけではない。私はこの子を、生まれる前から愛しているの。たとえこの子が醜かろうと、盲目であろうと、あなたの呪いのせいでレプラに覆われようと、私は生まれる前から愛している、名前もなく、顔もないこの子、私の子を。

バリオナ もしこの子を愛するなら、哀れと思ってやれ。まだ生まれていない者の平穏な眠りを、眠らせておいてやれ。お前はこの子に、祖国として、奴隷のユダヤを与えようというのか。住む土地として、風吹きさらすこの凍てつく岩山を？　雨露をしのぐ屋根として、このひび割れた泥を？　仲間として、これらの苦渋を噛みしめる老人たちを？　家族として、名誉を失った私たちの家族を？

サラ でもまたこの子に、日の光や涼しい風も私は与えてあげるわ。山の紫色の影や娘たちの笑い声も。お願いよ、子供が産まれるのを許して頂戴。もう一度だけこの世で若い幸運が試されるのを、邪魔しないで。

バリオナ 黙れ。それは罠なのだ。人はいつも、運を試すだけの余地はあると思う。子供をこの世に産み出すたびに、この子には運があると信じ込む。しかしそれは違う。疾うの昔に賭けはなされている。悲惨、死、絶望、これが四つ辻で待ち構えているのだ。

サラ　バリオナ、あなたの前で私は、まるで奴隷が主《あるじ》の前にいるのと同じで、あなたに服従しなければならない。でも私には分かっている。あなたは間違っているし、悪いことをしようとしている、ということが。私は言葉を操る術を知らないから、あなたをやり込めることができそうな言葉も理屈も見つけられない。でもあなたを前にすると、恐ろしくなるわ。あなたはまるで反逆の天使のように、〈絶望〉の天使のように、傲慢と悪しき意欲で眩いほど輝いている。でも私の心は、あなたに寄り添いはしないわ。

レリウス、進み出る。

第四場

同上、レリウス

レリウス　奥様、みなさん。

コロス　ローマ人《びと》だ！

一同、立ち上がる。

レリウス みなさん、通りがかりに、みなさんのお話を聞くことになりました。おほん、長《おさ》よ、どうか奥様のお説を支持して、ローマの見解を披露することをお許し願いたい。私の考えでは、奥様は市民的現実の素晴らしい感覚をお持ちでして、長《おさ》よ、あなたはそれに対して忸怩たるものがあって然るべきと存じます。奥様は、この件があなただけの問題ではなく、まず第一に社会の利益に鑑みる必要があることを、理解されたのです。ユダヤの思い遣りある後見者たるローマが始めた戦争は、きわめて長く続く見込みで、必ずや、アラブ、黒人、イスラエル人など、保護国の現地人に協力を呼びかける日がやって来るでありましょう。そのとき、この呼びかけに応える者としてもはや老人しか見出せないとなったら、いったいどうなるでしょうか? みなさんは、正しき権利がそれを護るための腕がないために、屈服することをお望みでしょうか? ローマの勝ち戦が、兵士の不足のために、中止されざるを得ないとしたら、言語道断です。しかし何世紀にもわたって、戦争なき平和な生活を送ることになっても、今度は工業がみなさんの子供たちを必要とすることを、忘れてはなりません。この五〇年間、賃金は大幅に増加しました。ということは、人手は足りないということです。さらに言えば、賃金をかくも高く維持しなければならないということは、ローマの経営者たちにとって、重い負担となっています。もしユダヤ人が多数の子供を作るなら、人手の供給がついに需要を超えることになり、賃金はかなり低下することができ、そうなれば、そこから引き出した資本を、他の方面でより有効に用いることができるでしょう。われわれのために労働者と兵士を作って下さい、長《おさ》よ、それは貴殿の義務に他なりません。それこそは、奥様が何となく感じていらしたことなのです。奥様の感情を説明するために、慎ましい手助けができたのは、まことに嬉しい限りです。

サラ　バリオナ、この人の話、訳が分からないわ。私が言おうとしたこととは、全然違う。

バリオナ　分かっている。とはいえ、これでお前の味方は何者かが分かっただろう。だから、頭《こうべ》を垂れよ、女性《にょしょう》の者。お前がこの世に生まれさせようとしているこの子、それはこの世界の新たな版に他ならない。雲も水も、太陽も家々も、人々の苦難も、彼によって、もう一度新たに存在することになる。お前は、この世界をもう一度作ることになるのだ。世界は、生まれたことに憤慨している小さな意識の周りに、黒く分厚い殻のようなものとして形作られる。その意識は、その殻の真ん中に囚われたまま住み続けるだろう。あたかも涙のように。この出来損ないの世界を増刷するということが、いかなる不作法か、いかに気の利かぬ不始末か、分かるだろう？　子を成すというのは、心の底から天地創造に賛同を表明すること、われらを苦しめる神に、「主よ、すべては善し、であります。この宇宙を作って下さったことに、感謝を申し上げます」と言うことなのだ。お前は本当に、このような讃歌を歌う気があるのか？　もしこの世を再び作るとするなら、私は全く今ある通りに作ることだろうと、甘んじて言うことができるのか？　愛するサラよ、このくらいにしておけ。存在とは、われわれすべてを蝕むおぞましいレプラであり、われわれの両親は、われわれを産み落とした罪があるのだ。己の手を汚さずにおけ、サラよ、そうすればせめて死に臨んで、私は私のあとにだれかを残して、人間の苦しみを引き延ばすことをしなかった、と言うことができよう。さあ、お主ら、ユダヤ人たちよ、誓え！

レリウス そんなことはさせないぞ。

バリオナ どうなさるおつもりかな、閣下？ われわれを投獄するのですか？ 男と女を別々に分けて、それぞれ別々に、子を成さずに死んで行くままにするというのが、最も確実なやり方でしょうな。

レリウス （怖ろしい形相で）これについて……（気を静めて）おほん、これについては、長官殿のご判断を仰ぐとしよう。

バリオナ 復讐と怒りの神の前で、われは誓う、子を成さぬことを。

コロス 復讐と怒りの神の前で、われは誓う、子を成さぬことを。

バリオナ もしわれが誓いに背くことあらば、わが子は盲目で生まれるがよい。

コロス もしわれが誓いに背くことあらば、わが子は盲目で生まれるがよい。

バリオナ 他者にとっては嘲りの的、われにとっては恥辱と苦しみの的となるがよい。

コロス 他者にとっては嘲りの的、われにとっては恥辱と苦しみの的となるがよい。

バリオナ 以上だ。われらは契りを交わした。行け。誓いに背くまいぞ。

サラ　でも、子を成すのが神のご意志だったら、どうするの？

バリオナ　その時は、神がその僕《しもべ》に合図をなさればいい。しかし、急いで戴きたい。夜が明けるまでに、天使をわれに差し向けられるがいい。なぜならわが心は、待つことに飽いている。それに一度絶望の味を知ってしまうと、容易なことでは、止られないものだからな。

幕。

語り手　ご覧の通りです！　ご覧の通り、バリオナは、主に印《しるし》を顕わすように命じたのです。ああ、これは、好かん！　全く好きません！　わが家では何と言っているか、ご存知でしょう？　さわらぬ神にたたりなし、と言っています。神が静かにしている時は、物事はなるようになりますが、人間は人間だけを相手にしていれば良いので、人間同士で物事に折り合いをつけ、説明をつけて、生活は日々過ぎ去るままです。ところが神が動き出すと、ぐらぐらぐらーと、まるで地震が起きたようになり、人々は引っくり返るか、頭から真っ逆さまに落ちるかして、もう何が何だか訳が分からなくなり、すべてを一からやり直さなければならなくなります。そしてまさに、私がお話ししている物語の中では、神はむきになって動き出したのです。バリオナが奴さんをこんな具合に扱ったことが、気に入らなかったのですね。「何を！」と呟いて、夜の間に、天使を地上に遣わしたのです。ベトスールから数里のところに。いま天使をお見せします。とくとご覧下さい、音楽、スタート……。ご覧の通り、ここにぐったり倒れこんでいる男たち、彼らは羊飼いで、羊を山で放牧していたのです。当然のことながら、天使の羽根は念入りに描かれています。絵師は、できる限りの腕を振るって、華麗にして荘厳に描き出そうとしています。しかし私の考えを言わせて戴けるのなら、事はこのように起こったのではありません。私は長い間このようなイメージを信じていました。その頃はまだ目が見えていましたが、何しろこのイメージは眩いので、目が眩んで何も見えなくなってしまうからです。でも目が見えなくなってからは、よくよく熟慮し、考えを変えました。天使というものは、自分から進んで羽根を見せるはずがありません。みなさんもきっと、今まで生きてきた中で、天使に出会ったことがあるはずです。もしかしたらみなさんの間にも天使がいるかも知れません。ところがどうです？　羽根を見たことなどありますか？　天使というのは、みなさんや私のような人間なのです。ただ主が彼の頭の上に手をかざして、「実はお前に頼みがある。今回はひとつ、お前が天使をやってくれないか」と言ったのです。それで彼は、すっかり目が眩んだまま出掛けて行って、人々の間に立ち交じったわけです。復活したラザロが、生者の間に立ち交じったように。そして彼の顔の上には、何やら怪しげな感じ、どっちともはっきりしない妙な感じが漂っています。何しろ彼は、天使であることにびっくり仰天しているのですから。だれもが彼に不審の目を向けます。だって天使というのは、面倒を引き起こす人間なのですから。ここで私の考えを言いましょうか。天使に出会った時、本物の天使に出会った時には、だれも始めは、悪魔だと思い込むのです。さてここらで私たちの物語に戻るとして、私ならむしろ、事態はこんな具合に見えることでしょう。すなわち、舞台は山のずっと上の方、高原で、羊飼いたちが、焚き火を囲んでいます。そして彼らの一人がハーモニカを吹いています。

幕が上がる。

第三幕

第一場

ベトスールを見降ろす山の中

シモン、ハーモニカを吹いている。

通りがかりの男　こんばんわ、みなさん！
シモン　やあ、だれだい！
通りがかりの男　ペテロと言います。ヘブロンの指物師ですよ。あんたらの村から戻るところでね。
シモン　やあ、小父さん、夜が暖かいねぇ？
通りがかりの男　ちょっと暖かすぎる。あんまり好きじゃないなぁ！　真っ暗闇の中、硬く不毛な岩の上を歩いていると、馬鹿でかい花が咲き乱れた花園を通り過ぎるような気がしたんだよ。その花々は午後の終わりの太陽で暖められた、といった按配でね。分かるだろ、何しろこっちの面《つら》にありったけの香りを吹き付けて来るんだから。あんたらに出会えて嬉しいよ。暴風雨の真っ只中にいるよりは、この暖かさに包まれている方が、余計独りぼっちという感じだった。それに、あたしは街道で、霧のように分厚い臭いに出会ったんだよ。

シモン どんな臭いかね?

通りがかりの男 まあ、良い臭いなんだろな。だけど頭がクラクラしたんだ。まるで臭いが生きているみたいだった。魚の大群かヤマウズラのご一行さまみたいに。と言うか、春になると平野の肥沃な土地の上を移動するあの大きな花粉の雲、時にはすっかり分厚くなってお天道様も隠れてしまう、あの花粉の雲のようだった。それがいきなりあたしの上に落ちてきて、体の周りでブルブル震えているのを感じたよ。体中がすっかりべたべたになっちまった。

シモン 運が良いな、あんたは。あんたの臭いはおれたちの方までは上がって来なかったよ。今しているのは、どちらかと言うとニラと泥の臭いに近い、仲間たちのいつもの臭いだけだ。

通りがかりの男 そんなはずはない。もしあんたらがあたしの立場だったら、怖いと思っただろうさ、あたしのように。右も左も、前も後ろも、そこら中で、ミシミシ、パキパキ、ざわざわ音がして、何か歌でもうたってるような声が聞こえたよ。まるで目に見えない木々に芽が次々と生えているようで、自然が、この人気のない凍てつく高原を選んで、冬の真夜中に、自分だけで素晴らしい春のお祭をやっているみたいだった。

シモン そいつぁ、とんでもない気狂い沙汰だ。

通りがかりの男 どうも魔法がかかっていたようだ。真冬に春の感じがするなんてのは、好かん。季節ごとに気候は決まっているのだから。

シモン　（傍白）可哀想に、気が触れちまったな。（声高に）で、こうやって、ベトスールから来たんだね？

通りがかりの男　そうさ。あそこじゃ、妙なことが起こっているんだ。

シモン　ヘエー？　ここにお座りよ。もっと詳しく話をしてくれ。おれは、大きな火を囲んでおしゃべりするのが大好きなんだが、何せ、おれたち羊飼いは、人っ子一人出会うことがないからなぁ。こいつらは眠っているし、それにこの二人は、おれと見張りをしているんだが、話なんかしやしない。ルツかい、図星だろう、エエ？　あの女がシャラムといるところに、亭主が踏み込んだっていうのかい？　おれはいつも、きっとまずいことになると、言っていたんだよ。あいつら、内緒でことを運ぶのがあんまりうまくなかったからなぁ。

通りがかりの男　全くお門違いさ。バリオナだよ、あんたらのボスの。奴さん、神様に向かってこう言ったんだ。夜明けまでに、おれに合図を送れ。さもないと、配下の男たちに、妻と交わりを持つことを禁じるぞ、とね。

シモン　妻と交わりを持つ、だって？　そいつは気違い沙汰だ、奴はまるっきり立たなくなっちまったな。だけど、噂が本当なら、奴はてめえの女房を撫でるのが、嫌いだったわけではないぞ。女房が浮気でもしたと言うのかい。

通りがかりの男　いや、そうじゃない。

シモン　じゃ、何なんだい？

通りがかりの男　どうも政治絡みらしい。

シモン　ハハァ、政治絡みか……。それにしてもよ、相棒、随分と陰気な政治だな。もしおれの親父がそんな政治をおやりだったら、このおれは生まれて来なかったのだからな。

通りがかりの男　そいつがまさに、バリオナがやろうとしていることなんだ。子供が生まれないようにするってことが。

シモン　そうかい。しかし、もし生まれて来なかったとしたら、おれとしちゃあ、残念だね。毎日毎日が、望んだ通りになるわけじゃない、それは仕方ないさ。だけどねぇ、それほど悪くない日もある。ちょいとギターを弾いてみたり、ちょびっとばかりワインを飲んだり、それに、周りを見わたしゃあ、他の山の上に、羊飼いの焚き火が見える。全くこいつと同じような火が、こっちにウインクしているのさ。おい、お前たち、聞いたか？　バリオナが村の者たちに、女房と寝るのを禁じたというんだ。

カイフ　へえ？　じゃあいったい、だれと寝るんだ？

通りがかりの男　だれとも寝ちゃいけないのさ。

パウロ　可哀想に、あいつら、頭に血が昇っちまうぞ！

通りがかりの男　オイオイ、羊飼いの衆、何言ってるんだ、これは他人事ではないぞ。だってあんた方、ベトスールの人だろうが。

シモン　おれたちゃ、別にそれで困るこたぁないさ。冬は、死んだ季節で、ナニをするには向いていない。でも春になると、ヘブロンの小娘たちが山に登って来て、おれたちを見つける。それでしばらくお休みする必要があるなら、おれだってお相手しないものでもない。いつだって、うんざりするほど、可愛がられたものさ。

カイフ　ちょいと一杯やるかね。

通りがかりの男　それじゃ、みなさん、神のご加護を。

通りがかりの男　とんでもない！　心配でしょうがないんだ。今夜、山の中で何があるかよく分からないが、早くうちに帰りたいんだ。大自然の脅威がお祭り騒ぎをしようって時に、外をほっつき歩いてはいられないからな。では、これで……。

カイフ、パウロ、シモン　お気をつけて……。

カイフ　あいつ、どんな話をしたんだ？

シモン　知るかよ。匂いがしたとか、物音を聞いたとか、……つまらん話さ。

間。

パウロ　でも頭はしっかりしていたじゃないか、ペテロ親父は。

カイフ　そうさ、本当に何か見たのかも知れないぜ。街道を行く奴は、しょっちゅう妙なものに出会うからな。

シモン あいつが何を見たにせよ、ここまで上って来ないことを願うね。

パウロ なあ、お前、何かやってくれよ。

シモン、ハーモニカを吹く。

カイフ で、その先は？

シモン 吹く気がしなくなったんだ。

間。

カイフ 何で羊たちが眠らずにいるのか、分からない。日が暮れてからというもの、奴らの鈴の音がずっと聞こえているんだ。

パウロ 犬どもも神経が高ぶっているようだ。月に向かって吠えているけれど、月は出ていない。

間。

カイフ　しかしおったまげたなぁ。バリオナが、男と女の交わりを禁止するなんて。大分人が変わったに違いない。だって昔は、女たらしで有名だった。ベトスールの周りの農場には、身に覚えのある女が何人もいたもんだ。

パウロ　あいつの女房にとっては、頭痛の種よ。何せ良い男だからな、バリオナは！

カイフ　あいつの女房か！　ちくしょう、あんな女を女房にしてみたいもんだ。

間。

シモン　おい！　それにしても、おれたちの匂いとは大分違う匂いのようなものが、周りに漂っているというのは、本当だぞ。

カイフ　ウン、結構匂っているな。変な夜だ。見てみろ、星が随分近い。まるで空が地面の上にぴったりと乗っかってしまったようだ。ところがあたりはかまどの中のように真っ黒だ。

パウロ　こういう夜ってのは、あるものだ。こいつは何かを産み落とすぞ、とだれもが思う。それほど重く垂れこめているんでね。ところが結局、明け方になって少し風が出て来るのが、関の山さ。

カイフ　お前は、風しか見えないようだが、こんな夜は、前兆で一杯なんだ。海が魚で一杯のようにな。七年前のことだ、おれはいつも思い出すんだが、まさしくここで寝ずの番をしていた。ところがその夜は、頭の毛が逆立つようなおっかない夜だった。そこら中で叫び声やうめき声がした。草は、まるで風が木靴で踏んづけたように倒れていたが、そよとも風はなかった。ところが翌朝、うちに帰ったら、婆さんがおとっつぁんが死んだとおれに言ったのさ。

シモン、くしゃみをする。

シモン どうした？

シモン この匂いが鼻をくすぐるんでね。こいつ、ますます強くなる。アラブの床屋の店にいるみたいだ。で、あんたは今夜、何かが起こると思うんだな。

カイフ ウン。

シモン この匂いの強さからすると、かなり重大なことが起こりそうだな。少なくとも王様が死ぬ、くらいのことが。おれは全然落ち着いた気分じゃない。おれは別に、死人《しびと》に合図をして貰うには及ばない。王様がお隠れ遊ばしたからって、何もいちいち山の天辺からそいつをお知らせになるには及ばないさ。王様のご他界というのは、町にいる暇人の暇つぶしに持って来いだ。だがおれたちはここで、そんなものには用はない。

カイフ しっ！ 静かに。

シモン どうした？

カイフ　ここにいるのは、おれたちだけじゃないぞ。何かがここにいる感じがするんだが、おれの五感のうちのどれが、それを知らせているのか、分からない。まん丸で柔らかいものが、おれにぴったり体をくっつけているようだ。

シモン　おやおやおや！　他の奴らを起こそうか？　おれの側にも、なんだか柔らかくて温かいものがあって、体をこすりつけているようだ。日曜日に、うちの猫を膝に抱いた時のような具合だ。

カイフ　鼻の穴がとてつもない良い香りで溢れている。まるで海に呑み込まれるように、匂いに呑み込まれそうだ。この匂い、ピクピク小刻みに動いて、軽くフワッと触る。そしておれのことを見ている、見ている。ものすごく大きな甘い香りが、皮を透かして浸み込んで、おれの心にまで達する。おれは骨の髄まで、おれのものではない見知らぬ命に浸されて、気が付いたら、何やら知らぬもう一つ別の命の底にいるらしいんだ。まるで井戸の底に落ちたようにな。匂いに溺れたように、息ができなくなり、顔を上に上げてみると、もはや星も見えない。何とも分からぬ異様な優しさの巨大な柱が、何本もおれの周りに立っていて、それが天まで届く。それでおれは、ミミズなんかよりも小さいんだよ。

パウロ　たしかに、星が見えなくなったな。

シモン　あっ、通り過ぎて行く。

カイフ　ウン、通り過ぎて行く、いま行くぞ、行くぞ。ああ、行った、行っちまった。となると今度は、地面も空もやけに虚ろだなぁ。さあ、またハーモニカを吹けよ、羊の番をまた始めるぞ。きっと今夜は、摩訶不思議な出来事というのは、これだけじゃ済まないぞ。パウロ、焚き木を一本焼《く》べてくれ。火が消えそうだ。

天使、登場。

第二場

同前、天使

天使 ちょっと火に当たらせて貰っていいですか？

パウロ どちらさんで？

天使 ヘブロンから来た者です。寒いもんでね。

カイフ どうぞ、当たりなさい。何か飲みたいのなら、ワインがありますよ。（間）あんた、ヤギの道を通って来なさったのかい？

天使 さあ、どうなんでしょう。ウン、そうだと思います。

カイフ あんた、道に漂っているあの匂いを嗅ぎましたかい？

天使　どの匂いですか？

カイフ　何ていうか……まあ、いいや、あんたが嗅がなかったのなら、別に言うことはない。腹は減ってませんか？

天使　いや。

カイフ　あんた、死神みたいに、顔が蒼いね。

天使　一発喰らったので、青ざめているんです。

カイフ　一発？

天使　ウン、一発殴られたみたいだった。ところで今、シモンとパウロとカイフに会わなくちゃならないんだが、あんたたちがそうだよね。

三人とも　そうだが。

天使　あんたがシモンだね？　で、あんたがパウロ？　で、あんたが、カイフだよね？

カイフ　なんでおれたちの名を知っているんだ？　あんた、ヘブロンの人だろう？

パウロ　何だ、こいつ、立ったまま眠っているような様子だぞ。（大声で）で、おれたちに何か用があるのかね？

天使　ウン、あんたらの羊の群れの中を、あんたらを探して歩き回ったんだ。それを見つけて、犬が遠吠えしやがった。

シモン　（傍白）そりゃそうさ！

天使　あんたらに言伝があるんだ。

シモン　言伝？

天使　そうだ。悪いが、道が長すぎて、あんたらに何て言えばいいのか、忘れてしまったよ。ああ、寒い。（突然、大声で）主よ、私の口は苦く、私の両の肩は、あなたの厖大な重みにひしがれています。主よ、あなたを双肩に担いでいるのですから。まるで、大地全体を担いでいるようです。（三人に向かって）怖がらせちゃったかな？　暗闇の中を、あんたたちの方に歩いて来たんだ。私の進む先々で、犬が死ぬほど遠吠えしやがった。それで寒いんだ。あたしはいつも寒いんだ。

シモン　可哀想なキ印だ。

カイフ　黙ってろ。で、あんた、その言伝というやつを、聞かせて貰おうか。

天使　言伝だって？　ああ、そうそう、言伝だ。それはだな……汝らの仲間たちを起こし、歩み始めよ。ベトスールに行きて、いたるところに佳き知らせを大声で伝えよ。

カイフ　どんな知らせだ？

天使　待て待て。ベツレヘムの、馬小屋の中。待てよ、静かに聞け。天には、大きな空虚と大きな待機がある。まだ何も起こっていないからだ。私の体の中には、天の寒さと同じ寒さがある。いまこの時、とある馬小屋の中に、一人の女性が藁の上で横になっている。静かに聞け。天は、まるで大きな穴が空《あ》いたかのように、中身がすっかり抜け落ちて空《から》になり、今や何もない。そして天使たちは、寒がっている。ああ！　何と寒がっていることか。

シモン　とても佳き知らせとは思えないな。

カイフ　黙ってろ！

長い沈黙。

天使　よし。生まれたぞ。主の無限にして神聖な霊は、満足に産湯も使っていない子供の体の中に閉じ込められており、己が痛みを感じ、何も知らないことに驚いている。そうなのだ。われらが主は、もはや幼い子供でしかない。モノも言えない子供。寒いです、主よ、私は寒いのです。しかし天使の労苦と天の広大な無住状態を嘆き悲しむのは、もう沢山だ。地上のいたるところでは、軽やかな匂いが駆け回り、いまや人間たちが喜びに浸る時。私を恐れるでない。シモン、カイフ、パウロ、仲間を起こせ。

三人は、仲間を揺する。

羊飼い1　うーん、どうした！

羊飼い2　眠らせておいてくれよ！　生娘を抱いている夢を見ていたのに。

羊飼い3　おれは、食物にありついた夢を見ていた。

三人とも　なぜ、おれたちを眠りから引き出すのだ？
で、何者なのだ、蒼白い長い顔をした、
おれたち同様、眠りから覚めたばかりのようなこの男は？

天使　ベトスールへ行き、いたるところで大声で伝えよ、メシアが生まれた、と。メシアが、お生まれになった、ベツレヘムの馬小屋で、と。

一同　メシアが！

天使　彼らにこう言え。「大挙してダヴィデの町(1)に降り行き、汝らの救い主、キリストを崇めよ。汝らは、むつきに包まれて秣槽《かいおけ》の中に横たわる小さな嬰児《みどりご》を見出すだろう。それがキリストだ」と。カイフ、そなたはバリオナを探し出せ。彼の心は苦い胆汁が満ちている。その彼にこう言え。「善き意欲ある人々に地上での平和があらんことを」。

一同　善き意欲ある人々に地上での平和があらんことを。

シモン　お前たちは、ついて来い。急いで行こう。ベトスールの住民を寝床から引きずり出してやるんだ。奴らのびっくりした顔は、さぞかし面白いことだろうよ。佳き知らせを告げるのほど、気持ちのいいことはないからな。

パウロ　羊はだれが番をするんだ？

天使　私が番をする。

一同　さあ、さあ、急げ！　パウロ、水筒を忘れるなよ。シモン、アコーデオンを持って行け。メシアがおれたちの間にいるんだ。ホザンナ！　ホザンナ！

一同、押し合いへし合いしながら退場。

天使　寒い。

幕。

第四幕

ベトスールの広場、明け方

羊飼いたち

一同

われらは山の頂《いただき》を後にして、
人々の間に降りて来た、
われらの心は歓喜に満ちているからだ。

ロセイユ

かしこ、平らな屋根と白い家の町、
われらが知らず、想像もできない町の中で、
大の字になって
寝ている人々の大きな群れの真ん中で、
四つ辻の夜の、
町々の夜の、不吉な闇にその白い小さな肉体で穴を穿ち、
海の底知れぬ深みより銀色の腹をした魚が遡り来《きた》るように
虚無の深みから遡り来《きた》って、

われらがメシアはお生まれになった！
メシア、ユダヤの王、預言者たちがわれらに約束していた方、
ユダヤ人の主はお生まれになった。われらの地に歓喜をもたらしつつ。
これからは、山の頂に草が生い茂るだろう。
そして羊たちは、自分で草を食みに行くだろう。
われらは何もしなくても良くなり、

一同
一日中大の字になって、
飛び切り綺麗な娘たちを撫で回し、
主を褒め称える歌をうたうだろう。
われらが路上で飲みかつ歌ったのはそれがため、

クーロン
われらが軽やかな酔いに酔いしれているのはそれがため、
小笛の音に合わせてずっと回り続けた
山羊足の踊り子の酔いにも似たあの酔いに。

一同、踊り続ける。シモン、ハーモニカを吹いている。

カイフ　おーい、イェレヴァよ。帯を締めて、佳き知らせを聞きに来い。

一同　立て、立て、イェレヴァ！

イェレヴァ　どうしたんだ！　あんたらは気が狂ったのか！　静かに眠っていちゃいけないのかい！　折角、衣服と一緒に心配の種も、寝台の足元に畳んで置いて、若返った夢を見ていたのに。

一同　出て来い、イェレヴァ、出て来い！　佳き知らせを持ってきたのだから。

イェレヴァ　あんたらは何者だ？　ああ！　サロン山の羊飼い衆じゃないか。村まで何をしに来たのかね。羊の番はだれがしているんだ？

カイフ　神様だよ、神様が番をして下さっているんだ。一頭たりとも、群れからはぐれる羊がいないよう、見張ってくださるだろうよ。何しろ今夜は、特に祝福された夜だからな。女の腹のようにものを産み出す力に富み、天地創造の最初の夜のように生まれたばかりなのだ。イェレヴァ！　この世の最初の夜なんだ、何しろすべては始めからやり直されるのだから。そしてすべての人間は、新たに自分の運を試すことが許されるんだ。

イェレヴァ　ローマ人《びと》がユダヤから出て行ったのか？

パウロ　出て来い。出て来い。知りたいことは何でも分かるぞ。俺たちはその間、他の者を起こしているから。

シモン　シャラム！　シャラム！

シャラム　オイオイ！　おれは寝床から出てきたばかりで、何にも見えないんだ。火はあるか？

シモン　出て来い、シャラム、仲間に入れよ。

シャラム　お前たち、気が狂ったか？　こんな時刻に人を叩き起こして。おれたちが毎日、どんなに眠りを待ち焦がれているか、知らないのか？　おれたちベトスールの者たちが、死にも似た眠りを。

シモン　これからはあんたは、眠りたいなどと思わなくなるだろうよ。まるで仔山羊のように、夜中でも山の中腹を駆け回り、花を摘んで、自分のための冠を作るだろうよ。

シャラム　何を訳の分からないことを言っているんだ。山の中腹には花など咲いてないじゃないか。

シモン　咲くだろうよ。山の天辺にはレモンの木もオレンジの木も生えて来るだろう。手を伸ばすだけで、赤ん坊の頭ほどもある黄金色のオレンジの実をもぎ取ることができるだろう。おれたちはあんたに、佳き知らせを持って来たんだ。

シャラム　新しい肥料が見つかったのか？　農作物の値が上がったのかい？

シモン　出て来い！　出て来い！　何でも教えてやるぞ！

人々は少しずつ家から出て来て、広場に集まる。

取税人　（階段の上に姿を現す）どうしたのだ？　お前たちは、酔っているのか？　ここ四〇年というもの、通りで歓喜の叫びなど聞いたことはない。しかも選りによって、わが家にローマ人《びと》がいる日に大声で喚くとは！　言語道断だ。

パウロ　ローマ人は、ケツを手酷く蹴っ飛ばされて、ユダヤから追い出されるだろう。そして取税人は、赤々と燃える火の上に逆さに吊り下げてやるぞ。

レリウス　それは革命だ！　革命だぞ！

レリウス　（パジャマ姿にヘルメットを被って、姿を現わす）おほん！　何だ、どうした？

取税人　革命です！　革命です！

取税人　ユダヤ人よ！　私が殺されたら、ローマの政府は大量の流血で報復するぞ、分かっているのか？

［**カイフ**　騒ぐな！　今のところ、おれたちはあんたらをどうこうしようというわけではない。今日はまだ、決着をつけて仕返しする日ではない。歓喜の日だ。そこでここにおいでのみなさん、ベトスールとその近在の住民のみなさん、佳き知らせを聞いてくれ。主の天使が、われらの前に姿を現わしたのだ。主の栄光は、われらの周りに光り輝き、われらは大きな恐れに捕らわれた。すると、天使はこう言われた。「恐れることはない。私は汝らに、民の全員にとっての大いなる喜びを告げるのであるから。本日、ベツレヘムで、キリストたる救い主が、主がお生まれになった。汝らは、むつきに包まれて秣槽《かいおけ》の中に横たわる小さな嬰児《みどりご》を見出すだろう。それがキリストだ」。

群衆　メシア！　メシアが生まれた！　ホザンナ！　メシアがお生まれになった！

長老1　どうだ、これがバリオナに対する、主のお答えだ。バリオナは、真っ向から神に向かって、こう言った。「われに合図をなされよ。さもなければ、わが村人たちは今後は子を成すことはないであろう」とな。そこで主なるわれらが神は、彼に合図をしたのだ。神は、われら万人の誕生によって、ご自分の息子をお生まれにならせたのだ。それは全く子を成すまいとする者たちへの、神のお答えなのだ。何となれば、神はキリストを、己の子種を妻の胎内に預託する男として、お生まれにならせたのだから。

群衆　ホザンナ！　メシアが生まれた！　メシアはお生まれになった！

イェレヴァ　われらが村の周りの大地は、花盛りとなるだろう。

シャラム　おれたちの妻は、頑丈な子供を産んでくれるだろう。その子たちは、おれたちの老いの楽しみとなるだろう。

長老1　ローマ人《びと》は追い出され、ユダヤはこの世に君臨するだろう。

あるユダヤ人　悪人は罰せられ、善人は報われるだろう！」

カイフ　村の衆、羊飼い衆、歌おう、踊ろう、黄金時代の再来だから！

一同、歌う。

永遠なる者が君臨する！　大地は歓喜で打ち震えるがよい、島という島は喜ぶがよい！

永遠者の周りには雲と闇があり、正義と審判は彼の玉座の土台。彼を囲んで火が前進し、あたり一面にひしめく敵どもを赤々と照らしている。

彼の稲妻は世界中に輝きを放ち、彼を目にして地は打ち震える。

山々は、永遠者の臨在、大地全体の主《あるじ》の臨在のゆえに、蝋のように溶けて行く。

天は彼の正義を告げ、すべての諸民族は彼の栄光を目にする。

シオンは、彼の声を耳にすると、大いに喜び、ユダの娘たちは歓喜に震えた。

海は、己の喜びを叫ぶがよい。そして大地と、そこに住まう者たちも。

川は手を叩き、山は歌うがよい。

何となれば、永遠者は大地を裁くために来たる者であり、この世界を正義をもって、諸民族を公正に、裁くであろうからだ。

バリオナ　（登場）犬どもめ！　お主らは要するに、蜜の言葉でたぶらかされる時にしか幸せにならないのか？　真実を真っ向から見据えるだけの肝っ玉がないのか？　お主らの歌は私の耳を引きちぎり、お主らの女踊りには、嫌悪感で吐きそうになる。

群衆　だってバリオナ！　バリオナよ！　キリストがお生まれになったんだぞ！

バリオナ　キリストだと！　哀れな気狂いども！　哀れなめくらどもめ！

カイフ　バリオナよ、天使はおれにこう言われた。バリオナを探し出せ。彼の心は苦い胆汁が満ちている。その彼にこう言え。「善き意欲ある人々に地上での平和があらんことを」と。

バリオナ　フン！　善き意欲だと！　金持ちの家の門の前の階段の下で、文句ひとつ言わずに飢えで死んでいく貧乏人の善き意欲、鞭で打たれても有難うと言う奴隷の善き意欲、虐殺の場へと追い遣られ、理由も知らずに奮戦する兵士たちの善き意欲、という奴だ！　どうしてここにいないのだ、お主らの言う天使とやらは。どうして自分で伝えないのだ、その言伝とやらを。私は天使にこう返事をするまでだ。「われにとってはこの地上に平和はない。われは悪しき意欲の人とならん」。

群衆、どよめく。

悪しき意欲の人だ！　神々に対して、人間どもに対して、世界に対して、私は心を三重の鎧で覆った。私は恩寵を求めず、有難うと言うことはしない。私は何者の前でも膝を屈することはしない。私は憎しみの中にこそ己の尊厳が存するとみなすだろう。己のすべての苦しみと他の人々の苦しみとの正確な収支の決算を付けるだろう。私は、万人の労苦の証人にして、その多寡を量る秤たらんと欲する。万人の労苦を拾い集め、それを自らの内に冒瀆の言葉のように、護持するであろう。不正の柱にも似て、私は天に刃向かってそそり立つことを欲する。私は和解することなく、ただ独り死んでゆく。そしてわが魂が赤銅の怒号、怒りの怒号さながら、星辰に向かって上り行くことを欲する。

カイフ　用心しろ、バリオナ！　神はお主に合図をしたのだ。それをお主は聞こうとしないのだぞ。

バリオナ　永遠の神が雲間から私に面《おもて》を見せたとしても、私はなおそれを聞くことを拒むだろう。なぜなら私は自由だからであり、自由なる人間に抗して、神は自分では何もできないからだ。神は私を粉々に粉砕してしまうことも、焼け木杭のように燃え上がらせることもできる。葡萄の若枝が火の中で身をよじるように、私がさまざまな苦痛の中で身悶えするようにすることもできる。しかし、この青銅の柱、人間の自由というこのたわむことなき円柱に抗しては、何もすることができないのだ。それに第一、ばか者ども、いったい何をもって、神が私に合図をしたと取ったのだ？　すぐ真に受ける奴らだ。連中がお話を語って見せただけで、お主らは、我も我もと軽信の中に突進してしまう。まるで町の銀行の金庫に蓄えを預けるのと同じだ。オイ、お主、シモンよ、羊飼いの中で一番若いお主、こっちへ来い。お主は、他の者より正直そうだ。起こったことをありのまま忠実に話してくれ。誰がお主たちに佳き知らせを告げたのか？

シモン　へぇ！　旦那さま、天使が告げたんです。

バリオナ　どうして天使だと分かるんだ？

シモン　ものすごく怖かったからですよ。天使が焚火に近づいてきたとき、あたしゃ腰が抜けたかと思いました。

バリオナ　なるほど。で、どんな様子だった、その天使は？　大きな翼を広げていたか？

シモン　いえ、そんなことはないです。どうともはっきりしない様子で、脚がふらついていました。それに寒がっていました。そう！　可哀想に、寒かったんです。

バリオナ　ご立派な天の使いだな、確かに。で、その天使は、その主張について、どんな証拠を出したのだ？

シモン　はて……それが……それがですね……証拠は全く出しませんでした。

バリオナ　なんだと？　どんな些細な奇跡もか？　火を水に変えもしなかったのか？　お主たちの杖の先に花を咲かせることさえも？

シモン　あたしたちゃ、そんなことを頼もうなぞとは思いませんでした。残念です。だってあたしゃ、たちの悪いリューマチを抱えていて、腿が痛くてたまらないんです。天使がいる間に、直してくれるようお願いしときゃよかったんだが。天使は何だか不承不承という感じで話していましたよ。こう言ったんです。「ベツレヘムへ行き、馬小屋を探せ。さすれば、むつきに包まれた嬰児《みどりご》を見出すだろう」と。

バリオナ　そうだろうとも。実に手の込んだ遣り口だ。今現在、ベツレヘムには、戸籍調査のせいで、膨大な数の人間が集まっている。旅籠は大勢に宿を断っているから、野宿する者や馬小屋で寝る者も、大勢いる。賭けてもいいが、秣槽《かいおけ》に寝ている乳飲み子は二〇を下らないだろう。どれがそうなのか、選び出すのに苦労することだろうよ。

群衆　そりゃ確かにその通りだ。

バリオナ　それで？　それから何をしたのかな、お主らの天使は？

シモン　行っちまいました。

バリオナ　行っちまった？　消えた、と言いたいのか、煙のように掻き消えた、と？　彼の同類がよくやるように。

シモン　いえ、いえ、両脚で歩いて、立ち去りました。少しびっこを引いていましたが、ごく自然な感じでした。

バリオナ　これがお主らの天使さまだ、全く気の触れた頭どもだ！　酒に酔った羊飼いどもが、山の中でおつむがイカれた男に出会い、その男がキリストの到来について、なんだか知らない出任せを喋ったという、ただそれだけのことで、お主たちは歓喜によだれを垂らして、帽子を空に投げ上げる始末だ。

長老1　そうは言うが、バリオナ、われらはかくも長くメシアを待ち望んでいるのだ！

バリオナ　誰を待っているのだ？　地上の権勢を誇る王が、その栄光のままに姿を現わし、けたたましいラッパの音に先導されて、彗星のように天空を横切っていく、とでも言うのか。それに、何が下されると言うのか？　乞食の赤ん坊、産湯も使わず汚れたまま、歯の間に藁の切れ端が何本か刺さったまま、馬小屋の中で泣いている。アア、実にご立派な王だ！　さあ、降りて行け、ベツレヘムへと降りて行け。もちろんだ、旅するだけの価値はある。

群衆　彼の言う通りだ！　言う通りだ！

バリオナ　善良なる者たちよ、家に帰るが良い。そしてもっと分別のある姿を、将来に残したらどうだ。メシアは到来しなかったし、もっと言って欲しいのなら、メシアは決して到来することはないだろう。この世は、果てしない落下なのだ、分かっているだろう。メシアというのは、この落下を止め、突然、物事の流れをひっくり返し、この世界をボールのように空中に跳ね返す、そういう者のことだ。そうなると、川は海から水源まで逆流し、花々は岩の上に生育し、人間には羽根が生え、われわれは生まれた時が老人で、それから若返って行って、最後は赤子になってしまうだろう。お主らがそこで想像しているのは、狂人の世界だ。私の確信はただ一つ、あらゆるものは常に落下していくであろう、川は海へと落ち、古い民族は新たな民族の支配の下に転落し、人間の企ては衰退へと、そしてわれらは卑しむべき老衰へと転落して行くということだ。家に帰るが良い。

レリウス　（取税人に）思うに、ローマの官吏たる者、これほど厄介な事例に直面したことはない。奴らの思い込みが間違いであることを悟らせなければ、奴らは大挙してベツレヘムへと降って行って大騒ぎをやらかすだろうが、そうなると私の身にも面倒が降りかかることになる。思い込みの間違いを悟らせるとなると、奴らは昨日の忌まわしい誤りをいっそう頑固に持ち続けることになり、子供を作らなくなるだろう。どうしたら良いのか？　おほん。最善の策は、何も言わずに、出来事が自然の流れをたどるがままにしておくことだろう。中に戻ろう。そして何も見なかったことにしよう。

イェレヴァ　さあ、家に帰ろう！　まだ一寝入りする時間はある。おれは、幸せな金持ちになった夢を見ることにするよ。夢だけはだれにも盗めないからな。

徐々に夜が明けていく。群衆がまさに広場を立ち去ろうとしていた時、音楽。

カイフ　ちょっと待て、オイ、お主たち、ちょっと待てよ！　何だ、この楽の音は？　だれか、こっちにやって来るぞ、豪勢なご一行さまだ。

イェレヴァ　東方の博士たちだ。きらびやかな金色の飾りをまとっている。これほど美しいものは見たことがない。

取税人　（レリウスに）こういう博士たちは、ローマの植民地博覧会で見たことがあります。かれこれ二〇年にもなりますか。

長老1　脇に寄って、あの方たちに道を開けて差し上げろ、こちらに来られるようだから。

東方の三博士、登場。

メルキオール　善良なる人々よ、ここの長《おさ》はどなたか？

バリオナ　私です。

メルキオール　まだベツレヘムまでは遠いのでしょうか？

バリオナ　二〇里です。

メルキオール　ようやく、道を教えて下さる方にお会いできて、嬉しい限りです。この辺の村は人っ子一人おりませんので。住民はみなキリストを崇めに出かけてしまったのです。

全員　キリストだって！　では、本当なのか？　キリストはお生まれになったのか？

サラ　（群衆に紛れていて）ああ、仰って下さい、私たちに、キリストがお生まれになったと仰って、私たちの心を温めて下さい。神の子がお生まれになったのですね。そのような幸運に恵まれた女性がいたのですね！　ああ！　二重に祝福された女性が！

バリオナ　お前もか、サラ？　お前までも？

バルタザール　キリストはお生まれになった！　その星が東方に上がるのを、われわれは見た。その後について来たのだ。

全員　キリストはお生まれになった！

長老1　バリオナ、お主はわれらを騙したのだ、われらを騙していたのだ。

イェレヴァ　悪しき司牧だ、お主はわれらを欺き、この不毛の岩山の上でくたばらせようとしたのだろう？　ところがそうしている間にも、低地の者たちは、われらが主の到来の喜びに存分に浸ったことだろう。

バリオナ　哀れな馬鹿者ども！　お主らは、金ピカに着飾っているから、彼らの言葉を信じるのだ。

シャラム　では、お主の女房はどうなのだ？　彼女を見てみろ、よく見てみろ！　彼女も何も信じていないと、お主は言えるのか。何しろ、わしらと同様に、お主は彼女も騙したのだからな。

レリウス　（取税人に）おやおや！　われらがアラブの禿げ鷲にとっては風向きが悪くなったな。口を挟まなくて良かったわい。

群衆　三博士の後について行こう！　三博士と一緒にベツレヘムへと降りて行こう！

バリオナ　行くな！　私がお主らの長《おさ》である限り、行ってはならない。

バルタザール　何と？　そなたは村人たちがメシアを崇めに行くのを妨げようというのか？

バリオナ　私はメシアを信じないし、あなた方の下らぬたわ言を何一つ信じない。あなた方、富める者、王なる者のやり口は、私にはお見通しだ。あなた方は、貧乏人が静かにしているように、荒唐無稽な話で騙しているのだ。しかし、言っておくが、この私は騙せないぞ。ベトスールの村人よ、私はもうお主たちの長《おさ》であることを止めにしたい。私の言うことを信じなかったからだ。しかし、最後にもう一度言っておく。お主たちの不幸を真っ向からしかと見詰めよ。なぜなら、人間の尊厳はその絶望の中に存するのであるから。

バルタザール　人間の尊厳はむしろその希望の中に存するのではないと、そなたは確信をもって言うことができるのか？　私はそなたが何者か、全く知らない。しかし、顔を見れば、そなたが苦しんで来たことは分かるし、また、得々として己の苦しみに浸ってきたことも分かる。そなたの顔立ちは高貴だが、目は半ば閉じられ、耳は塞がれているようだ。そなたの顔には、盲人と聾者の顔に見られる重苦しさがある。そなたは異教の民が崇める血塗れの痛ましい偶像の一つに似ている。まつげを伏せ、盲目で人間の言葉が聞こえず、己自身の矜持が与える助言しか耳に入らない、獰猛な偶像に。されどわれらを見よ。われらもまた苦しんで来た。そしてわれらは人々の間にあって学識ある者たちである。しかしあの新たな星が空に上ったとき、われらは躊躇うことなく、われらの王国を後にして、あの星の後について来た。これからわれらのメシアを崇めるものである。

バリオナ　ならば行くがよい。そして崇めるがよい。だれも止め立てはせぬ。あなた方のことなど、私は一切関わりはない。

バルタザール　そなたの名は何と言う？

バリオナ　バリオナだ。それがどうした？

バルタザール　そなたは苦しんでいる。

バリオナ、肩をすくめる。

そなたは苦しんでいる。されどそなたの務めは希望することなのだ。それこそそなたの人としての務めなのだ。キリストがこの地上に降りて来られたのは、そなたのためである。他の何者にも増してそなたのためなのだ。そなたは他の何者よりも苦しんでいるからである。天使はいささかも希望することがない。天使は初めから歓喜に恵まれており、神はあらかじめ天使に全てを与えたもうた。石もまた希望することがない。石は恒久不断の現在の中に呆けたまま生きている。しかし神は人間の本性をお作りになったとき、希望と懸念とを混ぜ合わせられたのだ。よいか、一個の人間とはつねにそれがあるところのものをはるかに超えたものなのである。ここに姿の見えるこの男。肉体という重みに耐え、二本の大きな足で広場に根を張ったように立っているこの男、そなたは彼に触れようと手を伸ばし、言うだろう。彼はそこにいる、と。ところがそれは違うのだ。人間とはどこにいようと、バリオナよ、人間はつねに他の場所にいるのだ。他の場所に、ここから見える紫の頂を超えて、エルサレムに、ローマに、今日というこの凍てつく日を超えて、明日に。そなたの周りにいるこれらすべての者は、実はとっくにここにはいない。ベツレヘムの馬小屋の中にいて、嬰児《みどりご》の小さな温かい身体の周りを囲んでいるのだ。人間はこの将来というパン生地を捏ねて作られるものであり、この将来のすべて、これらすべての頂、これらすべての紫色の地平線、一度も足を踏み下ろしたことはなくとも、人間がつねに付きまとっているこれらすべての不思議の都、これこそ〈希望〉なのだ。〈希望〉というものなのだ。そなたの目の前にいるこの捕虜たち、泥と寒さの中で生きている彼らを見よ。もし彼らの魂の後を付いて行くことができたとするなら、何が見えると思う？　たたなづく丘々、緩やかにうねる川の蛇行、そしてぶどう畑と南の太陽が見えるだろう、それすなわち、彼らのぶどう畑であり、彼らの太陽なのだ。彼らがいるのは、あそこなのである。そして九月の金色のぶどう畑、それは、寒さに凍え、ノミやシラミだらけの捕虜にとって、〈希望〉なのだ。〈希望〉、すなわち彼ら自身の最良のもの。ところがそなたは彼らから、彼らのぶどう畑、彼らの小麦畑、遠くに連なる丘の燦めきを取り上げてしまおうとする。彼らに泥とシラミとスープに入れるカブだけしか残してやろうとしない。彼らに、ものに怯える獣の現在を与えようとしているのだ。何となれば、それこそがそなたの絶望だからだ。絶望、すなわち、刻々と過ぎ行く瞬間瞬間を反芻し、恨みがましい、呆けた目で足元を見つめ、己の魂を将来から引き剥がし、現在の周りを囲む輪の中に閉じ込めてしまうこと。そうなると、バリオナ、そなたはもはや人間ではなくなってしまう。路上に転がる硬く黒い石に過ぎなくなるだろう。路上にはキャラヴァンが通り過ぎる。しかし石はただ独り、恨みに凝り固まって、里程石のようにその場に残るのだ。

バリオナ　何をくどくどとたわごとを抜かすか、老ぼれめ。

バルタザール　たしかにわれらは随分と年をとっており、随分と博学で、この地上のあらゆる悪を知っている。しかし、あの星が空に上るのを目にした時、われらの心は、子供の心のように歓喜で鼓動し、われらは子供のようになって、出発したのだ。何となれば、希望するという人間としての務めを成し遂げたいと思ったからだ。バリオナよ、希望を失う者は、村から追われ、呪いをかけられ、道の石はより硬く、イバラはより尖った棘を持ち、背負う重荷はより重くなるだろう。あらゆる不運不幸が、猛り狂う蜂のように襲いかかり、人々はみな彼を嘲り、「疫病神」

と叫ぶだろう。しかし希望を持つ者には、すべては微笑みであり、世界は贈り物のように贈られる。さあ、皆の衆よ、ここに残るべきか、われらの後に付き従う決心をすべきか、お分かりだろう。

一同　お後をお慕いします。

バリオナ　よせ！　行ってはならぬ！　まだ言うことがあるのだ。

一同、押し合いへし合いしながら退場。

イェレヴァよ、お主はかつて私の相棒で、つねに私の言葉を信じてくれたものだ。いまではもはや私を信用しないのか？

イェレヴァ　離してくれ。お主はわれらを騙したのだ。

イェレヴァ、立ち去る。

バリオナ　で、お主はどうだ、長老よ。そなたはつねに会議で私に賛成してくれたものだが。

長老　あの時はお主は長《おさ》だった。いまやお主は何でもない。行かせてくれ。

バリオナ　ならば行け！　哀れな狂人どもよ、行ってしまえ。サラ、こっちへ来い！　われらだけで、ここに残ろう。

サラ　バリオナ、私はみんなに付いて行くわ。

バリオナ　サラ！　（間）私の村は死に、私の一族の家名は汚された。そして配下の者たちは私を見捨てる。これ以上苦しむことがあるなどとは思いもしなかったが、間違いだった。サラ、最も辛い仕打ちがお前から来ることになろうとは。それではお前は、もう私を愛していないのか？

サラ　バリオナ、愛しているわ。でも、分かって頂戴。あそこには、願いが叶って満たされた、幸せな女性がいるのよ。世界中の母親という母親になり代わって子を産んだ母親が。あの方はまるで私に許可を与えて下さったみたいだわ。自分の子供をこの世に産み出すことのお許しを。私はお目にかかりたい、この目でお姿を拝したいのよ、あの幸せにして聖なる母親を。あの方が、私の子供を救って下さったのよ、あの子は生まれるわ、今ではそれがよく分かるの。どこで生まれるかなんて、どうでもいいことよ。道のほとりであろうと、あの方のお子さんのように、馬小屋であろうと。それに、神さまは私とともにいらっしゃるということも、分かるわ。（おずおずと）私たちと一緒に行きましょう、バリオナ。

バリオナ　いや、私は行かない。お前は勝手にするがいい。

サラ　それなら、お別れね！

バリオナ　さらばだ！　（間）奴らは行ってしまった。主よ、今やあなたと私だけです、ここにいるのは。私はこれまでに数多の苦しみを知りましたが、見捨てられた孤独の苦い味というのは、今日まで生きて来て初めて味わいました。ああ、なんと私は孤独なのか！　しかし、ユダヤ人の神よ、あなたは私の口からただの一言も嘆きの声を聞くことはないでしょう。私はこの世に生まれることを頼んだことは一度たりとありませんが、その私は、この不毛の岩山の上に打ち捨てられたまま、この先ずっと生きようと欲します。そして、あなたの悔恨の種になって見せましょう。

幕。

第五幕

第一場

呪術師の家の前

バリオナ、ただ一人

バリオナ　神が人間に姿を変えるだと！　まるで子守のおとぎ話だ。だいたいわれら人間の条件の中に、神の気をそそるものがあるとは思えないではないか。神々[1]は天上にましまして、神であることを楽しむのにお忙しい。われら人間の間に降りて来られることがあるとしても、やはり紫の雲とか稲妻といった、なんらかの束の間の華々しい形をまとって降りて来られるはずだ。神が人間に変わるだと？　全能の神が、その栄光の最中にあって、この地上の古いかさぶたの上に排泄物を撒き散らす、うようようごめくシラミどもを眺めて、自分もそうした虫けらの一つになりたいなどと、言うだろうか？　笑い話もほどほどにしろ。神が、何を好き好んで、この世に生まれ出るために、十月十日《とつきとおか》、いちごのような血の塊として女の胎内に留まろうなどとなさるというのか？　奴らがベツレヘムに着くのは、夜明け間近になるだろう。女も一緒だから、歩みは遅くなるはずだ。まあ、せいぜい、星空の下、笑いさんざめき、眠りこけたベツレヘムの住民を叩き起こすがいい。時を移さず、ローマ兵の銃剣が奴らの尻を突き刺して、カッカと温まった血の気を冷ましてくれるだろうよ。

レリウス、登場。

第二場

レリウス、バリオナ

レリウス　おや、これはこれは、村長《むらおさ》バリオナ殿。ここでお会いできて、幸甚です。いえいえ、本当です。われわれの間には政治的な見解の相違がありますが、なにせ当面、この無人の村に残るものと言っては、われら二人しかおりませんからな。風が立ち、家々のドアはバタバタ音を立てます。ひとりでに開くドアもあり、その背後に大きな黒い穴が覗くと、ぞっとしますな。あまり離れないようにしましょうよ。

バリオナ ドアがバタンバタンと音を立てるからといって、別に怖くはないでしょう。それに取税人のレヴィが、あなたの側を離れないでしょう。

レリウス ところが違うのです。お笑い召さるな。あのレヴィの奴、私のロバを借り出して、あなたの配下のものたちの後に付いて行ってしまいました。私は徒歩で帰らなくてはならなくなりました。（バリオナ、笑う）そう、おほん、まことに滑稽ですな、たしかに。で、村長殿《むらおさ》、これら一切について、どう思いますか？

バリオナ 閣下、まさに同じことをお尋ねしようと思っていました。

レリウス おやまあ！　私としてはですな……彼らはあなたを置き去りにしたのでしょう？

バリオナ 私は自分で、彼らと一緒に行かないことにしたのです。あなたは旅をお続けになるのでしょうな、閣下？

レリウス いやいや、もはや巡回などするには及びません。何しろ、山地の村という村は、どうやら人っ子一人いないようですから。山地の者たち全員が、ベツレヘムを訪問中です。私は家に帰りますよ、徒歩で。あなたはどうなさる？　一人でここに残るのですか？

バリオナ ええ。

レリウス それは信じられないほどの冒険ですね。

バリオナ 信じられないほどのものと言ったら、人間の愚かさしかありません。

レリウス いかにも、その通り！　あなたはあのメシアというものを信じていませんね？（バリオナ、肩をすくめる）もちろん、そうでしょうな。とはいえ私としては、例の馬小屋にちょっとばかり立ち寄りたい気もします。万が一、ということもあります。あの三博士、いかにも確信している様子でしたから。

バリオナ　ではあなたも、あの華麗な制服に影響されたのですね。とはいえ、あなた方ローマ人は、制服には慣れっこのはずですが。

レリウス　おほん！　ご存知の通り、ローマには知られない神々のための祭壇があります[2]。念のため手を打っておこうということです。私はこれまでつねに、念のための措置というものには賛成して来ましたし、今回、馬小屋に立ち寄るのも、そのせいです。神がもう一人くらい増えても、われわれには何の不都合もありません。すでに大勢いますから。それに、われらが帝国には、牛も山羊もふんだんにありますから、あらゆる神々にあらゆる生贄を捧げても、不足することはありません。

バリオナ　もし私のために人間となった神がいるのなら、私は他のすべての神を差し置いて、その神を愛するでしょう。その神と私の間には、血の繋がりのようなものがあるということになるでしょうし、一生かけても、感謝の念を証明するには足りないでしょう。バリオナは、恩知らずな男ではありません。しかし、そんな酔狂をする神がいるでしょうか？　もちろんわれらの神は、そんなことは致しません。これまでつねに、打ち解けることの少ないお方でしたから。

レリウス　ローマでは、ユピテルは時々、オリュンポスの山の高みから下界を見渡して、どこかの若い乙女に狙いをつけた時など、人間の姿形をお取りになると言われています。そんなこと信じていないとは、あなたにわざわざ言うまでもないことですが。

バリオナ 半神、われら人間の屈辱の肉体から成る神、世界全体から見捨てられた時にわれらの口の奥に残るこの塩の苦い味、これを自ら知ることを受け入れる神、私が今この瞬間に苦しんでいるものを、やがて苦しむことを前もって今から受け入れる神……。そんなこと、正気の沙汰ではない。

レリウス たしかに。おほん！　それでもやはり、あちらに立ち寄ってみます。万が一、ということがありますからな。それにわれら両人は、特に神々が必要になるでしょう。何しろあなたは地位を失いましたし、私の地位も風前の灯ですからな。

バリオナ そうなのですか？

レリウス もちろんですよ。思い浮かべてみて下さい。山地の住民が短い脚で雪崩を打って駆け下りて、ベツレヘムの通りという通りを走り回っているんです。考えただけで、ぞっとします。長官は、こんな事態を引き起こした私を決してお赦しにならないでしょう。

バリオナ たしかに、滑稽な話ですな。で、あなたは、首になったら、どうなさるのですか？

レリウス 生まれ故郷のマントヴァに引きこもります。実を言うと、以前からそれを強く願っていました。思っていたよりやや早くそうなる、というだけの話です。

バリオナ で、マントヴァはきっと、イタリアの大都市なのでしょうね、周囲に工場が立ち並ぶ。

レリウス　何をおっしゃる！　全く逆で、ほんの小さな町です。真っ白で、谷間の川の畔にあります。

バリオナ　何ですって？　工場はない？　小さな製材所一つないのですか？　それでは死ぬほど退屈なさるのではないですか？　ベツレヘムが懐かしくてたまらなくなるでしょうね。

レリウス　とんでもない。マントヴァは、養蜂でイタリア中に名が轟いており、私たちは蜜蜂を沢山飼育しています。私の祖父は、飼育する蜜蜂の馴染みでしたので、祖父が蜜を採りに来ても、刺されることはありませんでした。祖父がやって来ると、蜂たちは出迎えに飛んで来て、頭の上やトガの襞の中に止まりました。祖父は手袋もマスクもしませんでした。実を言えば、私もかなりその道に通じています。ただ、マントヴァに戻った時に、蜂たちに私が分かるかどうかは分かりません。もう六年も留守にしていますので。良い蜂蜜が採れるのですよ。緑のや、茶色のや、黒いのや、黄色のが。養蜂論を執筆するのが、私の長年の夢でした。なぜお笑いになるのです？

バリオナ　あの老ぼれ狂人の言い草が頭に浮かびまして。人間はつねに他の場所にいるのだ、人間とは希望なのだ、というあの話です。閣下、あなたもあなたなりの他の場所をお持ちですね、あなたなりの希望を。ああ、なんと感じの良いおセンチな菫花か、そしてなんとあなたにお似合いのことか。まあそういうことなら、閣下、どうぞお行きなさい、マントヴァに蜂蜜を作りに。これにてお別れします。

レリウス　おさらばです。

呪術師、家から出てくる。

第三場

バリオナ、レリウス、呪術師

呪術師　お殿様方、ご機嫌よろしゅう。

バリオナ　お前はいたのか、老ぼれの下種野郎。それじゃ他の者たちと一緒に行かなかったのか？

呪術師　年寄りなもので、脚が言うことを聞きません、お殿様。

レリウス　何者です？

バリオナ　わが村の呪術師です。なかなかのやり手で、自分の仕事をよく心得ています。私の父親の死を二年前に予言しました。

レリウス　またしても予言者ですか。お国にはそれしかいませんね。

呪術師　私は予言者ではありません。神から霊感を受けるわけではありません。タロットとコーヒーの出し殻で未来を読み取る、全く地上的な術でございます。

レリウス　それならば、山地の村人という村人を、電気掃除機(3)のように吸い上げているあのメシアというのは何者か、言って貰いたいものだ。

バリオナ　いけません！　あのメシアの話などもう聞きたくない。これはわが同胞たちの問題です。彼らは私を見捨てたのです。ですから私の方も見捨ててやります。

レリウス　まあまあ、そう言わず、話を聞きましょう。面白い情報が得られるかも知れませんぞ。

バリオナ　よろしいように。

レリウス　さあ、話してみろ。もし私が満足したなら、この財布をくれてやるぞ。

呪術師　困りましたな。神々のことは、私の領分ではありませんので。私としては、例えば奥方さまが貞節かどうかお尋ね下さった方がありがたいのですが。それなら私の専門となります。

レリウス　おほん！　妻は貞節だ。それは絶対的信念さ。ローマの官吏の妻たるもの、疑いをかけられることがあってはならない(4)、ですよ。それに仮に私の妻をご存知だったら、ブリッジと共同裁縫室と婦人委員会の議長の仕事で手いっぱいで、他のことをする余裕などないことが、お分かりになっただろう。

呪術師　分かりました、お殿様。それではメシアについてお話しすることに努めてみましょう。ただ、申し訳ございませんが、まずトランス状態に入る必要があります。

レリウス　長くかかるのか？

呪術師　いえ。ほんのちょっとした形式的手続きです。ほんの少々踊りを踊って、タムタムに合わせて陶酔状態に入るだけです。

彼は、タムタムを叩きながら踊る。

レリウス 正真正銘の野蛮人どもだ。

呪術師 見えます！　見えます！　馬小屋の嬰児が。

レリウス それから？

呪術師 それから、大きくなります。

バリオナ 当たり前だ。

呪術師 （気を悪くする）当たり前ということはありません。ユダヤ人の間では幼児死亡がたくさんありますからね。要するに彼は人々の間に降りて来て、「私はメシアだ」と言うのです。彼はとりわけ、貧民の子供たちに話しかけます。

レリウス 反抗を説くのかね？

呪術師 「カエサルのものはカエサルに返すべし」と言います。

レリウス それは大変結構だ。

バリオナ 私は全く気に入りませんね。お前のメシアというのは、売国奴だ。

呪術師 だれからも金を受け取りません。ひじょうに慎ましい暮らしをします。ささやかな奇跡をいくつかやって見せます。カナでは水をぶどう酒に変えます。私だってそれくらいできますがね。粉末の問題なんです。また、ラザロという名の男を生き返らせます。

レリウス さくらだな。そうだろ？ それに催眠術が少々、おそらくな？

呪術師 そう思います。パンの話[5]もあります。

バリオナ どんなものか、見当はつく。それから？

呪術師 奇跡としては、こんなところです。彼はあまり乗り気ではなさそうですが。

バリオナ そりゃそうだ。あまりやり方を心得ていないに違いないからな。それから？ どんなことを言うのだ？

呪術師 「自分の命を手に入れようとするものは、それを失う[6]」と言います。

レリウス 結構、結構！

呪術師 父なる神の王国はこの地上にはない、とも言います。

レリウス 大変結構。みんな辛抱強くなることだろう。

呪術師 金持ちが天上の王国に入るより、ラクダが針の穴を通る方が容易い、とも言います。

レリウス 他のほど良くはないが、まあやむを得まい。下層民の間で人気を博そうと思うなら、多少は資本主義に噛み付く覚悟もしなくてはなるまい。それに、大切なのは、彼が地上の王国を金持ちたちに委ねている点だ。

バリオナ で、それから？ 彼はどうなる？

呪術師 苦しんで死にます。

バリオナ だれしもそうだが。

呪術師　だれしもどころの話ではありません。逮捕され、法廷に引き出され、裸にされ、鞭で打たれ、みんなに嘲られ、挙句の果て、十字架にかけられます。人々は彼の十字架の周りに群がって、「もしお前がユダヤ人の王なら、自分で自分を救ってみろ」と言います。しかし彼は自分を救うことはなく、大声で「父よ、父よ！　どうして私をお見捨てになったのですか？」と叫び、そして死にます。

バリオナ　そして死ぬ、だと？　へえ、そうか！　大層なメシアだ。しかしもっと見事なメシアもいたのだが、みな忘却の淵に沈んでしまった！

呪術師　このメシアは、それほど早く忘れ去られません。それどころか、彼の弟子たちの周りに諸民が大集結しているさまが見えます。それに彼の言葉は、海を超えてローマまで運ばれ、さらに遠く、ガリアとゲルマニアの暗い森林にまで運ばれます。

バリオナ　何がいったい彼らをそれほど喜ばせるのだ？　そのやり損なった生涯か、それともその屈辱の死か？

呪術師　その死だと思います。

バリオナ　その死だと！　ああ、それを妨げることができたなら……。いや、奴らは勝手にすればいい。自業自得だ。（間）私の配下の者たち！　私の配下の者たちが、ごつごつと節くれだった指を組んで、十字架上で死んだ奴隷の前に跪くとは！　反抗の叫びさえ挙げず、きょとんとしたような柔《やわ》な非難を、まるでため息のように漏らすだけの死者の前に！　ネズミ捕りにかかったネズミのように死んだ男の前に。そして私の配下たち、この私の配下の男たちは、これから彼を崇めに行くのだ。さあ、こいつに財布を渡しなさい。姿を消して貰おう。これ以上もう言うことはないだろうな？

呪術師 もうありません、お殿様。ありがとうございます、お殿様方。

呪術師、退場。

レリウス どうしてそのようにいきなり興奮なさるのです？

バリオナ お分かりにならないのですか、これはユダヤ民族の暗殺なのです。あなた方ローマ人は、われわれを懲らしめようとしたなら、こんな手を使いかねなかったでしょうよ。さあ、率直に話してください。あなた方の一味なんでしょう、このメシアは？　ローマが金を出しているのですね？

レリウス まだ生まれて十二時間ほどしか経っていないのですよ。すでに買収されているには、いささか若すぎませんか。

バリオナ イェレヴァの顔が目に浮かぶ。あの屈強の、荒々しいイェレヴァ、羊飼いだが、その本領ははるかに戦士、かつてヘブロンとの戦いの間、私の副官だった男、その彼が、この宗教のせいで、香水を振り、ポマードを塗りたくったさまが想像できる。その彼が、羊のようにメーメー鳴くことになるのだ……。急いで笑い飛ばしてやらなければ……。呪術師！　呪術師！

呪術師　御用で？

バリオナ　お前は、群衆が彼の教義を採用すると言ったな？

呪術師　はい、お殿様。

バリオナ　おお、屈辱のエルサレムよ！

レリウス　いったい、どうなさったのです？

バリオナ　十字架に架けられた者として私の知っているのは、ただ一人、シオン(7)のみです。あなたの身内の、銅の兜を被ったローマ人が手ずから十字架に釘づけにした、あのシオンです。そしてわれらは、いつか彼女が虐待された己の足と手を十字架の柱から引き剥がし、血にまみれた、凄絶なまでに美しいその姿で、敵に向かって進軍する日が来るだろうと、これまでつねに信じて来ました。それこそがまさに、われらのメシア信仰だったのです。ああ！　きらきらと煌めく鉄の鎧をまとい、正視することもできぬほど眼光鋭いあの男がもしやって来たなら、もし彼が私の右手に剣を握らせ、「これを腰につけて、われに従え」と言ったなら。どんなにか私は彼に付き従って、乱戦の喧騒の中に飛び込み、麦畑でヒナゲシの花を刈るように、ローマ人の首を次々と刎ねたことだろう。われらはこの希望の中で成長したのであり、歯を食いしばり続けた。もしたまたまローマ人が一人、村を通り過ぎるようなことになるなら、われらは彼の姿をどこまでも目で追って、後ろ姿に向かっていつまでもひそひそと囁き続けたことだろう。なぜなら彼の姿は、われらの心の中に憎しみの炎を燃え続けさせてくれたのだから。私には誇りがある！　奴隷の境遇を一度たりとも受け入れたためしはなく、己の中に赤々と燃える憎しみの火を掻き立てることをやめたためしは一度もないがゆえに、誇りがあるのだ。そして近頃、多くの血を失ったわれらが村はもはや反抗のために必要な力を持たぬことに気づき、ローマ人のくびきに屈するよりは、むしろ村が消滅することを選んだのだ！

レリウス　大変結構！　これこそ、辺鄙な寒村にローマの官吏を巡回に送り込んだ際に、彼が直面することになる典型的な部類の言説だ。それにしても、この中に例のメシアがどう絡んで来るのか、よく分かりませんな。

バリオナ　お分かりになりませんか。われらは兵士を待っていたのです。ところが送られてきたのは、われらに諦念を説く神秘の子羊で、その言い草はこうです。「私のようにせよ、十字架の上で死ね。隣人から顰蹙を買わないように、不平一つ言わずに静かに死んでいけ。柔和であれ。子供のように柔和で。叩かれた犬が主人の手を舐めて、赦してもらおうとするように、己の苦しみをチビチビと舐めよ。謙虚であれ。己の苦しみは自業自得と心得よ、そしてもしそれが激しすぎるなら、それは試練であって、己を清めてくれるのだと、夢想せよ。己のうちに人間としての怒りがこみ上げて来るのを感じたなら、しっかりとそれを押し殺せ。ありがとうと言え、常にありがとうと。平手打ちを受けた時も、ありがとう、蹴られた時も、ありがとう。将来の足蹴のために新たな尻を用意しておくために、子供を作れ。生れながらに諦めきった年寄りの子供。そうした子供は、然るべき謙遜をもって、皺のよった己の古い小さな苦痛を愛おしむことだろう。私のように苦しむためにわざわざ生まれるだろう、そうした子供を作れ。私は十字架に架けられるために生まれたのだ。そしてもしそなたがたしかに謙虚で、たしかに後悔しているのなら、もし一心に己の罪を認めて胸を叩いて、ロバの革のように己の胸骨の音を響かせたなら、その時はもしかしたら、天上にある謙虚なる者たちの王国に席を与えられるかも知れない」と。わが民族が、そんなものになってしまうとは。同意しつつ十字架に架けられる者の民族に。それにしても復讐の神、エホヴァよ、いったいあなたはどうなってしまったのだ？　ああ！　ローマ人よ、もしそれが本当なら、お前たちがわれらに加えたのは、われらが己自身に加える害悪の四分の一にもならないということになろう。われらは自分たちの活力の生ける源を涸らしてしまう。自分たちの死刑判決に自ら署名することになってしまう。諦念は、われらを殺してしまう。ローマ人よ、私はお前たちを憎むが、それよりはるかに諦念を憎む。

レリウス　おいおい！　何とまあ！　長《おさ》よ、良識を無くされたか。錯乱のあまり、実に遺憾な言葉を口にされている。

バリオナ　黙れ！　(自分に向かって)もしそれを妨げることができたら……。彼らのうちに反抗の濁りなき焔を消えることなく保つことが……。おお、わが配下の者たちよ！　お主たちは私を見捨てた。私はもはやお主たちの長《おさ》ではない。しかしそれでもなお、私はお主たちのために、それを行う。ベツレヘムへと降りて行くぞ。女たちがいるので、彼らの歩みは鈍く、私は彼らの知らない近道を知っている。彼らより先に着けるだろう。たとえユダヤ人の王であれ、いまだ嬰児のか弱い頸を絞めるのに、長くはかかるまい。

退場。

レリウス　後を付けるとしよう。見境なく何をしでかすか知れたものではないからな。とはいえ、これも植民地行政官の生活というものだ。

幕。

映像提示者　旦那さま方、ただいまみなさまがご覧になっていた場面の間、私は姿を現わすことを差し控えておりました。出来事が自ずから絡み合い展開して行くのを妨げぬように、です。ご覧の通り、今や話の筋は緊密に絞られました。なにせわれらがバリオナは、キリストを殺すために、山を駆け下っているのですから。とはいえただ今、ほんのしばらく一息つくことに致しましょう。登場人物がすべて、移動中だからです。細いラバ道を進む者がいれば、山羊の通る道を進む者もいます。山は歓喜に沸き立つ人々で一杯で、彼らの歓声のこだまは、風に運ばれて、頂の山羊や羊にまで届いています。さて、この一息の間に、馬小屋のキリストをお目にかけることにしましょう。さもないと、みなさまはキリストのお姿を目にすることがないでしょう。劇の中に姿を見せることはありませんから。ヨセフも、聖処女マリアも、姿を見せません。しかし本日はクリスマスですので、みなさまには秣槽《かいおけ》を見せろと要求する権利がございます。[8] ご覧ください、秣槽《かいおけ》です。そしてこちらが聖処女、こちらがヨセフ、そしてこちらが幼児《おさなご》イエスです。画家はこの絵にありったけの愛をこめましたが、もしかしたら、いささか素朴にすぎると思われるかも知れません。いかがです、人物たちは美しい衣装をまとっていますが、すっかりこわばっています。まるでマリオネットです。かれらはきっとこんな風ではなかったはずです。もしみなさまが私と同じように、目が閉じられていたのなら……。でも、よろしいですか、私の声を聞くために目を閉じて下されば良いのです。そうすれば私は、自分の中でこれらの人物がどのように見えているのか、申しましょう。聖処女は、蒼ざめた顔色をして、幼児《おさなご》を眺めています。彼女の顔の上に描き出すべきなのは、およそ人間の顔の上にただの一度しか浮かんだことのない不安に満ちた驚嘆です。なぜかと言えば、キリストは彼女の子供、彼女の血肉を分けた子供であり、彼女の内臓の果実[9]であるからです。彼女は御子を十月十日《とつきとおか》御胎内に宿したのであり、これから御子に乳を含ませ、彼女の乳は神の血となるだろうからです。そして時々、わが子への想いはまことに強くなり、彼女は御子が神であることを忘れてしまいます。そして御子を腕に抱きしめ、私の赤ちゃん、と呟きます。しかしまた時には、彼女は茫然となって、ここに神がましますと考えます。そしてこの物言わぬ神、ぞっとするほど畏れ多いこの子供への、宗教的な畏れに捉われるのを感じます。というのも、母親というものはだれしも時に、子供という、自分の肉の断片でありながら自分に逆らうこのものを前にして、このように立ちすくみ、自分の命で作り出した新たな命でありながら、何とも得体の知れない思念が住み着いているこの命のすぐ傍にいながら、それから遠く離れたところに追いやられたような感じがするものです。とはいえ、この子ほどあっという間に、惨たらしく母の懐から剥ぎ取られた子供もいないのです。なぜならこの子は神であり、母が想像することのできるものから、あらゆる面で超え出ているのですから。それに自分の息子に対して、自分自身と自分の人間の条件を恥ずかしいと思うというのは、母親にとって辛い試練です。しかし私は、彼女がキリストは自分の息子、彼女の赤ちゃんであると同時にまた神であると感じる、そうした瞬間もあると思います。知らぬ間にそっと訪れ、すぐまた過ぎ去る、そうした瞬間が。彼女は息子を眺め、こう思います。「この神は、私の子供。この神の肉は私の肉。この神は私から出来ており、私の目を持ち、その口のこの形は、私の口の形だわ。この子は私に似ている。神であって、私に似ているわ」と。こんな風に、自分のためだけの神を持った女性はいません。腕に抱いていくらでもキスしてやることのできるちっちゃな神、微笑みを浮かべて息をしている、出来立てのほやほやの神、指で触ることのできる生きている神を。私がもし絵描きだったら、まさにこうした瞬間のどれか一つにおいて、マリアの姿を描くでしょう。そして、彼女が膝の上にその生温かい体重を感じている、彼女に向かって微笑むこの嬰児《みどりご》にして神である者の柔らかな小さな肌に、彼女が指を伸ばす、その情愛に満ちた大胆さとおずおずとした遠慮の様子を、映し出そうと試みるでしょう。イエスと聖処女マリアについては、以上です。

ヨセフですか？　ヨセフの姿は描きません。納屋の奥に見える黒い影ときらきら輝く両の目しか、お見せしません。ヨセフについては何を言ったら良いのか分からないからです。ヨセフだって、自分のことをなんと言ったら良いのか分からないのです。彼は崇めており、崇めることが嬉しいのです。ただ、少し追放されたような気がしています。私は、彼は辛い思いをしているが、自分ではそれに気付いていないのだと、思います。何が辛いのかと言うと、愛する妻がどれほど神に似ているか、すでにどれほど神の側《がわ》にいるのか、が分かるからです。何故なら神は、この家族の水入らずの内輪の営みの中で、爆弾のように炸裂したのだからです。ヨセフとマリアは、この光明の火災によって、この先ずっと引き裂かれます。そして察するに、ヨセフの全生涯は受け入れる術を学ぶためにある、ということになるでしょう。

旦那さま方、聖家族については以上です。さて今や、バリオナの物語に戻りましょう。ご存知の通り、彼はこの嬰児を絞め殺そうとしています。彼は走り、大急ぎで進み、そして今や到着しました。しかしその姿をお見せする前に、ささやかなクリスマス・キャロルをお聴きください。

音楽、スタート。

第六幕

第一場

ベツレヘム、馬小屋の前

レリウス、バリオナ、(角灯を手に)

レリウス フーッ！　脚がいたい、それに息も切れた。あなたは真夜中だというのに、まるで人魂のように山を走り抜けた。私には、道を照らすのに、この哀れな角灯があるばかりだ。

バリオナ (独白) 彼らより前に着いたぞ。

レリウス 何度、転んで大怪我をすると思ったことか。

バリオナ どうせなら、崖から落ちて、全身骨折にでもなっていればよかったのだ。もし他の気掛かりの種ばかりに気を取られていたのでなかったら、いっそ私の手で突き落としてやったかもしれない。(間) さて、ここだ。入り口から一筋の光が漏れている。なんの音もしない。いるのだ、そこに、この仕切りの向こうに、ユダヤ人の王が！　そこにいる。始末はすぐつく。

レリウス　何をするのです？

バリオナ　彼らがここにやって来たら、死んだ子供を見出すだろうということです。

レリウス　そんなことができるのですか？　そのような忌まわしい企てを本当に企んでいるのですか？　あなたご自身のお子さんを殺そうとしただけでは、足りないと言うのですか？

バリオナ　彼らが崇めることになるのは、メシアの死ではないでしょうか？　それなら私が、三十三年早めてやります、その死を。そして十字架に架けられて死ぬという屈辱的な断末魔の苦悶を、味わわずに済むようにしてやります。藁の上に横たわる、紫色になった小さな骸《むくろ》！　彼らはお望みなら、その骸の前に跪けばいい。産着に包まれた小さな骸。そして諦念と犠牲の精神を説く麗しい説教は、これで永遠に葬られることになる。

レリウス　もう決断されたのですね。

バリオナ　はい。

レリウス　ではもう何も言いますまい。せめてこの場を退散するのをお許し戴きたい。私にはもはやこの殺人を阻止するだけの力はありません。阻止できないだけでなく、おまけにあなたに喉をかき切られてしまうでしょう。それに夜、ユダヤのとある街道の路上に首をちょん切られて横たわるというのは、ローマ市民の尊厳には相応しくありません。しかしまた私がその場にいることによって、このような忌まわしい所業を承認してしまうことになるのも困ります。私としては、上司たる長官の原則を適用することにします。ユダヤ人のことは、ユダヤ人同士で解決させる、というわけです。御機嫌よう。

レリウス、退場。独り残ったバリオナは、入り口に近づく。

第二場

バリオナ、独り

バリオナ なんと静かなのだ。おそらく彼らは眠っている。果たして本当に、寝入った嬰児を殺さなければならないのだろうか？　配下の者たちの顔が目に浮かぶ、歓声を上げながら広場に到着し、そしてそれを発見した時の顔が……。なあに、奴らは文句が言える立場ではない。奴らが欲しいのは、十字架に架けられた男だが、それは間もなく手に入るさ。何せ、ユダヤ法廷は間違いなく私を磔刑に処することだろう。私の義兄を、あれほど大急ぎで磔刑に処していなければ、彼と私の二つの十字架が同じ日に立ったところだ。われら一族の終焉は、もっと目覚ましいものとなっただろうし、見せしめとしての効果がもっとあったことだろう。かくしてバリオナ一族は終る。なるほど確かに、もしかしたら私の跡継が生まれるかも知れない。しかしサラが、磔刑に処せられた者の息子をこの世に産み出す気力があるとは思えない。

彼は中に入ろうと近づく。マルコ、登場。

第三場

マルコ、バリオナ

マルコ （角灯を向けて）オイ、あんた、ここに何しに来たのだ？

バリオナ この馬小屋の持ち主は、あなたですか？

マルコ いかにも。

バリオナ ヨセフという男とマリアという女に、一夜の宿を貸してやっておられませんか？

マルコ 男と女がおとといやって来て、宿を貸してくれと頼んだよ。現に今、中で寝ていますよ。

バリオナ ナザレからいとこたちが、戸籍調査のためにここに来ることになっていて、それを探しているのですが……女は妊娠していますよね？

マルコ いかにも。慎ましげな様子のとても年若い女性で、にこにこ微笑んでいて、子供のようなお辞儀をする人でね。ただその慎ましさの中に、今までだれの中にも見たことのないような誇り高さが窺えたね。ご存知かな、彼女は昨夜、子供を産んだのです。

バリオナ　本当ですか？　彼女がもし私のいとこなら、嬉しい話です。子供は無事産まれたのですね。

マルコ　男の子だよ。可愛い赤ん坊だ。私の母に言わせると、私が生まれた時とよく似ているということだ。夫婦は二人とも、ものすごくこの子を愛している様子でね。母親は、生まれるとすぐ、この子の体を洗ってやり、膝の上に抱き上げた。彼女はあそこにいますよ。すっかり蒼ざめて、柱にもたれて、一言も言わずに、赤子を眺めている。男の方は、もう若いと言えるほどではない、そうでしょ？　それに大きな……〔紙片が一枚欠落〕

彼は、自分がすでに経験したあらゆる苦しみをこの子も経験するだろうということを、承知している。だがもしかしたらこの子は、俺が失敗したことを上手くやり遂げるかも知れないな、と思っているに違いないと、私は想像するのだがね。

バリオナ　さあ、どうでしょう。私は息子がないもので。

マルコ　それならあんたは、私と同じだ。可哀想になぁ。あんたはあの眼差し、でっかい図体を持て余して、後ろの方に控えている男の、いささか滑稽なあの明るい眼差しを、自分のものとすることは決してないだろうからな。彼は、息子を産み出す産みの苦しみを苦しまなかったことを、残念に思っているのさ。

バリオナ　あなた、何者だ？　なぜ私に、そのような話をするのか？

マルコ　天使だよ、バリオナ。お前の天使だ。この子を殺してはならない。

バリオナ　この場を立ち去れ。

マルコ　いかにも、そうしよう。なぜなら、われら天使は、人間の自由に逆らって何かをするということができないからだ。しかし、ヨセフの眼差しのことを考えてやれ。

退場する。

第四場

バリオナ、独り

バリオナ　私は天使などに用はない！　（入り口に近づき、戸を細めに開ける）あそこにいる、例のヨセフだ。一言も言わず、これっぱかりも愛想のないといった風情。黒い人影に目だけが明るい。ああ！　私は決して、あの幼い命を絞め殺すことなどできないだろう。最初にあの子を、父親の眼差しを通して見るのではなかった。（通りに祈りと歌声）村の者たちがやって来た。やるなら今だ。他の者たちも間もなく到着するだろう。これがバリオナの最後の手柄というわけだ、赤子の首を捻るのが。（戸を少し開ける）ランプから煙が出ている。黒い影が天井にまで立ち上っている。まるで大きな石柱が動いているかのようだ。女は、私の方に背を向けているので、嬰児の姿は見えない。多分、膝に抱かれているのだろう。しかし男の姿は見える。確かにそうだ、何とまあ、子供に見入っていることか！　なんという目で！　この明るい両の目は、この固く締まった皺だらけの顔の中に空いた二つの不在のように明るいが、この目の奥にはどんなものがあり得るのだろう？　どんな希望が？　いや、希望ではない。諦念でもない。そしてもし私が彼の子を殺すのを目にしたとしたら、どんな恐怖と嫌悪の雲が彼自身の奥底から湧き上がって、この二つの空色の穴を黒々と曇らせることになるだろうか。よかろう。この子供の姿を私は見なかったが、もう今では、この子に手をかけはしないことが、自分で分かっている。この若い命を両手の指で締め付けて絶えさせる気力を見出すには、初めにその父親の目の底でこの子の姿を垣間見てはならなかった。さあ、負けだ。（群衆の叫び）やって来たな。ここにいるのを気づかれたくはない。（マントの端で顔を隠し、物陰に身を潜める）

第五場

バリオナ、群衆

群衆　ホザンナ！　ホザンナ！

カイフ　これが馬小屋だ！

一同、しんと静まり返る。

サラ　幼子はここだわ。馬小屋の中にいらっしゃるわ。

カイフ　中に入ろう。そして御前《みまえ》に跪いて、崇めよう。

パウロ　そして母上に、追っ付け東方の三博士の行列がお見えになると、お伝えしよう。

シャラム　御子のお手々にキスをしたいものだ。そうすれば、儂の年取った骨が若返りの泉に浸ったかのように、儂もすっかり若返るだろうさ。

カイフ　オイ！　皆の衆、贈り物を集めて、聖母様に差し上げて敬意を表する支度をしよう。俺は水筒の中に羊の乳を入れて持ってきた。

パウロ　俺は、自分で刈った羊の背中の毛をたっぷりと二綛《かせ》分。

長老1　儂は、祖父が射撃大会で取ったこの古い銀メダル。

取税人　私は、ここまで乗って来たロバを差し上げる。

長老1　お主の贈り物は、随分と安上がりだな。ローマ人のロバなのだから。

取税人　だからなおさらだよ。われらをローマから解放して下さったお方に、ローマ人から盗んだロバは、お気に召さないわけはない。

パウロ　で、シモン、お主は主《しゅ》に何を差し上げるのだ？

シモン　今日のところは何も差し上げない。何しろ急だったからな。だけど歌を一つ作ったんだ。あとで差し上げる贈り物を一つ一つ数え上げる歌をな。
優しいイエスさま、あなたを祝う宴のために……

群衆　ヘイヤー！　ヘイヤー！

長老1　静かに。順序良く入って行こう。帽子は脱いで、手に持って。風の中を走ってきたため衣服が乱れている者は、きちんと直しなさいよ。

彼らは次々と入って行く。

バリオナ　サラがいる、他の者たちと一緒に。顔色は蒼ざめている。長い道のりを歩いたので、疲れ切っていなければ良いが。足は血まみれだ。ああ！　何と楽しげな様子なのだろう！　あの光り輝く目の奥には、もはや私の思い出はこれっぱかりもないのか。

群衆は馬小屋の中に入った。

何をしているのか？　音が聞こえなくなった。しかしこの静けさは、われらの山の静けさ、花崗岩の回廊を支配している希薄な空気の凍てついた静けさとは違う。森の静けさより濃密な静けさ、ちょうど、風に優しく髪をなぶらせる年振りた巨木のように、空に向かってそびえ立ち、星々の間でかすかにざわめく静けさなのだ。彼らは跪いただろうか？　ああ、目に見えないものとなって、彼らの間に潜むことができたなら。何しろ実のところ、その光景は尋常ならざるものに違いないからだ。あれらすべての厳しく真面目な、労苦をものともせず、利得に目のない男たちが、産声をあげる嬰児の前に跪いているのだからな。シャラムの息子は、あまりにもビンタを喰らうので、十五の年に家を出てしまったが、その父親がほんの赤子を崇め奉るところを見たら笑い出してしまうだろう。子供の方が親を牛耳るご時世か？　（間）彼らはそこにいる。寒い中を長いこと走ってきて、今は暖かい馬小屋の中に入って、無邪気で嬉しそうだ。手を合わせて、何かが始まった、と考えている。もちろんそれは間違いだ。彼らは罠に掛かったのだ。のちに高い代償を支払わねばならなくなる。しかし、それでもこの瞬間を持ったという事実はたしかにあった、ということになるだろう。何かの始まりを信じることができるとは、運の良い話だ。人間の心にとって、一つの世界の始まりほど心を揺り動かすものはない。いまだ形の曖昧な若さというもの、そして愛の始まり、いまだすべてが可能で、太陽はまだ姿を見せていないのに、まるで細かな粒子のように、空気の中、人々の顔の上に現に存在し、朝のつんと鼻をつく冷気の中に、これから日が昇る重々しい約束が予感される、そうした始まりというものほど。この馬小屋の中で、夜が明ける。この馬小屋の中は、朝だ。しかしこちら、外は、夜だ。街道は夜、私の心の中も夜。星のない、深い闇の夜、ただ外洋の大海原のように騒めいている。そういうことだ。私は波に揺れる大樽のように、夜に揺らされている。馬小屋は私の背後にあり、ぴったりと閉ざされ、光っている。まるでノアの箱船のように、世界の朝を中に閉じ込めたまま、夜の上に浮かんでいる。世界の初めての朝。というのも、これまで一度も朝はなかったからだ。朝は憤慨した創造主の手から滑り落ちて、灼熱の猛火の中、暗闇の中に落ちていき、万物を焦がすこの希望なき闇の大きな舌が朝を舐めると、朝は火傷や水膨れだらけになり、ワラジ虫やナンキン虫がうじゃうじゃとわいて出てくる、そんな具合だった。しかしそして私は、地上の大いなる夜の中に、憎しみと不幸の酷熱の夜の中に留まっている。しかし——ああ、信仰というものの人を欺く力の強さよ——わが村の者たちにとって、天地創造のあと数千年にして今初めて、この馬小屋の中で、ろうそくの光に照らされて、世界の最初の朝が明けていくのだ。

群衆、クリスマス・キャロルを歌う。

彼らは歌っている。冷んやりとした夜の中、ずだ袋、サンダル、巡礼杖という出で立ちで歩き出し、今やはるか彼方に最初のほの白い薄明かりが見えてくるのを目にする巡礼たちのように。彼らは歌っている。そして幼子は、東方の仄かな太陽のように、彼らに囲まれている。ちょうど、まだ正面から直視しても目を痛めることのない、払暁の太陽のように。日の出色をした丸裸の赤子。ああ！　麗しき虚偽よ。ほんの一瞬でもそれを信じることができるなら、右手を呉れてやってもいい。主よ、それは私の咎でしょうか？　あなたが夜の獣のように私をお造りになり、私の肉の中に、朝など決して来ないだろう、というこの苛烈な秘密を刻み込んだのなら。あなたが遣わされたメシアは、やがて十字架に架けられて死ぬ哀れな乞食であることを、私が知っているのは、私の咎なのでしょうか？　エルサレムは永遠に捕囚であることを、私が知っているのは？

二つ目のクリスマス・キャロル。

また始まった。彼らは歌い、私は彼らの歓喜のとば口で、フクロウのように独り佇み、日の光に怯えて、目を瞬かせる。彼らは私を見捨て、私の妻は彼らの間に立ち交ざっている。彼らは私の存在さえも忘れて、歓喜に酔いしれている。私は路上に佇み、終わっていく世界の側《がわ》におり、彼らは始まる世界の側《がわ》にいる。無人のわが村にいるよりも、ここで独り、彼らの歓喜と祈りのすぐ側にいる方が、はるかに孤独を感じる。彼らの後をつけてここまで降りてきたのはまずかった。自分の中に十分な憎しみが見当たらなくなっているからだ。ああ、人間の誇りは、なぜ蝋に似て、暁の最初の日の光がさすだけでふにゃふにゃになってしまうのだろう？　できることなら、彼らに言ってやりたい。お主たちは、卑しむべき諦念の方、お主たちの勇気が死に絶える方へと向かっているのだ。お主たちは女や奴隷の同類となってしまう。もし右の頬を打たれたら、左の頬も差し出すことになるぞ、と。ところが私は、口を閉ざし、小指ひとつ動かさない。朝の名において祝福されたこの信頼を、彼らから取り去る気力がないのだ。

三つ目のクリスマス・キャロル。
東方の三博士、登場。

第六場

バリオナ、東方の三博士

バルタザール　ここにいたのか、バリオナ？　そなたにここで会うだろうと思っていた。

バリオナ　私はキリストを崇めるために来たのではない。

バルタザール　その通り。自分で自分を罰するため、われら幸福なる群れの埒外に独りきりで留まるため［一枚もしくは複数の紙片の欠落］今夜、キリストの藁の揺りかごへと駆けつけた人々、彼らはそなたを裏切ったように、彼を裏切るだろう。彼らは今頃、贈り物と情愛を次々と押しつけて、彼は息もできないほどだ。しかし、彼らのうちただの一人と言えども、よいか、ただの一人も、将来何が起こるかを知ったら、彼を見捨てないものはいないだろう。なぜなら、バリオナ、彼は彼ら全てを失望させることになるからだ。彼らは彼がローマ人を追い出してくれると期待しているが、ローマ人は追い出されないだろう。岩の上に花々と果実が生い育つようにしてくれることを期待しているが、岩には何も生えることはないだろう。人間の苦しみに終止符を打つことを期待しているが、今から二千年後にも人は今日とおなじように苦しんでいることだろう。

バリオナ　それは私が彼らに言ったことだ。

バルタザール　分かっている。まさにそのためにこそ、今この瞬間、私はそなたに話をしているのだ。なぜならそなたは彼らすべてよりキリストの近くにいるのであり、そなたの耳は、真の佳き知らせを受け取るために開くことができるからだ。

バリオナ　で、その佳き知らせとは何だ？

バルタザール　聞け。キリストは、人間であるがゆえにその肉体において苦しむだろう。しかし彼はまた神でもある。そしてその神性のすべてによって、彼はこの苦しみを超えた向こう側にいる。そしてわれら人間、神の形を象って作られた人間は、神に似ている限りにおいて、われらのあらゆる苦しみを超えた向こうにいるのだ。よいか、昨夜まで人間は、己の苦しみによって目を塞がれていた。あたかもトビト(1)が鳥の糞で目を塞がれたように。人間は己の苦しみしか目にすることがなく、己の姿を目にすることもなく、己が人間であることを知らず、己を傷ついた獣と思い込んでいたのだ。苦しみに酔いしれて、己の傷を逃れるために、跳ねとびながらいくつもの林を横切り、己の傷とともに己の不幸をいたるところに持ち運ぶ、そうした傷ついた獣と。そして、バリオナ、そなたは古き律法の人間だった。そなたは己の不幸を苦々しい思いで眺め、私は傷ついて死にそうだと言い、横向きに横たわって、人から被った不正に思いを凝らすことに余生を費やそうとしていたのだ。ところが、キリストが来られたのは、そなたたちの罪を贖うためである。自ら苦しみ、苦しみにどのように向き合うべきかを示すために来られたのだ。何となれば、苦しみのことばかり何度も何度も繰り返し思い続けてはならないし、他の者よりさらに苦しむことこそ己の面目としてはならないし、諦めて苦しみを甘受するのであってもならないからだ。全く自然で普通のことなのだ、苦しみというのは。だからまるで当然の責務であるかのように、苦しみを受け入れるのが適切なのであって、たとえ自分自身に対してであっても、苦しみのことを話しすぎるのは、当を得ないことなのだ。出来るだけ速やかに苦しみに対して適正な態度で臨むようにせよ。そなたの心の中に優しく抱いて、ぬくぬくと苦しみを住まわせることだ。ちょうど暖炉の側に寝ている犬のように。苦しみがそこにあるということ以外、苦しみについて何も考えるでない。苦しみは、ちょうど石が路上にあり、夜の闇がわれらの周りにあるように、そこにある、ということ以外に。そうすればそなたは、キリストがそなたに教えにやって来られた真理、そなたはそなたの苦しみではないという真理を発見することだろう。ただしこの真理、それを実はそなたは疾うに知っていたのであるが。そなたが何をしようと、どんなやり方でそれに向き合うにせよ、そなたは苦しみを無限に超出する。なぜならそれはまさにそれがそうあって欲しいとそなたが欲する通りのものなのだから。わが子の凍りついた体を温めようと母親がその上に覆いかぶさるように、そなたが苦しみの上に重くのしかかるにせよ、逆に無関心にそれに背を向けるにせよ、苦しみにその意味を与え、苦しみをそれがある通りのものにするのは、そなたなのだ。なぜならそれ自体では、苦しみとは、人間を作る素材以外の何物でもないのであり、キリストはそなたに、そなたは己の苦しみについて己自身に対して責任があるのだということを、教えるために来られたのだから。苦しみは、石や木の根っ子といった、重さを持ち、従って当然、下の方へと向かって行くすべてのものと同じ性格のものであり、そなたがこの他上にしっかりと根付くようにするのは、苦しみであり、そなたが道路に重く体重をかけ、足の裏でしっかりと地面を押し潰す、その原因は苦しみである。しかしそなたは、そなた自身の苦しみの彼方なのだ。なぜならそなたは自分の望むままに苦しみの形を決めるのだから。そなたは軽い、バリオナよ、ああ、人間がどれほど軽いものであるかを、そなたが知っていたなら。そしてそなたが、己の苦痛の分け前を、日々の糧として受け入れるなら、そのときそなたは、苦しみを超えた向こう側にいることになる。そしてそなたの苦しみの取り分を超えた向こう側、そなたの心配ごとを超えた向こう側にあるすべてのもの、その一切はそなたのものだ、一切、軽いものの一切、すなわち世界は。世界、そしてそなた自身もだ、バリオナよ、なぜならそなたはそなた自身に対して、不断に無償である贈り物なのだから。そなたは苦しんでいる。しかし私はそなたの苦しみにいかなる憐れみも持たない。なぜそなたは、苦しまないことがあろうか？　しかしそなたの周りには、この美しい闇夜があり、馬小屋の中のこれらの歌声があり、美徳のように容赦ない、硬く乾いたこの美しい冷気がある。そしてそれらすべてはそなたのものだ。それはそなたを待っている、闇をいっぱいに吸い込んで膨れ上がったこの美しい夜は。魚が海の中で水を切って進むように、その夜の中を、いくつもの明かりが横切って行く。それはそなたの進む街道のほとりでそなたを待っている、おずおずと、しかし情愛をこめて。なぜならキリストは、そなたにそれを与えるために来られたのだから。バリオナよ、天空に向かって身を投ぜよ。剣のようにそなたの苦痛を突き破って、天空の方へと身を投ぜよ。さすればそなたは自由であろう。おお、すべての余分な被造物の間に立ち交ざった余分な被造物たるそなたよ、自由で、すっかり息を切らし、神のただ中に、神の王国の中に存在することに、すっかり驚いているそなたよ。神の王国は天上にあり、――そしてまたこの地上にもあるのだ。

バリオナ　それはまさに、キリストがわれらに教えにやって来たことなのか？

バルタザール　キリストにはまた、そなたに与えるべき伝言もある。

バリオナ　私にだと？

バルタザール　そなたにだ。彼は、そなたの子供を生まれさせよ、とそなたに言うためにやって来られたのだ。その子は苦しむだろう。それは確かだ。しかしそれはそなたに関わることではない。その子の苦しみに憐れみを抱いてはならない。そなたにはその権利がないのだ。彼だけが、それと関わりを持つのであり、彼はまさにそれを彼が欲するものにするだろう。なぜなら彼は自由だからだ。たとえびっこであっても、戦争に駆り出されて脚か腕を失うとしても、愛する人が七度も彼を裏切ることになるとしても、彼は自由だ、永遠に己の実存を喜ぶ自由がある。そなたは時に、人間の自由に逆らうようなことを、神は何一つすることができないと、私に言っていたが、それはその通りだ。然るにいったい何事だ？　一つの新たな自由が、まるで非情な青銅の柱のように空に向かってそそり立って行こうとしている。それを妨げようなどという気に、お前はなるのか？　バリオナよ、キリストは世界のすべての子供のために生まれたのだ。一人の子供が生まれるたびに、キリストは永遠にその子の中で、その子によって生まれることになる。そして、その子とともに、あらゆる苦痛によって踏みつけにされ、永遠にその子のうちで、その子によって、あらゆる苦痛を切り抜けるのだ。キリストは、盲目の者に、失業中の者に、傷痍者に、戦争捕虜に、そなたたちは子供を作ることを差し控えようとしてはならない、と仰るためにやって来られた。なぜなら、盲目の者にも、失業中の者にも、戦争捕虜にも、傷痍者にも、楽しみと慰めはあるのだから。

バリオナ　それが、あなたが私に言おうとしていたことのすべてか？

バルタザール　いかにも。

バリオナ　それなら、よかろう。あなたもこの馬小屋に入って、私を一人にして貰いたい。じっくりと考え、己自身と対話することにしたい。

バルタザール　また会おう、バリオナ、キリストの最初の弟子よ。

バリオナ　独りにしてくれ。それ以上何も言わないで、行ってくれ。

バルタザール、退場。バリオナ、一人残る。

第七場

バリオナ、ただ一人

バリオナ　自由だと……！　ああ！　心は必死にお前の拒絶を握りしめようとしている。指のこわばりを緩めて、お前の心を開くべきなのだろう、受け入れるべきなのだろう……。この馬小屋の中に入って、跪くべきなのだろう。跪くのは、生まれてこの方、初めてのこととなる。中に入り、私を裏切った者たちに近寄らず、暗い片隅でじっと跪いたままでいること……そうすれば、真夜中の凍てつく風と、この聖なる夜の支配する無限の帝国は、私のものとなるだろう。私は自由になるだろう、神に逆らい、かつ神に味方して、自由、私自身に逆らい、かつ私自身に味方して、自由……。（数歩進み出る。馬小屋の中には、コロス。）ああ！　何と辛く苦しいことか［紙片が一枚ないし数枚欠落］

第七幕

第一場

イェレヴァ　お三方は逃げきれないだろう。部隊は南方からも北方からもやって来て、ベツレヘムを完全に包囲しようとしている。

パウロ　ヨセフに、われらの山の方に登って行くよう言ったらどうか。あそこに隠れていればいいのだ。

カイフ　だめだ。山に登る道に入るには、ここからたっぷり七里、街道を行かなければならない。エルサレムから来る部隊は、われらより先に到着するだろう。

パウロ　では……奇跡でも起こらなければ……。

カイフ　奇跡は起こらないだろう。メシアはまだ小さすぎる。まだ事情が分からない。揺りかごを覗き込んで、心臓を一突きにしようとする鎧兜に身を固めた男に向かって、微笑みかけることだろう。

シャラム　奴らは家という家に押し入って、生まれたばかりの赤子の足を掴んで、頭を壁に打ち付けるだろう。

あるユダヤ人　血だ！　またしても血だ！　ああ、なんということだ！

群衆　なんということだ！

サラ　我が子、我が神、私の赤ちゃん！　今からすでに、まるで実の母親のように私が愛している坊や、まるで下女のように私が崇めている坊や。この私こそが痛みの中で産み落としたかった坊や、私の息子となられた神よ、女という女、すべての女の息子よ。男たち、雄どもが、あなたを苦しめようとやって来る。あなたは私のものでした。この私のもの、私の肉の中で花開きつつあるこの肉の花よりも、すでに私のものとなっていました。あなたは私の子であり、私の体の奥に眠るこの子の運命でもあったのです。ところが今や彼らはあなたを殺害しようと、行進を開始しました。なぜならいつも雄どもだからです、自分の楽しみのままに私たちを引き裂き、私たちの幼子たちを苦しめるのは。おお、父なる神よ、私を見そなわす主よ、マリアは馬小屋の中にいて、まだ幸せで神聖です。そして、まだ危険が迫っているとは思いも寄らず、御子の命を助けて下さるようあなたにお祈りすることができません。そしてベツレヘムの母親たちも、家の中でぬくぬくと、幸せに浸っており、身に迫る危険を知らず、幼いわが子に微笑みかけています。でもこの私、まだ子供を持たず、ただ独り路上に佇むこの私をご覧下さい。あなたはまさに今この瞬間に、すべての母親の断末魔の苦しみを滲み出させるために私をお選びになられたのですから。主よ、私は苦しんでおります。二つに切られた虫けらのように、身をよじって悶え苦しんでいます。私の苦悶は広大で、大洋にも似ています。主よ、私はすべての母親で、あるのです。そしてあなたに申し上げます。私を捕まえ、拷問し、目をくり抜き、爪をはがしなさい。でも、あの子の命はお救い下さい！　ユダヤの王をお救い下さい、あなたの御子を救い、そしてまた私たちの幼子たちをもお救い下さい。

間。

カイフ　やはりなぁ！　バリオナ、お主の言うことは正しかった。これまではいつも、物事は万事ひじょうにまずく行ったものだが、これからもその調子だ。かすかな明かりが見えたかと思うと、地上で権勢を振るう者たちが、息を吹きかけて消しにかかる。

シャラム　それではやはり、本当ではなかったのか、山々の頂にオレンジの木が生え、われらはもう何もしなくとも良くなり、この俺が若返るというのは？

バリオナ　そうだ、本当ではなかった。

カイフ　では、善き意欲の人々にとって、この地上に平和がやって来るというのも、本当ではなかったのだな？

バリオナ　いや、それは本当だった。どれほど本当だったか、知れはしない！

シャラム　お主が何を言いたいのか、よく分からない。しかし、おとといお主が、もはや子供を成さぬよう説いたのは正しかったということは、分かっている。われらが民は呪われている。見てみろ。低地の女たちは子供を成したが、その乳飲み子は母親の腕に抱かれたまま喉をかき切られようとしている。

カイフ　お主の言うことを聞いて、町になど降りて来なければ良かった。町で起きていることは、われらには全く関わりのないことだからな。

イェレヴァ　ベトスールへ帰ろう。そしてお主、バリオナ、厳しいが先見の明ある導き手よ、われらの無礼を許してくれ。そして再び長《おさ》の地位に戻って、われらの頭《かしら》に立ってくれ。

一同　そうだ！　そうだ！　バリオナ！　バリオナ！

バリオナ　何と信念なき者ども。お主らは私を裏切ってメシアを信じたが、風向きがちょっと変わったと見るや、今度はメシアを裏切って、私の許に戻ろうとする。

一同　バリオナよ、われらを許してくれ。

バリオナ　私はもう一度、お主らの長《おさ》となるのだな？

一同　そうだ、そうだ。

バリオナ　わが命令を盲目的に実行するのだな？

一同　われら、それを誓う！

バリオナ　では聞け。命令を下す。シモン、お主はヨセフとマリアに知らせに行け。レリウスのロバに鞍を置いて、四つ辻のところまで街道を行くように言うのだ。お主は彼らの道案内をし、山の道をたどって、ヘブロンまで行けるようにしてやれ。その先で北へと山を降ればいい。行く手を遮るものはない。

パウロ　しかしバリオナ、ローマ人は彼らより先に四つ辻に着いているだろう。

バリオナ　いや、大丈夫だ。なぜならわれらが彼らを迎え撃ちに赴き、彼らを後退させるからだ。われらは、ヨセフが脱出できるまでの間、彼らを食い止めるのだ。

パウロ　何を言っているのだ？

バリオナ　お主たちはキリストを待ち望んでいたのではないか？　だとしたら、お主たち以外のだれが、お主たちのキリストをお救いするというのだ？

カイフ　しかし奴らはわれらを一人残らず殺害するぞ。棒と短剣しかないのだからな。

バリオナ　棒の先に短剣を括り付ければ、槍の代わりになる。

シャラム　われらは皆殺しにされるぞ。

バリオナ　その通りだ！　私もそう思う。しかし聞け。今や私はお主たちのキリストを信じる。そうだ、たしかに、神はこの地上にやって来られた。そして今この時、神はこの犠牲をお主たちに要求している。神にそれを拒むというのか？　子供たちがその教えを受けるのを妨げるというのか？

パウロ　バリオナよ、お主は懐疑的で、長いこと、東方の三博士に従うことを拒んで来た、そのお主が本当に信じるのか、あの幼子は……。

バリオナ　まことに真実としてお主に言う。あの幼子はキリストだ、と。

パウロ　では、われはお主に従う。

バリオナ　で、お主たち、わが仲間たちは、どうだ？　お主たちは、若い頃ヘブロン人《びと》と戦った流血の乱闘のことを、いつも懐かしんでいたものだ。今また戦闘の時、真っ赤な収穫の作物と傷口に滴る血の赤スグリの時が来た。お主たちは、戦いを拒むのか？　山上の鷲ノ巣にくすぶって貧窮と老齢でくたばる方がましと言うのか？

一同　いや、そんなことはない！　われらはお主に従う。キリストを救おうではないか。バンザイ、バンザイ！

バリオナ　わが仲間よ、それでこそお主たちだ。われが愛するお主たちだ。さてそれでは、しばらくわれを独りにしてくれ。攻撃計画をじっくり考えたい。町中を走り回って、見つけられる限りの武器を集めて来い。

一同　バリオナ、バンザイ！

一同、退場。

第二場

バリオナ、サラ

サラ バリオナ。

バリオナ わが愛しのサラ！

サラ バリオナ、御免なさい！

バリオナ お前が謝るいわれはない。キリストはお前を呼んでいたのだ。そしてお前は最短の王道を通ってキリストの方へ向かった。私の方は、もっと回り道したまでだ。しかし最後にはこうして同じところへやって来た。

サラ あなたは本当に死ぬことを望んでいるの？　キリストは反対に、人に生きよと要求なさっているわ。

バリオナ 死ぬことを望んでなどいない。死にたいなどと思ってはいない。できれば生きたい。私の前で覆いを取られて姿を現わすこの世界を享受し、お前が子供を育てるのを手伝いたい。しかし、われらがメシアが殺されるのを妨げようと思っている。そうなると選択の余地はないと思う。私の命を捧げることでしか、キリストを護ることができないのだ。

サラ　バリオナ、愛しているわ。

バリオナ　サラ！　お前が私を愛していることは分かっている。しかしまた、お前は私よりもさらに、やがて生まれて来る子を愛していることも、分かっている。しかしそれで苦い思いを抱くことはない。サラ！　涙なしで別れよう。お前は悲しむどころか、喜ばなくてはならない。キリストは生まれたのだし、お前の子供はこれから生まれるのだから。

サラ　あなたなしでは生きられないわ。

バリオナ　サラ！　生きられないなどと弱音を吐いないで、お前は、貪欲に、苛烈に、生にしがみつく必要がある、お前と私の子のために。この子に世界の悲惨のことは何一つ隠すことなく、育ててくれ。そして世界の悲惨と戦うための武器を与えてやってくれ。それに私からこの子への伝言を一つ預かってくれ。やがてこの子が大きくなった時、と言ってもすぐにではなく、初めての恋の悩みの時でも、初めての失恋の時でもなく、もっとずっと後、この子が大きな孤独と見捨てられた思いを感じ、口の奥になんらかの胆汁のような苦い味がするとお前に語るだろうその時、こう言ってやってくれ、お前の父もお前が苦しむあらゆることを苦しんだが、しかし歓喜の中で死んで行った、と。

サラ　歓喜の中で、と言うのね。

バリオナ　歓喜の中で、と言うのだ！　私は、溢れるほどに酒を満たした杯のように歓喜で溢れている。私は自由だ。己の運命を両手に握っている。私はヘロデの兵に立ち向かうため前進する。そして神は私と並んで進軍されている。サラよ、私は軽い！　軽いのだ。ああ、どれほど軽いか、お前が分かってくれるなら！　おお、歓喜！　歓喜！　歓喜の涙！　さらばだ、愛しいサラ。面を上げて、笑顔になってくれ。大喜びしてくれなくては。お前を愛している。そしてキリストは生まれた。

サラ　私は大喜びしているわ。バリオナ、さようなら。

群衆は舞台に戻ってくる。

第三場

同上、群衆

パウロ　バリオナよ、お主に従う準備は整った。

一同　準備は整った。

バリオナ　仲間たち、キリストの兵士たちよ、お主たちは獰猛で決然たる様子であり、奮闘間違いなしと思う。しかし私は、この暗い決意より以上のものを、お主たちに望む。すなわち、歓喜の中で死ぬことを、望むのだ。わが部下たちよ、キリストはお生まれになった。そしてお主たちは己の運命を完遂しようとしている。若いころ夢見たように、戦士として死んで行く、しかも神のために死んで行くのだ。そんなしかめ面をしたまま戦うなら、恥知らずと言われよう。さあ、ワインを一口やってくれ、私が許す。そしてヘロデの傭兵に向かって行進しよう。希望と歌とワインに酔いしれて、行進だ。

群衆　バリオナ！　バリオナ！　クリスマス！　クリスマス！

バリオナ　（捕虜たちに向かって）さて捕虜のみなさん、こうして、みなさんのために書かれたクリスマス劇は幕を閉じます。みなさんは幸せではありません。もしかしたら、私が語った胆汁の味、苦く塩辛いあの味を口の中に感じた方も一人ならずいらっしゃるでしょう。しかし、みなさんにも、このクリスマスの日に、そして他のすべての日にも、歓喜があるだろうと、私は信じます！

訳註

前口上《プロローグ》

（1）「劇」は、原文ではJeu。これは「戯れ」と訳せる。例えば、マリヴォーの『愛と偶然の戯れ』、ロマン・ロランの『愛と死の戯れ』。ただこの語は、中世の韻文劇のジャンル名でもあった（例　Jeu d'Adam『アダム劇』、Jeu de la feuille.『葉陰の劇』）ので、中世の聖史劇仕立てのこの劇に相応しく、「劇」と訳した。

（2）バリオナ Bariona は、ヘブライ語では、Bar Kocheba もしくは Bar Kokheba で、「雷、稲妻の息子」、転じて「星の息子」を意味する。歴史的には、ユダヤ人のローマに対する最後の反乱の指導者シモンの渾名がこれであり、そこから、この名をサルトルが選んだものと考えられる（以上は原註による）。シモン（シメオン・バル・コクバ（Bar Kocheba）は、第二次ユダヤ戦争（一三二―一三五年）の指導者。時のユダヤ教指導者ラビ・アキバから支持されて「メシア」を名乗り、ローマの支配に対する反乱の指導者となる。反乱はローマの守備隊を打ち破って、二年半の間ユダヤを支配し、貨幣の鋳造も行なったが、ローマ帝国の本格的反撃によって、激戦の末ついに鎮圧、バル・コクバは戦死、ラビ・アキバは首謀者として処刑された。

（3）ベトスール Bethsur　現在のローマ字綴りは Beth-zur。『サルトルの著作』に付録として収録されたテクストでは、ベタウール Béthaur となっている。s を a と誤読したのだろうか。

（4）取税人　いわゆる「徴税請負人」だが、聖書での訳語を採用した。取税人は、忌み嫌われ、罪人として扱われる存在だったが、イエスは、彼らにも差別なく接した。十二使徒の一人、四人の福音書筆者の筆頭、マタイは取税人であった。イエスが彼らの家に入っていき、マタイに「我に従え」と呼びかける場面は、例えばカラヴァッジョが描いている。

第一幕

（1）例の戸籍調査　「その頃、全世界の戸籍調査をせよとの勅令が、皇帝アウグストから出た。……人々はみな登録するために、それぞれ自分の町へ帰って行った。ヨセフも……ガリラヤの町ナザレを出て、ユダヤのベツレヘムというダビデの町へ登って行った。……妻マリアと共に、登録をするためであった。」ルカ伝Ⅱ章一―四。この戸籍調査が行われたのは、西暦紀元前四年であり、そこから、キリストの生誕は、紀元元年でなく、紀元前四年の出来事であるという、ズレが生じている。なお、この戸籍調査は絵画の主題にもなっており、最も知られるのは、ピーテル・ブリューゲルの「ベツレヘムの戸籍調査」で、画面は冬のフランドルの雪景色、中央にマリアの乗ったロバを引いて進むヨセフが見える。

（2）［ ］内は、新版（プレイヤード版『サルトル演劇全集』二〇〇五年）において、増補された件《くだり》。

（3）**メナンドロス**（紀元前三四二－二九二）ギリシャの喜劇作家。

アナクレオン（紀元前五六〇－四七八）ギリシャの叙情詩人。快楽と美食を謳った詩で知られる。

（4）**ヘロデ朝**　ヘロデ王（在位、前三七－前四年）とその子孫の王朝。ヘロデはローマ元老院により「ユダヤ人の王」として認められ、ローマ軍の支援を得て、エルサレムを征服、王位につく。彼の死後は、三人の息子による分割統治を経て、アグリッパ二世の死去（九二年頃）により、ユダヤは最終的にローマ領となる。ただし、キリスト生誕は紀元前四年と推定されており（訳註(1)を参照）、いずれにせよ、キリスト生誕に対処するため幼児虐殺を行ったのは、ヘロデ王であるから、ここで「ヘロデ朝の王ども」とあるのは、誤りと言わざるを得ない。

（5）**ヌマ・ポンピリウス**　伝説のローマの第二代国王（在位、紀元前七一四－六七二）。初代ロムルスの死を承けて、市民から推挙された。固辞したが、再三の説得により、承諾することになる。在位期間に、一度も戦争がなく、暴力と戦争によって基礎が築かれたローマを、法と慣習と祭祀を確立した文化都市にした、と言われる。

第二幕

（1）ここに記された、C、B、R、M、等の文字は、歌い手のイニシャルを示すと思われる。

（2）**サロン山**「サロン」という語は、イスラエル中央海岸部の平地を指し、山ではない、と原註にある。ただし、サロン平野は、地図上で未確認。

（3）**サラ**『「バリオナ」論』本書p.186を参照。

第三幕

（1）**ダヴィデの町**　ベツレヘム。ダヴィデは、ベツレヘムのエッサイの第八子であったが、例のゴリアテを倒して以降、度々戦功を挙げ、ついに全イスラエルの王となった。なお、メシアはダヴィデの子孫から生まれるとの信仰があり、「マタイによる福音書」は、冒頭、「アブラハムの子であるダビデの子、イエス・キリストの系図」として、長々と系図を述べている。また、イエスが生まれたのがベツレヘムであることも、大いに有意的である。

第五幕

（1）**神々**　ここでバリオナは、「神々」と、複数形で言う。これは、ユダヤ教徒としては、冒瀆的な不敬なのではなかろうか。また、この件の神々の描写（紫の雲とか稲妻……）は、何やらゼウスを思わせ、極めて「異教的」（古代ギリシャ的）である。

（2）アテネでのパウロの説教の援用。アテネ人がパウロをアレオパゴスの評議場に呼びつけ、彼の説く新たな宗教について尋ねたのに対して、パウロはキリスト教の神について説明するが、その際、アテネの街中に『知られない神に』と刻まれた祭壇もあるのに気がついた。そこで、あなた方が知らずに拝んでいるものを、いま知らせてあげよう」と語る。（使徒行伝第一七章二三）

（3）**電気掃除機**　言うまでもなく、サルトル一流の意識的時代錯誤《アナクロニスム》。

（4）「カエサルの妻たる者、疑いをかけられることがあってはならない」のもじり。この科白、ユリウス・カエサルが、不倫の疑いをかけられた三番目の妻ポンペイアを離縁した際に、発した科白と言われる。

（5）**パンの話**　イエスが、五つのパンを祝福したのち裂いて群衆に渡したところ、パンは五千人が満腹するだけの量になった、という例のエピソード。マタイ伝第一四章一九―二一。

（6）**それを失う**　マタイ伝第一七章二五を参照。「自分の命を救おうと思う者はそれを失い、わたしのために自分の命を失う者は、それを見出すであろう」。ただし、動詞「救う」の代わりに、「手に入れる」が入っている。記憶違いか、意図的にずらしたのか、判然としない。

（7）**シオン**　この名称は、周知の通り、エルサレムの神殿の丘（シオニズムの語源）を意味するもので、本文のように、人物名として用いられる例はないようである。したがって、ローマへの反逆者として処刑された者にこの名を冠したのは、サルトルの「創作行為」と思われる。もしくは、「シモン」の間違いかもしれない（Sion/Simon）。シモンだとすると、第一次ユダヤ戦争の指導者、シモン・バル・ギオラ（ローマに連行されて処刑）や、第二次ユダヤ戦争の指導者、シモン・バル・コクバ（前口上《プロローグ》の訳註（2）を参照）などが、考えられる。「バリオナ」の名からすれば、バル・コクバと考えるのが、最も妥当なところだが、いずれにせよ、捕虜サルトルの記憶と想像力の産物であり、思い違いや混同があってもおかしくない。なお、これについては原註がない。なおこの件で、シオンは始め女性として提示されているが、数行後では男性に変わっている。単なる間違いか、何らかの意味があるのか、不詳。

（8）**秣槽を見せろと要求する権利**　クリスマスには、教会や各家庭で、馬小屋でのキリスト生誕の模様を描いた小さな群像が、クリスマスツリーの下に飾られる。これをcrèche（秣槽《かいおけ》）と呼ぶ。なお、この語は保育園の意味にもなる。

（9）**内蔵の果実**　アヴェ・マリアの祈りの一節。Et Jésus, le fruit de vos entrailles, est béni. 直訳すれば「あなたの内臓の果実イエスも、祝福されている」。定訳では「御胎内の御子イエスも祝せられたまう」。

第六幕

（1）**トビト**　アッシリア捕囚によって故地から連れ去られたナフタリ族のトビトは、殺されたユダヤ人の屍体を埋葬したが、穢れを避けるために庭で寝ている間に、雀の糞が目に落ちて失明する。しかし、息子トビアの尽力で目が見えるようになる。この挿話を記した「トビト記」は、ユダヤ教とプロテスタント教では聖書から除外されている。

『バリオナ』論

石崎晴己

『バリオナ――苦しみと希望の劇』は、一九四〇年のクリスマスに、*ドイツの捕虜収容所の中でサルトルによって書かれ、捕虜たちによって上演された劇であり、サルトルの最初の本格的な戯曲である。サルトルは、演出も手がけ、副主人公（東方の三博士の一人、バルタザール）の役を演じてもいる。上演の枠組みは、要するにクリスマスを祝う演芸会であり、形式としては、中世の聖史劇のそれを借り、主題としては、まさにクリスマスに相応しい、キリストの生誕を主題としている。素人芝居と言えばその通りだが、戯曲としては、荒削りながら、鮮烈・明瞭な観念が飛び交い、ぶつかり合って火花を散らす本格的なものとなっており、むしろ荒削りなだけに、サルトル的なディスクールが鮮明に表出されている。その基本的コンセプトからして、その二年半後に上演された、職業的劇作家としての処女戯曲『蝿』にそのまま繋がる重要な作品である。ということは、サルトルの劇作活動の全体をある程度定義する作品ということにもなろう。

＊イングリッド・ガルスターによれば、二十四、二十五、二十六日の三日間上演されたという（ガルスター、p. 46. note. 64）。

奇跡の十八カ月――兵士時代、次いで捕虜時代

サルトルは、一九三九年九月二日、[＊]第二次世界大戦の勃発による動員によって召集され、アルザスの対独国境地帯に配置されるが、砲火が交えられることのない、いわゆる「奇妙な戦争」が数カ月続いたのち、突如始まったドイツ軍の大攻勢によって、フランス軍が壊滅する中、一九四〇年六月二十一日（サルトルの誕生日）、ドイツ軍に投降。ドイツ西端の古都、トリーア近郊の捕虜収容所ⅦDに収容される。翌年三月末、釈放されて四月二日にパリに帰還するまで、結局サルトルは九カ月強、捕虜生活を送ったことになる。つまりサルトルは、一九三九年九月から一九四一年三月末までの一年半、初めは兵士として、後半は捕虜として、「拘束状態」ないし「集団生活状態」にあったのであるが、卓越した知性と才能によって人に優れた際立った人物として自他共に許していた、知的エリートたるサルトルは、この集団的拘禁の中で、「どんな人間でもそれくらいの価値はある全く単なる一人の人間」（『言葉』p. 204）に変わった。少なくともこの期間は、骨の髄までそうであったという体験をした。

＊九月一日、ドイツ軍のポーランド侵入開始、九月三日、英仏、対独宣戦布告。つまり二日には、対独宣戦布告の準備のために、総動員が行われたわけである。

この修行期間は、ある意味ではまことに巧妙に二段階に分かれて深化している。前半の、兵士時代は、集団生活ではあっても、軍隊としての厳然たる規律に律された生活、個々人が組織全体によって指定さ

れた責務を果たす生活であったが、後半は、まさに社会的属性を奪われ、ただ生存だけが、恣意的な暴力による管理の下で許される生活であり、言わば社会的アノミーの中で、人は剥き出しの個人として生きることを要求されたわけである。

しかし、この期間はまた、サルトルの生涯にとって、きわめて多産な時代であった。兵士時代には、サルトルは、大河小説『自由への道』の第一巻『分別ざかり』を書き続ける一方、膨大な日記と手紙を書いたが、その日記の中では、多くの日常の出来事の観察記録や読書から派生した思索と並んで、『存在と無』の主要な部分がすでに形成されつつあった。つまり小説と哲学における彼の代表作が生成したのは、この兵士時代においてなのである。捕虜時代には、『バリオナ』の執筆と上演が、演劇という、それ以後のサルトルの圧倒的に重要な活動領域の端緒となった。演劇という次元がなかったなら、戦後のサルトルの人気と声望がどうなっていたかを考えるなら、このことがいかに重要か分かるであろう。

「戦争は私の生涯を全く二つに分割した」(「七十歳の自画像」『シチュアシオンX』p. 167)とか、「すべては戦争以来変化した」(「サルトルとの対話」『別れの儀式』p. 477)などと、のちにサルトル自身が、この期間に起こった変貌について繰り返し語っている。戦前のサルトル、『嘔吐』のサルトル、社会からも距離をとって、独り孤独な思索に耽る完全に自由な単独者たるサルトルは、この間に集団、社会、歴史を発見し、パリに帰還した時、実践的活動による現状の打破・変革を志す、〈アンガジェ〉(社会・政治参加に自らを拘束した人間)となっていたのである。要するに、戦後のサルトル、フランス知識人界のあらゆる領域を制覇し、フランス文化を代表する作家・思想家として、全世界に多大な影響を及ぼすことになるサルトルが誕生したのは、まさに「奇跡の一八カ月」とも言うべきこの歳月においてだった。

『バリオナ』制作と上演

捕虜収容所でサルトルは、初めは医務棟にいたが、やがて芸術家棟(バラック)に移転した。彼らの活動の中には演劇もあり、劇団が組織されており、「毎週日曜にだだっ広い倉庫で芝居をやって」(『別れの儀式』p. 236)捕虜に娯楽を提供していた。ガルスターによると、こうした劇団を持っていた捕虜収容所は、他にも多数あったようで、そうした捕虜劇団がパリ公演を行なったり、収容所で制作された劇を対象とする賞金一万フランの最優秀演劇賞が設けられたり、収容所演劇アンソロジーが計画されたり、といったこともあったらしい。この劇団に、サルトルは言わば「座付き作家」として加わることになるが、それは、劇団の座長がサルトルの劇の公演をパリで見たことがあるという、勘違いのお陰だったという(ガルスター、p. 39)。サルトルは、数編の戯曲を書いたらしい(例えば、『サルトル、自身を語る』p. 71)。

サルトルはまた、神父たちとも交際するようになり、彼らの部屋に入り浸って、神学論争を行なったりした。特にマリユス・ペラン神父とは、ハイデガーの『存在と時間』の講読会を行うなど、親交を深めた。ペラン神父は、のちにサルトルの死に際して、『サルトルとともに捕虜収容所12Dにて』という本を出して、サルトルとすごした歳月を語っている。

『バリオナ』は、こうした環境から生まれた。クリスマスの演芸会の出し物の執筆を依頼されたサルトルは、友人の神父たちと相談し、キリスト降誕を素材とする聖史劇を上演する企画を提案する。サルトルとしては、ドイツの検閲の目を欺いて、ナチス・ドイツへの拒否と反撃を呼びかけるために、「キリスト教徒と無信仰者の最も広範な連合」（『状況の演劇』p. 221）を実現するには、それが最良の方策だった、と後に彼は述べている。これについては、後にやや詳しく触れる予定である。

このようにキリスト教神話系に材をとった劇の上演を成功させたところから、サルトルは、「神話的演劇という観念を練り上げていき、やがてギリシャ神話系に材をとった『蠅』の上演を通して、「状況の演劇」という観念の中にそれを組み込んでいく。これについても、後にやや詳しく触れてみたい。

「戯曲を一本仕上げ、出演者を選んで、リハーサルをやってセリフを覚えさせ、演出の構想を決定し、舞台装置と衣装を作る、これだけの仕事を六週間で」（『サルトル伝』p. 320）サルトルはやってのけた。まず配役を決定し、そのイメージに合わせて劇中の人物像を形づくって行く。戯曲は書き上げられた分が、役者たちに提示され、彼らは各々自分の科白を書き写して覚える。そればかりか、サルトルは、東方三博士の一人、バルタザールという副主人公の役も演じなければならないのだ。リハーサルはこうして進行し、戯曲は締め切りギリギリでようやく完成する。この突貫工事のありさまは、『サルトル伝』（p. 321）に活写されている。

上演は万雷の拍手喝采で終わった。そして劇が終わるや、サルトルは衣装を替えて、合唱隊の一員として、クリスマスの賛歌を歌った、と同じく『サルトル伝』（p. 322）は伝えている。

「私の最初の演劇経験は、特に幸せなものでした」と、後にサルトルは述懐し（『状況の演劇』p. 61）、また別のところでこうも述べている。「私にとって、この経験の重要な点は、捕虜である私が他の捕虜たちに語り掛け、共通の問題を提起することができたということです。この戯曲は当時の状況に対する暗示に満ちており、われわれの各々にとってその意味は完璧に明瞭でした」（『アヴァンセーヌ・テアトル』p. 33）。つまり、作る側と観る側が同じ状況を共有する者であり、両者の「一体化」「交感」(communion)が、ほとんど宗教的な形で実現した、ということ、そして作者サルトルが訴えようとしたことは、明瞭に伝わった、ということになる。

しかし、この劇は公刊されることがなかった。わずかに、非売品としての限定出版が、一九六二年と一九六七年に行われたにすぎず、その後、一九七〇年に『サルトルの著作』の付録として収録され[*]、二〇〇五年にプレイヤード版『サルトル演劇全集』に収録されたのが、正規の公刊である。それはもちろん、執筆・上演が、捕虜収容所という異常な環境で行われたため、原稿の保存が十分に保証されていなかったからであるが、また、サルトル自身が、望まなかったからでもある。その理由を問われて、サルトルは「戯曲の出来が悪かったから」であり、「それは長い論証的言説にあまりにも引きずられている」（同前）と答えている。

実はこれは、『蝿』の製作の際に、その演出に当たった、当代一流の演劇人、シャルル・デュランから受けた衝撃的な教訓を踏まえた自己批判なのである。デュランは、『蝿』のリハーサルに立ち会ったサルトルに「戯曲とは雄弁の横溢とは正反対のもの、つまり、抗いがたい行動と休むことなき情熱によって、抗いがたく共に並べられた最小の数の言葉でなくてはならないことを、理解させ」たという（『状況の演劇』p. 227-228）。とはいえ、「論証的言説」という点では、『蝿』は『バリオナ』に比べて特に整理されているようには見えない。少なくとも、絶対的な差異があるようには見えないと思われる。つまりサルトルのこの説明は、そのまま受け取ることはできず、別の理由があると思われるが、これについては後に検討する。

＊この時のタイトルは、「バリオナ、雷の子」« Bariona, ou le Fils du tonnerre » であった。それは前口上での映像提示者が、そのように紹介したからであるが、サルトルやボーヴォワールも、この劇をそのように呼んでいたらしい。しかし、原稿に記されたタイトルは、「バリオナ　苦しみと希望の劇」であるため、今回底本としたプレイヤード版は、正当にもそのタイトルを採用している。

「反ユダヤ主義」疑惑

この劇の具体的な分析に入る前に、もう一つの問題点の存在を示唆しておく必要があろう。この劇には、ドイツの検閲の問題の他に、舞台がキリスト降誕の頃のユダヤであり、登場人物たちがユダヤ人であるところから、「ユダヤ人」の問題が付随する。すなわち、「反ユダヤ主義」の疑いである。具体的には、一九九一年に出版された『かくも穏やかな占領』は、『バリオナ』の反ユダヤ主義を告発し、翌年三月のサルトルの釈放を、『バリオナ』による反ユダヤ主義活動の報奨であると、示唆している（p. 492)。

実は、一九八〇年のサルトルの死後、サルトルがさまざまな批判に晒され、時に根拠のない流言飛語を浴びるという事態が現出した。いわゆる「煉獄」である。その中には、「対独協力」疑惑とも言えるものがあったが、アニー・コーエン＝ソラルによると、その一つのきっかけ、ないし有力な論拠となったものに、占領期にドイツ占領当局の文芸出版物検閲官、ゲルハルト・ヘラー中尉として、フランスの出版者や著作家たちと接触のあった人物の発言があると言う。ヘラーは、一九八一年に、当時についての回想録（邦訳題名『占領下のパリ文化人』）を刊行して、大いに反響を呼んだが、その頃に答えたインタビューの中で、ドリュ・ラ・ロシェルが、「J＝P・サルトルのような、捕虜となった何人かの著作家の釈放を勝ち取った」と述べたのである（『サルトル』文庫クセジュ、p. 106）。前掲の『かくも穏やかな占領』は、そうした疑惑・批判の集大成とも言えるが、特に反ユダヤ主義疑惑に中心を置いており、サルトルの「釈放」も、単なるドリュの尽力のお陰ではなく、『バリオナ』という反ユダヤ主義プロパガンダの報奨であるとしているわけである。

これらの「対独協力」疑惑については、例えばベルナール＝アンリ・レヴィが『サルトルの世紀』の中で、「ヴィシー問題メモ」（p. 449. 以降）という一章を設けて、『バリオナ』の件も含めて、具体的かつ網羅的に検討しているが、それを見ると、疑惑は二種類に分けられることが分かる。すなわち、事実無根、ないし事実誤認によるもの。そして事実はあるが、情状に鑑み「有罪」とは言い切れないもの、である。

前者に属す事例は、リセ〈コンドルセ〉のカーニュ（高等師範学校文科受験準備級）の教授に就任した件であろうか。サルトルは、捕虜収容所から帰還すると、リセ〈パストゥール〉に復職したが、新学期には、解任されたユダヤ人教授（アルフレッド・ドレフュスの甥の息子）の後釜として、上記のポストに就いた、というものである。しかし実は、サルトルが後を引き継いだ前任者は、フェルディナン・アルキエであった。もう一つは、一九四三年に、担当していた生徒のヴェイユ少年が、ユダヤ人狩りにあった時、「欠席」とのみ記して、平然としていた、という件であるが、実は、サルトルがヴェイユの担任となったことはない、ということが明らかになっている。

後者に属する事例には、例えば、『蠅』の上演にまつわる件がある。これが上演されたシテ劇場は、元はユダヤ人の名女優の名を冠して、サラ・ベルナール劇場という名であったのを、「アーリア化」して改名されたものであり、その総支配人に就任したシャルル・デュランは、のちに対独協力を疑われることになるが、『蠅』はまさに彼によって演出されたのである。また、初演後のパーティには、ドイツの演劇関係担当官も出席しており、サルトルも「すっかり寛いで、ドイツ人に向かって乾杯した」(『かくも穏やかな占領』p. 266) という証言もある。また、「文学上の対独協力のショーウィンドー」として一九四一年六月二十一日 (奇しくもサルトルの誕生日) に創刊された『コメディア』の協力者一覧に名前が載り、創刊号以降、都合三編の寄稿を行なっている、という件もある。

これらのことは、占領下で多少なりとも文化活動を行なった者なら、だれもが避けられないような事柄であり、積極的対独協力として非難するには当たらない、というのがベルナール=アンリ・レヴィの見解である。対独抵抗派の多くの人士も、そのような妥協をしながら、抵抗派的活動をしている。サルトルも、重要な作品は、あくまでも地下出版『レットル・フランセーズ』に委ねている。

さて『バリオナ』についての「反ユダヤ主義」疑惑であるが、これについては、われわれ自身がテクストに添って、検討してみる必要があろう。作品全体の分析に当たって、まず最初にこの検討を行なうことにするが、まずはその前に梗概を簡単に辿るのが、適切であろう。

梗概

作品は、前口上《プロローグ》と七幕からなる。映像提示者は「前口上《プロローグ》にございます」と宣言し、「受胎告知」の場面を映し出して、説明する。その後、別の映像が映し出されて、「語り手」が説明するが、これと映像提示者は、別の者である必然性はなく、むしろ同一人物と考えられる。映像提示者は、第一幕と第二幕の幕間（ここでは語り手として）と第五幕と第六幕の幕間に再度登場する。また、第二幕の村の長老たちは、ギリシャ悲劇のコロスとして構想されており、おそらく韻律を伴った集団的朗唱を行なったものと思われる。この長老たちのコロスとバリオナの問答には、アイスキュロスの『アガメムノン』を思わせるものがある。なお、このようなコロスは、第四幕では羊飼いたちとして、再び登場するほか、第六幕では、クリスマス・キャロルが群衆によって歌われる。要するに、ギリシャ悲劇と中世聖史劇の要素（と想像されるもの）を取り入れた演劇空間を企図しているわけである。

物語の舞台は、キリスト降誕の時代のローマ支配下のユダヤ、ベツレヘムから二五里の山間の寒村ベトスール。人口八〇〇人のこの村は、最近ローマ人によってベツレヘムに建てられた工場に若者が流出し、今やわずかの老人が羊を飼うばかりの貧しい村で、かつては数々の武勲を残した誇り高い村であったようだが、今や「死に瀕している」。ここにローマの植民地行政官レリウスがやって来て、人頭税の値上げを通告する。

村の長《おさ》の名はバリオナ。老人ばかりのこの村で稀な壮漢。高貴な家系に連なるたくましく美しい男だが、最近その義弟が盗みの罪で死刑に処されたため、家名に傷がついている。レリウスの脅迫を交えた強要に対して、バリオナは、村の長老会議に諮って回答すると答える（第一幕）。

招集された長老たちとの協議の末、バリオナが告げる結論は、「われらはこの税を納めるだろう。しかしわれらののち、この村では何人《なんぴと》も税を納めることはないだろう」、すなわち、もはや子供を作ることをせず、自分たちののちに子孫を残さない、というものである。不正と不幸に満ちたこの現世に対する誇り高い回答たる、一種の緩慢な集団的自殺の提案を、彼は長老たちに賛同させ、生殖活動、要するに女との性的交渉を今後一切絶つことを、復讐と怒りの神エホヴァに誓わせようとする。

と、その時、バリオナの妻サラが登場、自分が身籠っていることを告げ、誓約を阻止しようとする。子供が生を受けたとしても、結局は無益な苦しみを味わうだけだというバリオナの説得に対して、彼女は感動的な母性の論理によって反論。ここにレリウスが介入し、サラを支持するが、その論拠は、人間を労働力・戦闘力と捉える、資本主義的・帝国主義的論理に貫かれている。

最後に、「もし子供を成すのが神の意志だったら？」というサラの問いに、バリオナは、神が合図をすること、すなわち夜明けまでに天使を差し仕向けることを要求し、幕となる（第二幕）。

山中で眠る羊飼いたちの前に出現する天使の、慣習に則った映像の提示に続いて開幕する第三幕の舞台は、「羊飼いたちへの天使の出現」の場ということになるが、舞台で進行するのは、全く異なるヴァージョンである。まず、ベトスール付近の山中で寝ている羊飼いのところに一人の男が立ち寄り、バリオナの誓約のニュースとともに、「分厚い臭い」と自然が「春の祭」をしているような暖かさに包まれたという経験を語る。男が立ち去ると、今度は天使、羽根をつけた通常の姿ではなく、普通の人間の格好をした寒がりの天使が登場し、一種のトランスに入り、遠いベツレヘムの一隅でいままさに起こりつつあるキリストの生誕の場面を透視する。そして羊飼いたちに、村人を起こしてベツレヘムに行き、メシアを崇めよと命ずる。

第四幕は、明け方のベトスールの広場。メシア誕生のニュースに熱狂して口々に「永遠なる者が君臨する」と叫ぶ群衆の千年至福説的狂乱。そこにバリオナが登場。不正と苦しみに満ちたこの世界と、世界をかく作り成した神への憎悪と反抗を激烈な調子で宣言し、人間の自由の不可侵を謳い上げ、メシア生誕という幻想から村人を覚醒させるに至るかに見える。

と、そこに東方の三博士が登場。バリオナとバルタザール（サルトルによって演じられた）との間に、緊迫した論争が展開する。メシア生誕の知らせを富者たちによる瞞着と決めつけ、偽りの希望を排して不幸と苦しみを敢然と直視する、バリオナの絶望の論理（「人間の尊厳はその絶望の中に存する」）に対して、バルタザールは、希望こそ人間の本質であり、人間の義務であると説き、村人の賛同を得るに至る。彼らは、バリオナを見捨て、サラも含めて一同、三博士に従ってベツレヘムに向かうことになる。

第五幕は呪術師の家の前。バリオナとレリウスが出会い、生まれたとされるメシアについて、意見を交わす。バリオナにとって疑問の核心は、神の受肉である。全能の神が、汚らわしい人間の肉体をまとい、人間としての苦しみを味わうことを受け入れるというのは、酔狂としか思えない。

すると、家の中から呪術師が出て来る。レリウスの求めに応じて、キリストの生涯を予見し、彼は磔に掛けられて死ぬが、その死が人々の心を捉えて、彼の教えは全世界に広まると予言する。これを聞いてバリオナは激昂する。屈辱的な死をおとなしく受け入れて死んでいったキリストの教えは、まさに諦念の教えにほかならず、それはユダヤ民族の誇り高き魂を従順と卑屈に貶めること、つまり「ユダヤ民族の暗殺」の陰謀である。この陰謀を阻止するには、生まれたばかりの幼子イエスを殺すしかない、とバリオナは確信し、イエスの殺害を決意する。

第六幕は、キリスト生誕の馬小屋の前。近道を通って、群衆より先に馬小屋の前に到着したバリオナの前に、天使マルコが現れ、イエスの父ヨセフの心について語り、「ヨセフの眼差しのことを考えてやれ」と言い残して立ち去る。バリオナは、それを無視して小屋の中を覗き込むが、そこでマリアの懐に眠る幼子を眺めるヨセフの目を見てしまう（イエスの姿は見えない）。幼子を愛おしむ父親の目をいわば自分のものとしてしまったバリオナは、幼子殺害の企てを放棄する。

そこに群衆が到着、馬小屋へ入って行く。外の闇の中で物陰に身を潜めて様子を窺うバリオナの耳に、彼らの歌う歓喜のクリスマス・キャロルが聞こえてくる。孤独を噛みしめるバリオナの前に、バルタザールが到着。もはや二人の間に激論は再現しない。バルタザールは、苦しみを超出し、苦しみに意味を与える自由という人間の本質を説き、「そなたの子供を生まれさせよ」とのキリストの伝言を伝え、バリオナに「キリストの最初の弟子よ」と呼びかける。

第七幕（最終幕）は、幼子イエスを殺すためにやって来るローマ軍部隊*の接近の知らせが引き起こす絶望の中で始まる。ドイツの電撃的侵攻の前になすすべなく壊滅したフランス軍よろしく、早々と諦めた村人たちは、絶望を説くバリオナの正しさを再確認し、謝罪しつつ、再び指導の労を取るようバリオナに懇願する。奇妙などんでん返しで、彼らに絶対服従を誓わせたバリオナは、聖家族をエジプトに逃避させる時間を稼ぐためのローマ兵との玉砕戦を彼らに命じる。みじめに老いさらばえて死ぬよりは、「キリストの兵士」となって死ぬ方がどんなにましか。全員勇み立って出撃。

バリオナがサラに生まれてくる子供への伝言を残したのち、観客＝捕虜への口上となり、「幸せ」ではないみなさんにとっても、このクリスマスの日に「歓喜があるだろう」という言葉で幕が閉じる。

＊お気付きの通り、ここではヘロデ王の兵隊が、ローマ軍部隊に替えられている。「幼児虐殺」を行なう（と予想される）のも、ローマ兵たちである。サルトルは、聖書的史実を無視して、ローマへの反抗を強調するべく単純化を施したと思われる。

疑惑の検討――レリウス

これでいよいよ、「反ユダヤ主義」疑惑について検討することができるわけであるが、この問題は、この劇がドイツ側の検閲によって不許可になることがなかったのはなぜか、という問題と不可分である。先に引いたように、サルトルは「この戯曲は当時の状況に対する暗示に満ちており、われわれの各々にとってその意味は完璧に明瞭でした」と語っているが、その暗示とは、ユダヤを支配するローマ人＝ドイツ人、支配下のユダヤ人＝ドイツ支配下のフランス人ないし「われわれ」捕虜たち、という等式に立脚するはずである。その暗示があからさまであれば、最後のローマ軍に対する反逆を含めて、当然、ドイツの検閲に抵触しただろう。この点を検討するには、ローマ人とユダヤ人がそれぞれ何者を表象するものとして提示されているかを見てみる必要があろう。

劇中に登場する唯一のローマ人レリウスについて、サルトルは「エルサレムに派遣されたローマの高官、これはわれわれの考えではドイツ人だった。ところが看守たちは、それが植民地のイギリス人だと思ったのだ」（『アヴァンセーヌ・テアトル』p. 33）と証言している。実際、レリウスは明らかに、現代的（当時の）植民地行政官のカリカチュアであるように見える。その要点は以下の通り。
○偽善的な官僚的処世術――現地人協力分子たる取税人から接待を受ける際の、偽善的規則遵守（「巡回の際に管轄下の者の家に泊まることは禁止」）。あるいは「ユダヤ人のことは、蓮中の間で解決させるべし」との統治原則（イギリス流分割統治政策への風刺）。さらに、植民地行政官としての愚痴（一幕一場参照）。
○合理主義的文明人としての冷笑的な優越感――新たなメシアに対する彼の態度は、冷笑的な宗教的寛容のカリカチュア（「神がもう一人くらい増えても、われわれには何の不都合もありません。すでに大勢いますから」）。
○小市民的マイホーム主義（引退後に蜜蜂を飼う、云々）
○気取った口調、もの柔らかそうな外見と、冷徹な脅迫の巧みな使い分け。
主に彼の口を通して描き出されるローマは、野蛮な現地人の保護・教化を以って任ずる文明国で、近代的工場を植民地に建設する進んだ資本主義国でもある（この辺りは、サルトル一流の意図的時代錯誤《アナクロニズム》である）。また、サラの主張を支援しようとしてレリウスが行なう、子供を作ることを奨励するスピーチは、豊富な労働力によって賃金水準を低く抑える、等々の、資本主義的・マルサス主義的主張に他ならない。

これらの要素は、いくぶんジィド（『コンゴ紀行』）やセリーヌ（『夜の果ての旅』）からの借用とも思われるが、やはり何よりも、現にパレスチナを領有していた最大の植民地帝国イギリスのイメージを映し出す。さらには、次のようなかなりあからさまな暗示も見られる。すなわち「ユダヤの思い遣りある後見者たるローマが始めた戦争は、きわめて長く続く見込みで、必ずやローマが、アラブ、黒人、イスラエル人など、保護国の現地人に協力を呼びかける日がやって来るでありましょう」（二幕四場）。アラブ、黒人、イスラエル人を支配下に置いており、長い戦争のために彼らの協力を必要とする帝国は、大英帝国を措いて他にない。アラブと黒人だけを考えるなら、フランス植民地帝国も考えられるが、ドイツ支配下の当時の状況では、条件が適合しない。いずれにせよ、ドイツということは、全くあり得ないのである。

結局、レリウスがイギリス人を、したがってローマがイギリスを表象するのは、きわめて明白であって、暗示のレベルを超えていると言わざるを得ない。そしてそれは、かなり意図的な表象作業によって果たされている。つまりサルトルは、意図的に彼をイギリス人として描いているのである。「看守たちは、それが植民地のイギリス人だと思った」のは、期せずして起こったことではなく、計算通りになった結果に他ならない。一九四〇年十二月、フランスとイギリスは打ちのめされ、ドイツはヨーロッパ全域を征服しつつあった。イギリスは、ドイツ空軍の爆撃に必死に耐えていた。いまにもイギリスを含む全ヨーロッパが軍門に下ると見えた楽観ムードの中で、ドイツ人は、フランス人の抵抗など、懸念する謂れはなかったのではないか。それが、彼らの「素直さ」の原因であろう。

ユダヤ人は何者か？

これに対してユダヤ人はどのようなものを表象しているだろうか。これに対する手がかりは、これまたレリウスの科白の中にふんだんに見出される。

○ユダヤ人は暖を取るすべを知らない、未開の野蛮人だ。○自分の生年も分からず、大増水の年の生まれ、大豊作の年の生まれ、大嵐の……などとやっている。○幼児死亡率が高い。○呪術師の民で、理性的な思考ができず、青年期にも達していない（以上、おおむね一幕一場）。これらの言葉が描き出すのは、むしろブラックアフリカの「未開人」であろう。レリウスが典型的なイギリス植民地行政官を表象しているのに対応して、キリスト降誕時代のユダヤ人は、典型的な植民地現地人、すなわちアフリカ黒人（当時の）を表象しているのである。あるいはむしろ、アフリカ黒人のイメージを動員している、と言うべきか。

このような表象について、アニー・コーエン＝ソラルはその主著『サルトル伝』の中で、「ご覧の通り、これらの言葉は、ローマの官吏、レリウスが喋る科白であって、二次的レベルで読まれなければならず、決して一次的レベルで読んではならないものである。しかしそれにしても、このような主張をすべりこませるのは、場所といい、時代といい、聴衆といい、果たして適切だったろうか？」（p. 324）と、いささかの気まずさを表白している。自身ユダヤ人の彼女としては、無理からぬ発言かもしれないし、あるいはユダヤ人としての連帯表明かも知れない。

ジルベール・ジョゼフは、サルトルの演出が、ユダヤ人をぼろをまとった汚れた身なりで登場させ、反ユダヤ主義的通俗イメージ通りの仕草をさせるなど、ユダヤ人を戯画化したものであったと非難している（ドイツの歩哨たちが「腹を抱えて笑っていた、云々」、『かくも穏やかな占領』p. 85）。

しかし、このようなアフリカ「未開人」としての表象が見えるのは、レリウスの言葉の中においてだけであり、劇の進行とともに舞台に登場するユダヤ人は、いささかもアフリカ「未開人」の様相を呈してはいない。長老会議のコロスや、ベトスールはどうやら城壁が巡らされており、過去には他の市邑との戦闘が行われたとの言及などが喚起するイメージは、むしろアルカイック・ギリシャの都市国家のものではなかろうか。現代的なコンテクストとしては、漠然と、南イタリアやギリシャの地中海型の荒涼たる疎林か、アルプス山腹の牧畜の民といったところが、想起されるように思われるのである。

また、少なくともテクストのレベルにおいては、ここに登場する古代ユダヤ人は、近現代ユダヤ人――ディアスポラによって、ヨーロッパ世界に「共生」して来たユダヤ人――の様相を呈していない。ユダヤ人への反感や蔑視の原因でもあり同時にまたその結果でもある、ユダヤ人なるものの中核的なイメージ(通俗版画)とは、貪欲、狡猾、陰険な高利貸し、といったものであろう。こうした反ユダヤ主義の常套的攻撃目標たるイメージは、劇中で全く動員されておらず、作用していないのである。

コーエン＝ソラルが示唆しているように、アフリカ「未開人」的表象は、専らレリウスの科白の中にのみ動員されている。つまりこのローマ人の独断によって言われることにすぎない。このあまりに荒唐無稽なユダヤ人表象は、ドイツ人の目を逸らすための陽動作戦だったのではなろうか。いずれにせよ、このような表象を「真に受ける」には、よほど無知で素朴な者でなければならない、と思われるのである。

要するにこの劇は、少なくともテクストのレベルでは、ことさらにユダヤ人を擁護することもない代わりに、反ユダヤ主義の常套手段に訴えてもいない。そしてもし、「擁護」か否かを問題にするなら、ユダヤ人がこのような悲壮な劇的葛藤の主人公に設定されているということは、大変な「擁護」と言うべきではなかろうか。当時にあって、それ以上の「擁護」として何が可能であったか、想像さえつかない。戦時下・ドイツ占領下におけるユダヤ人に対するサルトルの立場という点では、有名な『存在と無』の中でのユダヤ人への言及が、サルトルの毅然たる姿勢を余すところなく証明している。第四部第一章Ⅱ「自由と事実性――状況」のD「私の隣人」において、彼は、「私が選んだのではないのに私がそれであるところの或る種の決定」（すなわち私の「対他存在」）の具体例として、ユダヤ人を公然と取り上げている（「私は、ユダヤ人であったり、アーリア人であったり、美男であったり、醜い片端であったりする」）。あるいは、「ユダヤ人の出入りを禁ず」という掲示や、反ユダヤ主義者という語を、堂々と登場させているのである（下、p. 970-979）。これが当時の情勢にあって、どれほどリスク含みの行為であったか、想像に余りあるのではなかろうか。

バリオナの言説

サルトルのすべての劇がそうであるように、この劇も、観念と観念が衝突し展開する思想劇であるが、この思想劇は、主に二人の主要人物、バリオナとバルタザールの論争として展開する。もうひとつ、バリオナの妻サラの女性、より正確には母性の論理とも言うべきものが介入し、バリオナの論理に真っ向から衝突する。そこで論争を構成するバリオナ、バルタザール、サラの三者の言説を具体的に分析することにしよう。

バリオナの言説は概ね、第二幕の「世界は果しなき落下にすぎない」とする命題、第四幕の「悪意（悪しき意欲）と自由」の宣言（第一次バリオナ／バルタザール論争）、第五幕の「幼子イエス殺害計画」の三つに集約される（これらのディスクールを便宜的に、D1、D2、D3と名付けよう）。

D1 「世界は果しなき落下にすぎない」

これは山上で受けた啓示として与えられる。つまり、モーゼ、ムハンマド、さらにツァラトゥストラを気取っているわけである。バリオナは、若者の流出でもはや死を待つばかりの村の現状を、「死に瀕した臨終」と定義し、子供を作る者は、それを長引かせる者であるが故に「罪を犯した」者であるとした上で、緩慢な集団的自殺を提案するが、その理由は、以下のように提示される。

(1)「世界は果てしなくだらだらと落ちて行く落下にすぎない。……人も物も、この落下のある点においていきなり姿を現し、……この落下に巻き込まれ、……ぼろぼろと崩れ……て行く。生とは敗北であり、何ぴとと言えども敗者なのだ。……この地上の最大の狂気とは、希望なのである」。

(2)「われらは諦めて落下に甘んじてはならない。諦めは人間に相応わしくないことだからだ。それゆえに……われらの魂をして決然と絶望を決意せしめる必要がある。……人間の尊厳は、その絶望の中に存するのであるから。

(1) は現実の認識・把握であり、(2) は、その現実への一般的対処法、すなわち「決然たる絶望」、そしてそこから、集団的自殺という具体的対処法が引き出されるわけである。

この啓示が示す世界の真相は、明らかに『嘔吐』の「マロニエの啓示」が示すそれと同質である。周知の通り、その啓示において世界(=現実存在 existence)は、偶然的 contingent、不条理 absurde で、あらゆる存在物は、存在理由も必要性もなしに事実上存在するだけの「余計なもの」de trop であった(「どんな現実存在物も、理由なく生まれ、弱さによって生き延び、出会いによって死んでいく」)。さらに現実存在（物）のイメージを補足的に挙げるなら、ふにゃふにゃとした柔らかさ（「不気味なふにゃふにゃと柔らかい塊」）、汚さ、ぐったりとへたりこむこと（affalement）、弱さ（「それは「死ぬには弱すぎるので、いやいや存在し続けていた」）、失敗、無様なあがき（「かくも多くの生が失敗し、執拗にやり直され、そしてまた失敗する――ちょうど仰向けになった虫の不器用な努力のように」）、等々。

バリオナの山上の啓示は、世界ないし現実存在のあり方を、「落下」という用語に要約している。世界は果てしない落下の途中にあり、あらゆるものがこの落下の中に出現し、他のものとともに落下に巻き込まれ、やがて崩壊する。これは「マロニエの啓示」の、偶然性の命題と符合するだろう。この用語は、この劇で初めて登場するものであり、ハイデガーの「転落・頽落」Verfallen という用語のヒントを窺わせるとともに、万物を支配する「重力の法則」の観念が、即自的存在物の属性たる惰性 inertie の物理学的表現として援用されている気配も感じられるのである。

さて『嘔吐』においては、こうした世界の真相の開示に対する対処法として、自殺が議題に上るが、自殺したところでこの事態は変わらず、自分の偶然性も消えることはない（「私の死にしたところで、余計なものとなってしまっただろう。……私は永遠に余計なものなのだった」）という、言わば消極的理由で却下される。つまり、この「吐き気を催すような」現実は如何ともしがたく、自分一人が己を抹殺しても、それは無意味な「犬死に」にすぎない。したがって、無様なあがきとして、汚く、弱く、ぐにゃりとした「余計なもの」として生き続けるしかなかったわけである。これをバリオナの用語法で言うなら、「諦めて落下に甘んじる」ということになろう。

『嘔吐』においてそのような解決が可能であったのは、一つには、この恐るべき事態そのものが、長い探求の果てについに発見された〈世界の真相〉であるという積極的ニュアンスを帯びていたからであり、もう一つ、この偶然的現実を乗り超えることを可能にする「美しく、鋼鉄のように硬い」物語を作り出すことという、積極的解決が最後に提示されて、すべてを救うからである。

文学作品の創造による現世の偶然性の超克、要するに芸術（文学）による救済というプルースト的、ないし芸術至上主義的解決は、フランス文学の伝統に根ざしており、その意味で『嘔吐』のサルトルは、フランス文学ないし文人の伝統に忠実であった。

これを文学的、ないし文学者的対処法と呼ぶなら、バリオナの対処法は、実践的ないし行動主義的であり、不条理で汚らしいこの世を拒否して、死によってその否認を貫こうとすることに他ならない。身も蓋もなくなるほど単純化して言うなら、これは「自由か、しからずんば死」、「奴隷となって生き延びるよりは、誇り高い死を」といった、騎士的ないし貴族的ロマンチスムの顕現となる。もちろん、ハイデガーの「覚悟性」Entschlossenheit や「死へ臨む存在」Sein zum Tode などの観念の影響を見ることは可能であり、気分としては、ニーチェ的ということもできよう。

ハイデガーの影響に関する、『バリオナ』執筆に最も近い時点での生《なま》の証言は、『奇妙な戦争――戦中日記』に散見するが、特に一九四〇年二月一日木曜の日付では、サルトルは、自分のハイデガー読み取りの歴史を総括しつつ（一九三三年十二月にベルリンで『存在と時間』を買って、読み始めようとしたが、その語彙の難解さゆえ、五〇頁ほどで断念した。それは、「全身フッサールに浸されていた」からだ。しかしその後、四年間かけてフッサールを汲み尽くしたのち、一九三九年の「イースターには、（『存在と時間』を）苦労せずに読み上げることができた」）、ハイデガーが自分にとって何であったかを、述べている。すなわち、「ドイツにとって〈Untergang〉（荒廃）と絶望の悲劇的な時代」において、「〈歴史〉のこの悲壮な姿を、哲学に向けて自由に超出する」試みであり、「〈歴史〉と私の運命を理解する用具を与えてくれる」もの、「単に観照ではなく、英知であり、英雄性であり、聖性であるような哲学」、戦争によって自分にとって不可欠になろうとしていた〈本来性〉と〈歴史性〉という二つの概念を教えてくれた、まさに〈天佑〉であった、と。そして「この二つの用具がなかったら、私の思想はどうなっていたか想像すると、思い出すだけでぞっとするといった気持ちになる。……これがなかったら、……もしかしたら、まだ戦争に腹を立て、全身全霊で戦争を拒んでいたかも知れない」と続けている（『奇妙な戦争――戦中日記』p. 215-217）。

動員されてからのサルトルが、ハイデガーをヒントにして、〈本来性〉と〈歴史性〉について考察を続け、戦争を自分の運命として敢然と引き受ける姿勢を築こうとしていたことは、『戦中日記』とボーヴォワールへの手紙の随所に窺われるのである。

「もはや子供を作らない」――夫婦間の論争

したがって、集団的自殺という決断は、さしあたり、『嘔吐』的解決の、ハイデガー・ニーチェ的発想による変奏と、ひとまずは考えられるとしても、「子供を作らない」ということは、個人的選択の限りでは、家族とか結婚といった家族制度にまつわるあらゆるものに反発し、軽蔑するリベルタン的人士（芸術家や知識人）にとって、極めて普通の選択である。例えば、子供を作らないという選択について、ボーヴォワールは、『女ざかり』のなかで、以下のように「釈明」を試みている。「文学によって人間は、想像界の純粋性の中で世界を新しく創ることによって、世界を正当化し、同時に自分自身の現実存在をも救うのだ……。だが子供を作ることは、地上に存在する人間（存在物）の数を、正当化もなしに無益に増やすことであった」と（下、p. 69)。要するに、文学という天職と子供を作ること（母性）とのそれぞれの価値と正当性を比較して、後者を斥けているわけである。いずれにせよ、「人間の数を正当化もなく無益に増やす」という観念は、サルトルの観念の受け売り、ないしは単純化的採用と考えられるが、バリオナの集団的自殺の主張に見事に通底している。つまり、この観念はこのカップルに共有され続けていたのである。

ちなみに、もしサルトルがのちに定式化するように、人間は「自分を選ぶことによって万人を選ぶ」（『実存主義はヒューマニズムである』）というのが本当なら、個人的選択としての「子供を作らない」ことは、全人類の選択とならねばならず、論理的には全人類の絶滅までを含意せざるを得なくなる。ある意味で、バリオナの集団的自殺の提唱は、個人から全人類までの中間段階への、この論理の適用と言えなくもない。

ところでこの論争は、自分が身籠ったことを告げるサラの介入によって、現に彼女の胎内に宿った子供を生むかどうかの、夫婦間の論争に変わる。その中でバリオナは、自分の命題を補強するため、さらにいくつかの論拠を挙げている。それを列挙してみると——

（1）生まれ出る子供は、不幸と苦しみを味わうだけであり、子供にとって、産まれないほうが幸せである（「まだ生まれていない者の平穏な眠りを、眠らせておいてやれ」。「この子は苦しんだことだろう。そしてお前を呪ったことだろう」。第二幕第三場）

（2）子供とは「世界の新たな版」であり、子供を作るということは、「この世界をもう一度作ること」に他ならない。ところが、世界とは不幸と苦しみに満ちた出来損ないであるから、それは「この出来損ないの世界を増刷する」ことになってしまう。

（3）「子を成すというのは、心の底から天地創造に賛同を表明すること」であり、人間を苦しめる神に、感謝の意を表明し、「すべては善し」と言うことであるが、そんなことはできるはずがない（以上、第二幕第四場）。

このうち（3）は、次のD2（悪意と自由の宣言）へと繫がる命題であり、バリオナのディスクールの展開の中で、観念が生成されていく過程を窺わせる。（2）は、「世界を作る絶対的主観としての人間」という、サルトルの思想的変遷の中で、フッサールにヒントを得て、次第に形成されつつあった観念に基づいているが、これはむしろ、バルタザールの言説へと発展していく要素である。厳密に言えば、この（2）は、一人一人の人間における「自由な世界創造」を含意するから、神による一度だけの永遠不変の天地創造を前提とする（3）とは、矛盾するということだけ、指摘しておこう。（1）は、最も平明で現実生活的な、言わば功利主義的命題であり、サラは母親の論理によって、これに必死に抵抗するが、サラとの論争が成立するのは、専らこの論拠をめぐってである。要するにここでバリオナは、矛盾も厭わず、何でもかんでも並べ立てているということになる。

D2「悪意と自由の宣言」

これは、まず端的に、神への反逆の宣言に他ならない。それは、「善き意欲ある人々に地上での平和があらんことを」との、天使のメッセージに対する反駁として、発せられる（第四幕〔この幕は、場の区分けがなされていない〕）が、まず善意（善き意欲）なるものの批判（「金持ちの家の門の前の階段の下で、文句ひとつ言わずに飢えで死んでいく貧乏人の善き意欲、鞭で打たれても有難うと言う奴隷の善き意欲、虐殺の場へと追い遣られ、理由も分からずに奮戦する兵士たちの善き意欲」）から始まる。こうして、善き意欲とは、無知と無批判、貧窮と屈辱的状況に抗議も反抗もすることなき卑屈な従順、奴隷根性などの属性として、定義され、貶められる。ニーチェ的なキリスト教批判の影が窺えるだろう。

その反対物として堂々と宣言される悪しき意欲（悪意）は、批判精神、誇り高き反抗、尊厳を含意することになる（「われは悪しき意欲の人とならん。……神々に対して、人間どもに対して、世界に対して、私は心を三重の鎧で覆った。私は恩寵を求めず、有難うと言うことをしない。何者の前でも膝を屈することはしない。憎しみの中にこそ己の尊厳が存するとみなすだろう」）。これはまさに、反逆天使（リュシフェール Lucifer）*の言説に他ならない。果たして彼の言葉は、次第に黙示録めいたイメージを動員しつつ、神への反逆宣言となっていく（「不正の柱にも似て、私は天に刃向かってそそり立つことを欲する」）。まさに、サラが言うように、彼は反逆天使さながらである（「〈絶望〉の天使のように、傲慢と悪しき意欲で輝いている」第二幕第三場）。ただし、この反逆は、あくまでもこの世界を不正と不幸に満ちたものに作り成した神への抗議であり、責任追及である。バリオナはこの世の苦しみの判定者、すなわち代弁者を自称する（「私は、万人の労苦の証人にして、その多寡を量る秤たらんと欲する。万人の労苦を拾い集め、それを自らの内に冒瀆の言葉のように、護持するであろう」）が、それが彼の反逆の正当性の根拠をなしている。

＊反逆天使とは、周知のように、かつて最高位の天使（熾天使）であったが、神に反逆して天上から失墜し（堕天使）、大魔王サタンとなった者で、最も美しい天使であった。「ヨハネの黙示録」には、この天上の戦いが語られている（第一二章7―9）が、そこでは大天使ミカエルとの戦いに敗れて、地に落下し、サタンと呼ばれるようになった龍として示されている。

バリオナの宣言は、さらに人間の自由の断言へと進む（「なぜなら私は自由だからであり、自由なる人間に抗して、神は自分では何もできないからだ。……この青銅の柱、人間の自由というこのたわむことなき円柱に抗しては」）。「自由な人間に抗しては、神は自分では何もできない」という命題は、『蝿』で登場した有名な命題である。「全能なる神よ、なぜあなたは一刻も早く彼を雷で殺してしまわないのですか？」と尋ねるエジストに、神（ジュピテル）は「一度《ひとたび》自由が人間の魂の中で爆発したなら、神々はもはやその男に抗して何もできないのだ」と、神々の秘密を漏らす（第二幕第二景第五場）。『バリオナ』では、「神は私を粉々に粉砕してしまうことも、焼け木杭のように燃え上がらせることもできる」と言われるのであるから、神の全能は、物質的・物理的に相手に危害を加えることはできるが、「内心の自由」は如何ともしがたい、と想定されているのであろう。しかし『蝿』では、雷で殺すことさえできず、オレストを抹殺するには、人間（エジスト）の力を借りねばならない。『蝿』の神（ジュピテル）は、まさに物質的・物理的神通力を失っていることになる。

この命題は、のちに天使マルコ（第六幕第三場）とバルタザール（第六幕第六場）によって繰り返されているが、きわめて独特な神学的命題と言えるのではなかろうか。もちろん神は、熾天使の反逆を阻止することも、人間の自由検討・自由意志を妨げることもできないのだから、妥当な命題ということになろう。これは、おそらく捕虜収容所での聖職者たちとの神学論争の中から着想されたものと考えられるが、ペラン神父の著書には、それらしきものは見当たらない。唯一、パージュ神父という若い聖職者との友情溢れる論争が、『女ざかり』の中に紹介されている。彼は、自由の鋭い感覚を持っていて、キリストの全面的な人間性を断言しており、「神は、被造物が完全無欠であるよりは自由であることを欲したほど、自由を尊重する」と主張していたという（下、p. 137）。

「悪意と自由の宣言」が、「ありがとうを言う」（感謝）の拒否というテーマで始まっているのも、興味深い。このテーマは、バリオナのD1の後半（「この宇宙を作って下さったことに感謝」第二幕第四場）にも、D3（「ありがとうと言え、常にありがとうと。平手打ちを受けた時も、ありがとう、蹴られた時も、ありがとう」第五幕第三場）にも登場するが、また『蠅』にも、オレストが、示された神意への反逆を決意する際に登場する（「いつも《御免なさい》と《ありがとう》を言うこと、それが《善》なのだな？」第二幕第一景第四場）。つまり、「ありがとうを言う」とは、既成の世界・価値体系（善）の承認を表す記号として機能しているわけである。

「リュシフェール」

ところで、反逆天使という形象については、『自由への道』第一部『分別ざかり』が、当初「リュシフェール」と題されていたことを、思い出さずにはいられない。ボーヴォワールの回想によれば、一九三八年の七月に受け取った手紙の中で、サルトルは「私の小説〔『自由への道』〕のテーマと構成と題名が一挙に見つかった。まさにあなたが願っていたように、主題は〈自由〉だ」と書いていた、という。ボーヴォワールは、さらに続けて、「彼が私に活字体で示したタイトルは「リュシフェール」だった。第一巻は「反抗」第二巻は「誓約」という名になるだろう」と記している（『女ざかり』上、p. 307）。*このタイトル（「リュシフェール」）は、しかしながら間も無く放棄され、「分別ざかり」に替わったらしい。このタイトルについては、サルトル自身、ミッシェル・コンタに以下のように語っている。

『リュシフェール』というタイトルは、『単独者』から引き継いだ意味を持っていたんだ。『単独者』すなわち、他の者とは異なり、ある意味で彼らより優れているが、同時に呪われ、引き離されている人間というものからね。光明は〈悪〉から来るということを示すというのが、アイデアだった。……リュシフェールは、〈悪〉から光明を引き出す、というのが、当初はこの小説のテーマだった」（一九七三年七月三日の会談〔プレイヤード版『サルトル小説作品集』p. 1862.〕）。また、この単独者の形象において、『嘔吐』の主人公ロカンタンが、その名と過去とを伴った形で、新たな小説の主人公として設定される構想も、一時的にはあったようである。

＊この手紙と考えられる手紙の当該箇所は、以下の通り。

「第三　私の小説（『自由への道』）の主題と構成と題名が一挙に見つかった。まさにあなたが願っていたように、主題は「自由」だ。

タイトルはそれだ（第二巻の名は「誓約」となるだろう）」（『女たちへの手紙』p. 221. 一九三八年七月）。つまり、ここには「リュシフェール」というタイトルは見当たらない。他の七月の手紙にも見当たらないため、ボーヴォワールが、叙述を整理するために、直接サルトルの口から聞いた情報を手紙に組み込む形で示しているものと推測される。

このリュシフェールという形象は、こうして小説の中ではフェイドアウトして行くわけだが、その代わりに初期の戯曲の中でかなり十全に表現されていると言えよう。『蝿』のクライマックスたる、天地創造の主としての神がその姿を顕現する場面（第三幕第二場）では、神が創造した世界（存在）とその秩序こそ〈善〉であり、神に逆らってオレストが決行した行為（父の仇討ち）は、まさに〈悪〉に他ならず、自由を主張するオレストは、宇宙の中、自然の中の一匹の蛆虫にすぎない。しかも、〈悪〉を行うことを可能にした、彼の肉体や武器、すなわちあらゆる物質的なものも、神が作った〈善〉の一部であり、〈悪〉とは〈善〉に支えられる幻影にすぎない（「お前がかくも誇り、その作者を自称するこの〈悪〉とは、その存在そのものが〈善〉に支えられる偽りの映像でなくて、何であろう」）。この場面において、オレストは明らかに反逆天使であり、同時に人間の自由の体現者・主張者である。この問題は、『存在と無』における、〈存在〉を無化するものとしての人間存在たる対自の定義にまでつながる重要な問題であるが、そこまで踏み込むには、稿を改めねばならないだろう。

いずれにせよ、〈悪〉の問題は、小説の制作活動の中では、十分な展開を果たさず（ダニエルの形象の中に多少の痕跡を残すが）、やがて『聖ジュネ』に至って、全面的な展開に至る。反逆天使の形象そのものは、『バリオナ』では、あからさまな意思表示の中で十全に表現されたが、反逆天使からキリストの兵士となる回心によって、言わば「止揚」される。『蝿』では、反逆天使的様相は、対独レジスタンスという意味づけの中で、あまり重視されることなく、埋没してしまったと言えよう。

D3 「幼子イエス殺害計画」

バリオナが、キリストの「屈辱の死」の故に、その教えが広まることを「ユダヤ民族の暗殺」として激昂する、その理由は次の通りである。――バリオナにとってメシアとは、ローマへの決起を促す、憎悪と怒りに燃えた血まみれの王者であった。「私には誇りがある！　奴隷の境遇を一度たりとも受け入れたためしはなく、己の中に赤々と燃える憎しみの火を掻き立てることをやめたためしは一度もないがゆえに」。「ところが送られてきたのは、われらに諦念を説く神秘の子羊」なのである。

バリオナによれば、その諦念の教えを奉ずることは「自分たちの活力の生ける源を涸らし、……自分たちの死刑判決に自ら署名すること」であり、「諦念は、われらを殺してしまう」。そこで彼は、愛する部下たちの魂を、ひいては同胞たるユダヤ民族の魂を、諦念という堕落から救うために、幼子イエスを殺害して、キリスト教の普及を未然に防ごうと決意するのである。

バリオナがキリストの教えをどのように描き出しているか、念のため確認しておこう。すなわち、抗議の叫びさえ上げない死（「隣人から顰蹙を買わないように、不平一つ言わずに静かに死んでいけ」）、犬のような卑屈さ（「叩かれた犬が主人の手を舐めて、赦してもらおうとするように、己の苦しみをチビチビと舐めよ」）、愚直ないし偽善的な謙虚さ（「己の苦しみは自業自得と心得よ……試練であって、己を清めてくれるのだと、夢想せよ」）、人間として自然な怒りの抑圧（「己のうちに人間としての怒りがこみ上げて来るのを感じたなら、しっかりとそれを押し殺せ」）、そして、例の感謝のテーマ（「ありがとうと言え、常にありがとうと。平手打ちを受けた時も……蹴られた時も」）等々。

このキリスト教批判は、科学なり理性の名において下される蒙昧への批判ではなく、男性的ないし貴族的な誇りと憤激の側からなされる批判であって、要するに、ヴォルテール的・啓蒙的というよりは、むしろニーチェ的な反キリスト教主義である。

またここには、屈辱が最大の条件となっている捕虜生活という現状への暗示が満ち満ちている。例えば、「将来の足蹴のために新たな尻を用意しておくため……」。収容所では、ドイツ兵が捕虜の尻を蹴飛ばすことがよくあったらしく、現にサルトルの分身たるマチューも、歩哨に尻を蹴られている(本書p.274「マチューの日記」九月十五日、参照)。捕虜としての屈辱、収容所生活の苦しみ、そしてドイツに対する敗北という落胆と悲嘆、こうした悲惨の共通性が、捕虜である観客たちにバリオナのキリスト教への罵倒を許容させたのであろうか。

もう一つ、「ユダヤ民族の暗殺」という文言が公然と口にされていることも、注目に値する。主人公がこれを阻止するために、必死に活動するのである以上、これは間違っても反ユダヤ主義プロパガンダの一環と考えることはできないだろう。

バルタザールの言説

バリオナの言説が、時に矛盾を孕みながら、多義的な展開を見せるのに対して、バルタザールの言説は、単純な一貫性に貫かれていると言える。それは、第三幕の最初の登場の際(ディスクール1)と、第六幕の再登場の際(ディスクール2)の二つの契機に分けられるため、それぞれについて検討しよう。主要な命題には、A、B、C……を付すことにする。

ディスクール1 「希望とは何か?」

バルタザールのディスクール1は、バリオナの絶望の宣言への反駁であるため、いきおい希望を主題とすることになる。その第一声は、「人間の尊厳は希望の中に存する」。なぜなら、天使も石も、希望することはなく、希望は人間にのみ許された能力であり、人間の本分である。これに続いて、A「一個の人間とは、つねにそれがあるところのものをはるかに超えたもの」、B「人間はつねに他の場所にいる。……エルサレムに、ローマに。今日というこの凍てつく日を超えて、明日に」、C「人間はこの将来というパン生地を捏ねて作られるものである。D「この将来のすべて、……これらすべての紫色の地平線、……人間がつねに付きまとっているこれらすべての不思議の都、これこそ希望なのだ」。E「もし彼らの魂の後に付いて行くことができたとするなら、……」。F希望を拒否する者は、「ものに怯える獣の現在」しか持たず、「もはや人間ではなくなって、路上に転がる硬く黒い石」にすぎない。それこそが、絶望である、――といった命題が次々と提示され、最後に、G希望とは人間の務めである（「希望するという人間としての務め」）と結論される。

この論述が、『存在と無』で展開する存在論の応用であることは、直ちに見て取れよう。上述したように、『存在と無』のアウトラインは、戦争中にかなり出来上がっていた。そこで、Aは、人間は対自存在であり、その存在様式は、「それがあるところのものであらず」である、という命題の応用、Bは、対自である人間存在は、不断に自己を逃れ（脱自）、他所へと向かい（超出）、自己を前方へ投げ出す（投企）という命題の応用である。他所とは、地理的な他の場所でもあれば、時間的な他の時（未来）でもある、ということになろう。Cの「将来というパン生地（練り粉）を捏ねて作られる……」という文言は、『嘔吐』の「マロニエの啓示」における、「あの根は、現実存在existenceというパン生地（練り粉）を捏ねて作られていた」の応用である。D実はサルトルの存在論では、希望というタームは用いられない。サルトルは、そこで用いられる、将来ないし未来という語の含意を「希望」というタームに仮託していると言える。Fしたがって、未来的脱自という人間的次元を欠く時、その時間性は、ただ瞬間瞬間をその都度生きるだけの瞬間的現在となってしまう。それをサルトルは、「獣の現在」と表現したわけだが、実はこの未来的次元を持たない不断の現在というのは、『嘔吐』の現在、つまりだらだらとどこまでも続く無限定・無構造な不断の現在でもあった。つまりサルトルは、『嘔吐』の代表的な時間性を、獣の時間性として、自己批判的にここで定義しているということになる。

Eの「もし彼らの魂の後に……」という文は、「フッサールの現象学の根本的理念——志向性」の有名な文、「もしあなたが、ある意識の〈中に〉入り込んだとしたら、旋風に巻き込まれ、外に、樹木の傍らに投げ飛ばされるだろう」と、同じ着想のものである。この短い論文は、一九三三—三四年のベルリン滞在時代に書かれた、サルトルの(現存する)最初の哲学論文であるが、身につけたばかりのフッサール現象学を、根本的に斬新な哲学として紹介する、堂々たる現象学のマニフェストとして知られている。サルトルはそこで、フランス哲学を支配する心理主義は、人間の意識を、外部から入りこむ印象を内部に取り入れ摂取するものととらえる「食物摂取的哲学」であると決めつけ、それに対して、フッサールの志向性の観念は、意識を「〜へ向かって炸裂すること」ととらえる「超越の哲学」であるとして称揚する。ここで簡潔に要約された意識のあり方(「じめじめした胃袋の内部から身を引き剥がし、かしこに、自己を超えて、自己でないものの方へ、かしこに、樹木の傍らへと逃亡すること」、「〈内部〉を持たず、自分自身の外部以外の何ものでもない」、「絶対的逃亡、実体たることのこの拒否」等々)は、のちに整備される〈対自存在〉という哲学的形象の諸特徴を素描しており、その最も純粋な原型を提示していると言える。

ディスクール2　「苦しみへの対処法」

次に、ディスクール2であるが、これは「苦しみへの対処法」とでも呼ぶべきであろう。それはまた、神にして人であるキリストと神に似た存在たる人間の、言わば「存在論的」な同質性の弁神論でもある。バルタザールがバリオナに告げる「佳き知らせ」とは、「キリストは人間であるがゆえに、その肉体において苦しむだろう。しかし……その神性のすべてによって、彼はこの苦しみを超えた向こう側にいる。そして、……神の形を象って作られた人間は、神に似ている限りにおいて、われらのあらゆる苦しみを超えた向こうにいるのだ」というものである。その展開は以下の通り。

すなわち、苦しみへの向き合い方（キリストは、「自ら苦しみ、そして苦しみにどのように向き合うべきかを示すために来られた」。「苦しみに対して適正な態度で臨むようにせよ」）。すなわち、バリオナのように、苦しみに捕らわれ、過剰な密着をしてはならない。なぜなら「そなたはそなたの苦しみではない」からである。これは、対自たる人間は、即自的に己の苦しみで「ある」ということはない、ということである。すなわち「そなたは苦しみを無限に超出する」のであり、超出するとは、「苦しみにその意味を与え、苦しみをそれがある通りのものにするのは、そなた」だ、ということに他ならない。「そなたは自分の望むままに苦しみの形を決める」ことになるのであり、したがって「そなたは己の苦しみについて己自身に対して責任がある」ということになる。これはサルトルの「超越」理論、あるいは「自由と責任」の理論の適用に他ならない。人間は、自由なる選択によって、存在の全体ないし世界を超出し、それに意味を与えるものであるがゆえに、世界をかく作りなすのは人間であり、それについて責任がある、とするその理論の究極の事例は、「全面的に束縛されている者も自由である」(「捕虜は脱走しようと試みることにおいてつねに自由である」『存在と無』p. 908)、ないし「鎖に繋がれている奴隷は、鎖を断ち切るために自由である」(p. 1014)という有名な命題である。

バルタザールのディスクールは、後半に入ると、子供の出生を許すことについてのバリオナへの説得となる。その論拠は、子供も一個の自由であり、新たな自由が生まれようとするのを妨げるのは、自由を主張し擁護するバリオナにとって、自己矛盾である、ということに他ならない。そしてそれに続けて、「キリストは世界のすべての子供のために生まれたのだ。一人の子供が生まれるたびに、キリストは永遠にその子の中で、その子によって、生まれることになる」との命題が提起される。これを敷衍するなら、すべての子供の中にキリストが臨在しているということになる。これは前掲の、キリストと人間の「存在論的同質性」の概念の再生産と言えよう。ちなみに『存在と無』において、人間が虚しく到達・実現を目指す「即自対自」としての「自己」は、通常「神」と呼ばれるものに他ならない(「人間は、神であろうと企てる存在である」。「人間であるとは、神であろうとすることである」等々(下、p. 1040))。

以上、バリオナとバルタザールの論争を見てきたわけであるが、二人はそれぞれ、サルトル自身の言説を分有するサルトルの分身であり、サルトルがサルトル自身と論争していることになるがゆえに、まことに興味深い。それではどちらが論争に勝ったのだろうか。論争としての限りでは、バルタザールの勝ち、ということになろう。なにしろバリオナは、回心するのだから。

バルタザールの言説が、サルトルの言説のうちで最も新しいもの、『存在と無』、そして『実存主義はユマニスム（ヒューマニズム）である』に代表される〈戦後フランス実存主義〉の教理に近いところから、この論争は大筋では、戦前のサルトルが、「戦後のサルトル」によって克服され、転換していく過程を表象している、と考えることはできよう。厳密には、「戦争勃発以降の、やがて戦後へと繋がって行くサルトル」と言うべきであろうが。また、バリオナの言説には、『嘔吐』的なものだけでなく、特に「リュシフェール」的契機、反逆天使の契機を含んでおり、これは特に『蝿』との濃密な同質性を窺わせるものであるから、単純に「戦前のサルトル」という観念で括ることはできない。

それにしてもバルタザールの説教はなかなか説得力がある。上演ではサルトル自身がこれを演じ、彼の熱演によって、キリスト教に改宗した者さえあったと言われる。実際、彼のディスクール1は、サルトル存在論の骨子の応用であり、ディスクール2も、その骨子の上にキリストの名を貼り付けたようなものであるが、それがキリスト教の説教としても通用し得るようであるのは、きわめて興味深い。激烈なキリスト教批判は、バリオナのディスクール3（D3）で十全に展開されているが、その一方で、バルタザールの言説として展開するサルトルの自由と超越の教義は、神の存在の否定という無神論的前提を特段必要としない。それ自体では、必ずしも神の存在と矛盾しないのである。

母性の論理

この劇の主要な主題は、バリオナ・バルタザール論争に尽きるわけではない。母親と父親という家族的要素が、決定的な役割を演じている。

サルトルの作品の中で、こうした要素が前面に出て来るのは、かなり珍しいことと言える。実際、戯曲には、ほとんど母親らしい相貌を見せないクリテムネストル（『蝿』）以外、母親は登場しないし、小説の中でも、主要人物としては母親はいない。わずかに『自由への道』のサラ（奇しくもバリオナの妻と同名で、やはりユダヤ人である）が、パブロという幼い息子とともに印象に残るのみである。『言葉』は、幼少期の自伝であるから、母が大きな存在感を持つことになるが、これは問題外としておこう。父親としては『アルトナの幽閉者』の父親が目立つ程度である。その意味で、この作品は、サルトルの作品群の中で稀有な「家族的」作品であると言えよう。

もっともサラは、厳密にはまだ母親になっていない。しかし舞台上で彼女は、まさに母親の中の母親として出現する。

子供はあらゆる辛酸を舐め、この世に産み落とした者を呪うことになる、と彼女に堕胎を命じるバリオナに、彼女はこう反論する（第二幕第三場）。

「私は、この子が苦しむことになるすべての苦痛を、この子に代わって受け入れるわ。……それらの苦痛を私は自分の肉体の中に実感するということ、このことは分かっているのよ。この子の進む道で足に刺さる棘は、どれも私の心に刺さらずに済むことはないわ。この子の苦痛のたびに私はおびただしい血を流すでしょう」。

「私はこの子を、生まれる前から愛しているの。たとえこの子が醜かろうと、盲目であろうと、……レプラに覆われようと、私は生まれる前から愛している、名前もなく、顔もないこの子、私の子を」。

母性愛、母親の肉体的・内臓的な愛のありようを、これほど見事に要約した言説は少ない。そして、こうした母親というものの直感によって、彼女はバリオナの正体をズバリと言い切るのである。「あなたはまるで反逆の天使のように、〈絶望〉の天使のように、傲慢と悪しき意欲で眩いほど輝いている」と。

ところでこの劇には、母親はもう一人登場する。聖母マリアである。彼女は舞台上に姿を現わすことはない。しかし「受胎告知」の映像の提示（前口上《プロローグ》）以来、彼女はこの劇に臨在しており、三番目の映像（「秣槽」、第五幕と第六幕の幕間）では、「血肉を分けた子供であり、彼女の内臓の果実」である「私の赤ちゃん」と、「この物言わぬ神、ぞっとするほど畏れ多いこの子供への宗教的な畏れ」との間でためらい、たゆたう、感動的な姿（「嬰児《みどりご》にして神である者の柔らかな小さな肌に、彼女が指を伸ばす、その情愛に満ちた大胆さとおずおずとした遠慮の様子」）が描き出されている。

古今のあらゆる芸術家にとって、聖母マリアとは「理想的な母」、あるいは「母」の原型であるが、ここでサルトルが描くマリアも、まさに母なるものの代表である。例えば次のような文――

「母親というものはだれしも時に、子供という、自分の肉の断片でありながら自分に逆らうこのものを前にして、このように立ちすくみ、自分の命で作り出した新たな命でありながら、何とも得体の知れない思念が住み着いているこの命のすぐ傍にいながら、それから遠く離れたところに追いやられたような感じがするものです」。

まさに母と息子の関係性、息子に対する母親の内心の思いをこの上なく見事に定義する文ではあるまいか。サルトルが、なぜこのような見事な母親の内心を描き得たか、サルトルと母の親密な関係を知る者にとっては、何の不思議もない。そしてまさにこの文は、サルトルの母親の内心そのものと言えるであろう。

ところでこの劇の物語の論理では、幼子イエスは、サラの身籠った子供のために、その出生の許可証として生まれて来たことになる。なにしろ、「子を成すのが神のご意志だったら?」とのサラの問いに、「その時は、神が……合図をなさればいい」とバリオナが答えたのを受けて、キリストの降誕が告げられるのだから(「してみると、受胎告知はいつなされたのか」などという揚げ足取りは野暮であろう)。つまり、マリアはサラのために出産したことになる(「あそこには、願いが叶って満たされた、幸せな女性がいるのよ。世界中の母親という母親になり代わって子を産んだ母親が」。第四幕)。そうである以上、イエスがサラ自身の子供となるのも理の当然だろう。サラはイエスにこう呼びかける。「我が子、我が神、私の赤ちゃん! 今からすでに、まるで実の母親のように私が愛している坊や、まるで下女のように私が崇めている坊や。この私こそが痛みの中で産み落としたかった坊や、私の息子となられた神よ、女という女、すべての女の息子よ」。そして神に向かってこう訴える。「主よ、私はすべての母親であるのです。……。私を捕まえ、拷問し、目をくり抜き、爪をはがしなさい。でも、あの子の命はお救い下さい! ……、あなたの御子を救い、そしてまた私たちの幼子たちをお救い下さい」。

マリアはすべての母親であり、イエスはすべての子供。サラもすべての母親であり、従ってイエスの母でもある。この物語は、子供を作るまいとのバリオナの提案に始まり、サラの妊娠によって、バリオナ自身の子供を生み成すかどうかの問題へと収斂して行く。バリオナの神への要求（挑発）に対する回答であるかのように、イエスが生まれると、バリオナはイエスを殺そうとする。イエスがサラの子供である限りで、バリオナがイエスを殺そうとする真の理由は、自分の子孫を生まれさせないためである。してみるとこの物語は、わが子を生まれさせるか殺すか、を巡る物語ということになる。だとすると、物語の最大のテーマが堕胎である『分別ざかり』とテーマを同じくしていることになるだろう。あの小説は、堕胎のための金策に走り回る男の二日間を描いていた。この点でも、『バリオナ』は、「リュシフェール」＝『分別ざかり』のヴァリアントなのである。バリオナはサルトルの分身であるわけだが、まさにサルトルは、己の分身たるバリオナの個人的な家族問題（子供を生まれさせるか）に、キリスト教の神話体系全体を巻き込んだということになる。

ヨセフ——庶民の父親像

さて、父親であるが、サラが母親ならバリオナも父親かというと、そうはいかない。母性愛（胎内の子供に対する、そして馬小屋で生まれたばかりの幼子に対する）の権化ともいうべきサラに対して、バリオナは何よりも父たることを忌避する者である。少なくとも、当初は、と言うべきだろうか。

それに対して、ここには文句なしの父親が登場する。イエスの父、ヨセフである。マリアが「母」そのものなら、彼もまさに「父親」そのものである。とはいえ彼も、舞台上で動き語るわけではない。映像提示者が示す映像の中に姿を現わすだけである。姿を現わす？　いや、われわれの目に見えるのは、「納屋の奥に見える黒い影ときらきら輝く両の目」（第五幕と第六幕の幕間）、つまり、幼子イエスとその母マリア、この聖母子を優しく見つめる慎ましい眼差しにすぎない。それ以外には、映像提示者、天使マルコ、そしてバリオナのそれぞれの科白の中での言及があるばかりである。

それらの言及で描き出されるヨセフの姿は――

映像提示者「彼は崇めており、崇めることが嬉しいのです。ただ、少し追放されたような気がしています。……彼は辛い思いをしているが……何が辛いのかと言うと、愛する妻がどれほど神に似ているか、すでにどれほど神の側《がわ》にいるのか、が分かるからです」。

天使マルコ「彼は、自分がすでに経験したあらゆる苦しみをこの子も経験するだろうということを、承知している。だがもしかしたらこの子は、俺が失敗したことを上手くやり遂げるかも知れないな、と思っているに違いない……」（第六幕第三場）。

映像提示者は、わが子（神）への崇敬的愛と、母親に比べて決定的に遠いわが子との距離との間、あるいはその子によって自分から引き離された愛する女との距離との間で、引き裂かれたヨセフの当惑と、その当惑にもかかわらず、子と母を愛し保護しようと心に決めている父親を示す。マルコはより直裁に、ヨセフを普通の父親として描き出す。この父親像が、フロイト的（オーストリア的）なブルジョワ的家父長像でないことに注目すべきだろう。いかなる支配権とも無縁で、暗がりの中で「でっかい図体を持て余して、後ろの方に控えている」不器用で、いささか滑稽な愛すべき男――まさに庶民の父親像であり、おそらく息子（＝サルトル）にとっても許容し得る理想的な父親像であったろう。サルトルの筆の下から、このようにいじらしい父親像が出て来たというのは、ほとんど信じられないことだ。マルコは、息子を持たないと言うバリオナに、「可哀想になぁ。あんたは……いささか滑稽なあの明るい眼差しを、自分のものとすることは決してないだろうからな」と言い、「ヨセフの眼差しのことを考えてやれ」と言い残して、立ち去る。そしてその言葉通り、バリオナは「初めにその父親の目の底でこの子の姿を垣間見て」（第六幕第四場）しまったが故に、殺害を決行できなくなる。

バリオナが、自分の企てた過激な行動を思い止まるのは、結局、バルタザールとの論争に負けたからではない。ヨセフという〈父親の中の父親の目で〉イエスを見たから、つまりイエスをわが子として見たからである。ここにおいてバリオナとヨセフとの同一化が果たされ、これまで父親の契機を欠いていた聖家族とバリオナ一家（胎内の子供を含む）との同一性が、これによって完成する。この物語が子供を生かすかどうかの物語であるとするなら、ここで結論は出たことになる。子供は生きるだろう。イエスを殺さない以上、わが子も堕ろされることはない。そしてわが子が生まれる以上、イエスも生き続けなければならない。

この唐突などんでん返しが妙に心を打つ説得力を持っているのは、バリオナが父となることが、当然のこととして受け止められるからに他ならない。バリオナは、本来それであるべきであったもの、つまり「父親」になったのである。サラが母親となった瞬間から、バリオナも父となることを要求されていたが、彼はそれを頑として拒んで来た。しかし、ヨセフとの同一化を通して、今この瞬間に自分の本来の存在と合致したのである。

テクストの表面では、このどんでん返しののちに、バルタザールのディスクール2があり、彼は「自由」の名において子供を生まれさせるようバリオナを説き、バリオナ自身にも「さすればそなたは自由であろう」と言ったことを受けて、バリオナが〈自由〉に目覚めたかのように推移する(「私は自由になるだろう、神に逆らい、かつ神に味方して、自由……」)。つまり、オレスト風の「自由の強襲」によって〈自由〉に目覚め、その結果、「自由なる選択」によって「神に味方」することを決意したという風になっている。

しかし「風で蜘蛛の巣から引き剥がされる糸のような自由」しか持っていなかった根無し草のオレストと違って、バリオナはすでに「自由」の名において、神への反逆を宣言し、民族の尊厳のために、幼児殺害という異常な企てを必死に追求した人間である。それが今さら〈自由〉に目覚めたという理由で回心するのは、いかにも奇妙である。オレストが実は「自由なる選択」(つまり、理由も必然性もない選択)をしたわけではなく、アガメムノンの息子という己の存在を引き受けたのと同様、バリオナの回心も、実は彼が「父親」という己の存在を引き受けたがゆえに行なわれたのである。自分の子供を生まれさせようとすることと、迫り来るローマ軍から幼子イエスを救って生き延びさせようとすることとが、子供を生きさせるという同一の事柄であるのは、バリオナ一家と聖家族との同一性によって明らかであろう。

ちなみに、サルトルにとって本来的に理想の父とは、「存在しない父」すなわち「子供を残して死んだ」父親である。サルトルの父がそうだったように。周知の通り、父ジャン゠バチストは、一歳と三カ月のプールー坊や(サルトル)を残して他界した。サルトルは後年、次のように書く。「良い父親というものは存在しない。……子供を作る、というのはこの上なく結構なことだ。しかし、子供を持つというのは、何たる不正であることか」(『言葉』p. 16)。そして、劇中に登場する唯一の「理想的な」父親は、息子が犯した捕虜虐殺の罪をともに引き受けてともに自殺(心中)する父親(『アルトナの幽閉者』のフォン・ゲルラッハ)である。そしてまさにこの劇でも、ヨセフとの同一化によって、イエスの父親たるバリオナは、息子イエスを生き延びさせるために、自らは死んで行く。理想の父らしく。

重さと軽さ

こうして、支配者ローマの搾取を拒否するための緩慢な集団自殺の企ては、ローマ軍に対する玉砕戦という華々しい集団自殺で終わる。『悪魔と神』終幕のゲッツの出陣を想わせるこの「アンガジュマン」によって、反逆天使バリオナは神の守護天使となり、この劇は祝祭劇として幕を閉じることができる。『バリオナ』のヴァリアントたる『分別ざかり』の主人公マチューも、『自由への道』第三部『魂の中の死』において、死を覚悟した銃撃戦に挺身し、たった一人で十五分持ち堪えるために発砲し続けるところで、幕がストンと降りるように、テクストは終わる。この場面は、高揚と恍惚のクライマックスをなしており、現世のしがらみから解き放たれて、一人銃撃するマチューは「純粋だった。全能だった。自由だった」。同様にバリオナは、アンドロマックの語るエクトールの最後の別れ(ラシーヌの『アンドロマック』)のように、妻の胎内のわが子に語り聞かすべき言葉を遺言したのち、「私は自由だ。己の運命を両手に握っている。……私は軽い! 軽いのだ」と叫び、神の啓示を受けたパスカルのように、はたまた神の非存在を確信したゲッツのように「歓喜! 歓喜! 歓喜の涙!」と叫びつつ、「希望と歌とワインに酔いしれて」行進を開始するのである。

この自由と「軽さ」については、解説の必要があるかもしれない。そもそもバリオナの主張するところでは、世界は巨大な「落下」であった。あたかも重力の法則に従って、下方へと「落下」し続けるのが、万物の、そして人間の宿命だった。これに対して、自由と超越を説くバルタザールは、まず「苦しみは石や木の根っ子といった、重さを持ち、従って当然、下の方へと向かって行くすべてのものと同じ性格のものであり、そなたがこの地上にしっかりと根付くようにするのは、苦しみであり、そなたが道路に重く体重をかけ、足の裏でしっかりと地面を押し潰す、その原因は苦しみである」と述べる。要するに、「苦しみ」という、いわば心理的事象も、それ自体は「即自」的存在物であり、石のような物質的存在物と同様に、重く、下の方へ落ちていくもの、つまり重力の支配下にある、というわけであるが、さらには、あたかも「苦しみ」そのものが、重力そのものと同じ物質的・物理的実体でもある、とされるのである。

しかし、石や苦しみといった「即自」的存在物は、自由なる超越によって超出される。超越によって、人間は重さと落下の支配から逃れ、軽く、上へと昇っていくものとなるのである。そこでバルタザールはバリオナに「天空に向かって身を投ぜよ。……天空の方へと身を投ぜよ。さすればそなたは自由であろう」と示唆し、さらにこれから生まれ出ようとする子供のことを「まるで非情な青銅の柱のように空に向かってそそり立って行こうとしている」「一つの新たな自由」と言う。つまり、自由なる人間、ないし人間という自由そのものの属性は、軽さと天空への上昇に他ならない。かくして、最終幕において、いままさに出陣しようとするバリオナ、己の運命を両手に握って、自由の極致にあるバリオナも、非常に軽い。

こうして、人間の原理は、重さと落下から始まって、軽さと上昇へと変転する。この「重さ（重力）と軽さ」の対立は、実は『蝿』では、逆転している。すなわち、オレストは、いかなる束縛もない自由人だが、その自由を自ら「風で蜘蛛の巣から剥ぎ取られて、地上から十尺のところでふわふわと揺れている、あの蜘蛛の糸のような自由」と形容する。そのオレストが探し求めるものは、所有と所属に他ならない。彼が挙げる、「なりたいもの」の具体例は、重い荷物を背負い、足を引きずって歩く奴隷である。そして、ついに父アガメムノンの仇討ちを成し遂げたとき、彼は「僕は僕の行為を成し遂げた」と歓喜し、その「僕の行為」を、クリストフォロスよろしく、肩に背負って向こう岸まで渡してやる際に、「それが重ければ重いほど、僕は嬉しいだろう。なぜなら、僕の自由とは、それなのだから」と述べる。つまり、『蝿』における人間の自由は、風に漂う軽いものから、ずしりと重い重荷へと推移するのである。

それは何故か。いくつかのことが言えると思うが、ここではこの対照を指摘するだけに止めておこう。

映像提示

もう一つ、この劇の独創的な要素として映像提示がある。全部で三回、前口上《プロローグ》（受胎告知）、第一幕と第二幕の幕間、そして第五幕と第六幕の幕間に、行われるが、三番目のもの（「秣槽《かいおけ》」と題することができる）は、馬小屋での聖母子の姿を描く、図像学的に通常のもので、すでにその内容については詳述したので、ここで特に触れる必要はない。そこで、第一と第二のものについて、少しく検討したい。第一のもの（受胎告知）は、およそ数多存在する「受胎告知」の図像の中でも、飛び抜けて特異なものであろう。例えば、チントレットの『受胎告知』では、大天使ガブリエルは、多数の幼児型の天使や頭だけの天使とともに、斜め上方の窓から急降下で、マリアの部屋へ飛び込んでくる。これは、前例のない特異な図像であるが、『バリオナ』の「受胎告知」は、これの向こうを張った、さらに特異な図像で、天使は水のような透明で流動的な体をしており、マリアの部屋に「洪水のように」流れ込み、その透明な体越しに、部屋の家具が透けて見える。天使は言葉で「受胎告知」を行うのではなく、マリアは、言葉なしに告知を理解する。マリアは「深夜の森のように暗く、そして無数」である。まさに、現実にそのようなことが起こったのだろうと思わせる描写、空想されたものを「写実的に」描くレアリスム、と言えよう。

もう一つの映像提示は、「羊飼いたちへの天使のお告げ」と呼ぶべき場面である。しかし、映像提示者は、当の映し出された映像の批判ないし否認を口にする。現実に起こったのは、その映像が示すものとは違う、と言うのである。そして、第三幕は、言わば、現実に起こった「羊飼いたちへの天使のお告げ」の一部始終を見せる幕になる。したがってここでは、唯一、バリオナが登場しない幕であるこの幕全体を、じっくりと見てみる必要があるのである。

何が起こったか。まず、奇妙な暖かさ(「午後の終わりの太陽で暖められた」ような「馬鹿でかい花が咲き乱れた花園を通り過ぎるような」感じ)と、「霧のように分厚い臭い」(まるでその臭いは「生きているよう」で、空を隠してしまう「大きな花粉の雲」のようだった)が出現する。まるで冬の真夜中に自然が催す「素晴らしい春のお祭り」の中に入り込んだ者には、「目に見えない木々に芽が生えるような」ざわめきと歌声のようなものが聞こえ、しかも何かが「体の周りでブルブル震えている」ような感じがして、体中がすっかりべたべたになってしまう。通りがかりの男が予告したこの奇妙な「空気の塊」は、やがて羊飼いたちのところまで達し、彼らを飲み込む。彼らは「おれのものではない、見知らぬ命に浸されて、気が付いたら、何やら知らぬもう一つ別の命の底にいるらしいんだ。まるで井戸の底に落ちたように」という状態になる。つまり、一種コスミックな巨大な生命体（それはどうやら空気のように透明で目に見えず、物質性がきわめて少ない）の中に入り込んでいるのだ。『嘔吐』の「マロニエの啓示」の場、ないし、それに先立つ月曜（二月十五日）午後の「錯乱」の場に見える、自然の野放図な横溢（青年時代の習作『ある敗北』中の「おとぎ話」にもその萌芽が見える）を思わせるような件ではないか。いかにもサルトル的な、言わば物質的想像力の展開であり、その意味でこの第三幕は、サルトルのコーパスの中でも特異な地位を占める重要なテクストをなしているのではなかろうか。

この後（第二場）天使が現れるが、これは変哲もない単なる男、何やら夢遊病患者のようで、盛んに寒がっている。語り手が言ったように、いきなり神に「実はお前に頼みがある。今回はひとつ、お前が天使をやってくれないか」（幕間）と頼まれたに違いない。しかも、どうやら、クリストフォロスよろしく、神を双肩に担いでいるらしい。「まるで、大地全体を担いでいるよう」であるのは、おそらく神とは宇宙そのものと同一実体であるから、極めて重いのだろう。そして天使は、ベツレヘムの馬小屋で起こっているイエスの誕生の場面を透視する。その時、「天は、まるで大きな穴が空《あ》いたかのように、中身がすっかり抜け落ちて空《から》にな」る。おそらく、天を満たしていた、神そのものである「無限にして神聖な霊」が、人間の幼子の体の中に吸い込まれたからであろう。

もし受肉ということが「現実に」起こったとしたなら、きっとこのような具合であっただろうという、

「神学的」思弁と現実主義的な想像力とのかなり「真摯」な発揮であり、ほとんどサルトルはこう想像し、しかも自分の想像した「現実」を信じた、と思わせるほどである。サルトルのempathie（共感）能力の面目躍如たるものがある。

総括――総合的評価

以上、この劇のさまざまな側面について一通り目を通したところで、改めてこの作品を評価しようとするなら、やはり主題や題材や手法において共通点を多く含む『蝿』を主たる比較対象に設定するのが、適切であろう。作品の構造としては、『蝿』は、オレストに対して〈敵方〉がほぼ一元的に対立する単純なマニ教的二元構造を見せるのに対して、『バリオナ』は、ヒーローとアンチ・ヒーローの境界を目まぐるしく往復する主人公を軸に、バルタザールやサラという主要人物も同等の重みを持つ（逆にバルタザール・サラという不動の軸のまわりを、バリオナというトリックスターが目まぐるしく回転する、と言うこともできる）という、重層的かつ多義的な構造を持ち、人物形象も、自由な知識人青年という無性格なオレストに対して、何やら族長と戦士の風貌を持ち、ローマの支配下で辛酸をなめているポリス（ベトスール村は、ギリシャの都市国家の様相を見せる）の指導者たるバリオナの人物形象の方が、複雑で具体的である。サルトル的「観念の衝突」に動員される思想的言説にしても、『バリオナ』の方がより多様にして立体的と言えよう。そしてその多様性・立体性の拠って来たるところは、この劇が、戦前のサルトル、より端的には『嘔吐』のサルトルから、戦後のサルトル（要するに「フランス実存主義」の預言者サルトル）への変転の過程のあらゆる段階を含み持っているということであろう。ハイデガーから受けた衝撃を必死に受け止め、やがて自由と超越の教理を打ち立てるサルトルの、言わば「建設現場」にわれわれは立ち会うことになる。

さらにきわめて重要な要素として、母性という次元、ないし父性も含めた家族の次元がある。これはサルトルの劇作品の中で、ほとんど絶後のことである。『蝿』には、裏切りの母たるクリテムネストルが登場するが、舞台の外で殺害される彼女にそれほど重要な存在感は付与されていない（エレクトルとの母娘間の独特の愛憎関係が推察されるにしても）。『蝿』以降、自由は決定的に母性と縁を切る。そして、道筋を混乱させた犯人たるバリオナは、その後長いこと、サルトルの演劇コーパスの中で席を失うのである」という、プレイヤード版『サルトル演劇全集』の解説を引いておこう（p. 1565-66）。父性については、既に述べたように、『アルトナの幽閉者』以外に、本格的要素として父親が登場することはない。

こうした家族という次元の重要性は、この劇が捕虜収容所で、捕虜たちのために、捕虜たちによって作られた、ということに起因するのは疑いない。この戦争の期間、サルトルは一兵卒、ついで捕虜として、大多数が民衆階層に属する多様な人間たちに交じって生活した。その意味でこの時期は、サルトルの生涯にとって空前絶後であった。戦前に身に帯びていたリセの教授というステータスは解除され、多くは妻子を持ち、いずれにせよ家族から遠く引き離されて生きている捕虜たちの間で、サルトルは、ある種の匿名性の中で、純然たる一個人、生《なま》の人間として、生きたのである。例えば、あの感動的な父親ヨセフの形象は、遠く家族を想う無数の父親たちの共感によって生み出されたものに違いない。「子供を作らない」ということは、劇の中では実践的には性行為を断つことを意味したわけだが、バリオナの過激な提案がそれなりの説得力を発揮したのは、性行為を断っているということが、捕虜たちにとっては日常の現実だったからであろう。このように、日常生活の「気がかり」が盛り込まれている点が、この作品の比類ない特質と言えるだろう。このような民衆的次元を、サルトルは二度と取り戻すことはない。知識人としての成功によって、観客としての民衆からもさることながら、何よりも環境としての民衆から永遠に遠ざかることになるのである。少なくとも、民衆の間に一介の個人として立ち交ざることは、二度とない。

サルトルの演劇観――『バリオナ』への愛着

サルトルの演劇観ないし演劇理論との関わりについても触れておこう。サルトルは周知の通り、「アンガジェされた文学」(参加の文学)という新たな概念を文学の領域で打ち出したが、演劇の領域でそれに匹敵する新たな概念は、「状況の演劇」ということになる。それは、従来のフランス演劇を「性格の演劇」として定義し、それに替わるべきものとして提唱されたものであるが、それはおおむね以下の引用に尽くされる。「もし人間が所与の状況の中で自由であり、この状況の中で、この状況によって、己自身を選び取るというのが真実なら、その時は劇場において、単純な人間的状況と、そうした状況の中で己を選んでいく自由とを、示す必要がある。……状況は一個の呼びかけである。……状況はいくつかの解決をわれわれに提案する。決めるのはわれわれだ」(『状況の演劇』p. 20)。すなわち、〈状況内の自由〉である人物を舞台上に登場させること、そして観客が自由に選び取るべきものとしての解決を提案すること、要するに登場人物の自由と観客の自由という、二重の自由を構成要素とする演劇ということになる。

以上の引用は、« Pour un théâtre de situations »（「状況の演劇の擁護」）という本邦未訳のテクスト（一九四七年十一月）からのもので、このテクストはサルトルの演劇に関するマニフェストと言うべきものだが、もう一つ重要なテクストとして、一九四六年にニューヨークで行われた講演の仏訳である« Forger des mythes »（「神話を作り出す」）がある（これも『状況の演劇』に所収）。ここでは、「状況の演劇」に重ねて、「神話の演劇」という主張が打ち出される。この講演は、ニューヨークで公演された（一九四六年二月）アヌイの『アンチゴーヌ』をアメリカ人聴衆に対して擁護することを目的としつつ、フランス現代演劇を紹介しようとするものであり、『アンチゴーヌ』がギリシャ神話に材をとっていることが一つのきっかけとなっているにしても、「われわれはわれわれの演劇が神話の演劇であることを望む」（p. 62）、「われわれの劇作家たちの目標は神話を創造すること」（p. 64）との宣言は、まことに有意的である。要するに、従来のフランス演劇（心理劇、レアリスム、「性格の演劇」）を排して、ギリシャにおける演劇の発祥にまで遡って、演劇なるものの本質に回帰しようとする姿勢が、窺えると言えるだろう。

そして、この講演の中で、サルトルに演劇の本質を示したのは、他ならぬ『バリオナ』という劇であったことが語られるのである。「私の最初の演劇経験は、特に幸せなものでした」と語り出したサルトルは、「私は、フットライト越しに仲間に語りかけ、彼らの捕虜としての生活条件について語ったわけですが、彼らが突然かくも著しく無言で注意深くなったのを目にした時、演劇というものがどのようなものであるべきかを、理解したのです。すなわち、大いなる集団的・宗教的な出来事、これです」（p. 62）と結ぶ。

ここで注目すべきは、この講演で、サルトル自身が「神話の演劇」を実現した例として、『蝿』でなく、『バリオナ』を挙げている点である。あるいは、フランス人聴衆でなく、フランス演劇に素人のアメリカ人聴衆を前にして、はしなくも素朴な本心を漏らしてしまった、ということかも知れないにしても、サルトルの『バリオナ』に対する重視、『バリオナ』という演劇体験に対する愛着が窺われるではないか。

もう一つ、『別れの儀式』でのボーヴォワールとの対談の中でサルトルは、「むかしから考えていたが、決して実現しなかった主題」について、開陳している。それは、母親がやがて生まれる息子の生涯をあらかじめ目の当たりにする、というもので、「舞台上にいくつものマンション」が設えられており、その一つ一つが息子の生涯のエピソードが演じられる舞台となる。そこに次々と照明が当たり、エピソードが順番に演じられていくのである。「最後には彼の責苦と死までが演じられる。彼女は嬰児を生み、……子供は予見された場面を次々と経験していき、最後には一人の偉人、英雄となる」と、彼は語る。ボーヴォワールによれば、サルトルはこの着想に大いに思い入れがあったという(『別れの儀式』p. 238)。「マンション」というのは、中世の劇の用語で、舞台上に異なる場面の舞台装置が設営されている一画を言い、そうした区画が同一の舞台上にいくつか設けられていたらしい。この中世劇の装置といい、一つの生涯が予見されるという着想といい、まさに『バリオナ』そのものではないか。サルトルはずっと後にも、『バリオナ』のような劇を再現したいと願っていたのである。

レジスタンスの呼びかけか?

『バリオナ』の価値、重要性が確認されたところで、最後に残された二つの疑問に答えなくてはならない。一つは、この劇は、サルトルとその仲間たちの意図した、ナチス・ドイツへの拒否と反撃を訴えるという意図を実現したのか、という問題、第二は、『バリオナ』が結局、公刊されることがなかったのは何故か、である。

先に挙げたサルトルの証言によれば、「この戯曲は当時の状況に対する暗示に満ちており、われわれの各々にとってその意味は完璧に明瞭」(前出)だった、つまり、サルトルがこの劇にこめた意味は完全に伝わり、その結果、万雷の拍手を浴びた、ということになるが、マリユス・ペランによれば、「彼らの拍手は、確かに彼らが参加していたことの証拠にはなるが、しかしサッカーの試合にも人は拍手するものだ」(ペラン p. 106)ということになる。この問題を詳細に検討したイングリッド・ガルスターの結論は、「サルトルと付き合いがあって、彼の思想を知っている収容所のエリート層は」サルトルの意図を理解したが、他の者は「キリスト教劇を観ていると思ったかも知れない」というものである。特に最後の場面でのバリオナの唐突な方針転換は、「サルトルにとっては、自由なる選択の帰結であるが、キリスト教徒にとっては、実質的に恩寵の結果であるだろう」(ガルスター p. 47)と、彼女は分析している。要するに、大多数の観客には、クリスマスの出し物に相応しい普通のキリスト教劇と受け止められた、というのが真相であろう。

神を褒め称え、キリストの降誕を祝うキリスト教劇としての出来栄えとしては、「無神論で知られる医師が、特にバルタザールを演じるサルトルの態度によって、信仰を回復した」(同前)というような効果も発揮したらしい。そして、このキリスト教劇としての限りで、左派カトリックの世界などでは、この劇が「自分たちのもの」であると考える者もいて、これのタイプ原稿があちこちに出回り、朗読されたり（例えば一九四三年のクリスマスにパリの学生都市で）、上演されたり（例えば一九四七年にル・ピュイで）することもあったという。彼らの意図は、サルトルが「自覚することなく、キリスト者であり、実存主義は強いキリスト教的共鳴を有するということを証明する」ことであった（『演劇全集』p. 1560）。

このことは、どうやら第二の問題（なぜサルトルは『バリオナ』の上演や公刊を許可しなかったのか）に深く関わるのではなかろうか。一九六八年に雑誌『アヴァンセーヌ・テアトル』のインタビューに答えて、サルトルはこう述べている。「私が聖史劇を書くのを見て、私が霊的・精神的危機を通過しているのだと思った人もいましたが、そんなことはありません。ナチズムへの共通の拒否で、私は収容所内の捕虜の聖職者たちと結束していたのです。〈キリスト降誕〉は、キリスト教徒と無信仰者の最も幅広い連合を実現することのできる主題と私には見えました」（『状況の演劇』p. 220-221）。要するに、サルトルが本来の無神論を捨てて、ある種の回心をしたという観測は根強かったらしいのである。

ここで「キリスト教徒と無信仰者の最も幅広い連合」という文言は、レジスタンスの合言葉として知られるが、「無信仰者」とは、実質的には共産主義者を意味しており、実際は一九四一年六月の独ソ戦開始によって、共産党が対独レジスタンスに参加するまでは、このような考え方はあまり盛行しなかったと思われる。周知の通り、独ソ不可侵条約の下で、共産党は反独の姿勢を取ることができなかったわけである。従って、ここでのサルトルの説明は、後代（一年後）の用語を用いているという意味で、アナクロニスムと言えなくはない。ただ、サルトルという「無信仰者」が聖職者たちと親しく手を組んだことは間違いないのであり、その意味では、サルトルの事績こそが先進的であったと言うことができるのである。

＊ちなみに、この考え方を象徴する詩として有名なのが、ルイ・アラゴンの詩「薔薇と木犀草」（『フランスの起床ラッパ』に所収）で、「神を信じた者も／信じなかった者も／ドイツ兵に囚われた　あの／美しきものをともに讃えた」の四行で始まり、この最初の二行がリフレインとして何度も繰り返され、「神を信じた者も／信じなかった者も／その血は流れ　流れ交わる／ともに愛した大地の上に」等々と展開していく。これは共産党員詩人ガブリエル・ペリ以下四人のレジスタンス活動家（キリスト教徒を含む）のドイツ軍による処刑を歌った詩であるが、ペリの処刑は多くの者に衝撃を与え、例えばアルベール・カミュのレジスタンス参加のきっかけとなった、と言われる。

本論の冒頭で示したように、『バリオナ』を再演しなかった理由を、サルトルが「出来が悪かったからだ」とし、「それは長い論証的言説にあまりにも引きずられていた」と説明したのも、このインタビューの中においてであった。この自己批判が、シャルル・デュランから受けた教訓を踏まえたものであることは、先に述べた。しかし、「論証的言説」という点では、『蝿』も『バリオナ』に比べて特に整理されているようには見えない、少なくとも重要な質的差異があるようには見えない、というのは先に述べた通りである。つまり、『蝿』を上演・公刊して、『バリオナ』をそうしない根拠はかなり薄弱なのではなかろうか。

やはり最大の難点は、キリスト教の問題だったのではないか？　オレストは、むしろ反逆天使バリオナの後継者であり、『蝿』には、バルタザールの契機が欠けている。つまり『蝿』は、バルタザールを継承することをしなかったわけである。バルタザールの説く自由と希望は、『存在と無』の脱自＝超越の論理の適用であるが、「希望」という用語は『存在と無』には用いられていない。来たるべき「実存主義ヒューマニズム」でも、「希望」という語は、「絶望」という概念を弁護する必要もあって忌避されており、『バリオナ』で「希望」の語が意味していたものは、正当にも「未来」(「人間はその未来だ」)という語で示されている。バルタザールの言説は、言わばサルトル存在論のキリスト教弁神論への応用であり、その応用は、サルトルからすれば、キリスト教徒が多数を占める捕虜=観衆への「教化」を目的とした「比喩的」妥協ないし方便であり、その最大のポイントの一つが「希望」という用語だったが、これは文字通り取られると、サルトル自身の信条に誤解を招く恐れがあった。先に触れた、サルトルが捕虜収容所である種の回心をしたという観測、ある種の左派カトリックの世界では『バリオナ』を「自分たちのもの」と考える者がいたという事情、こうしたことこそがサルトルに『バリオナ』の再演・公刊を躊躇させた最大の理由なのではなかろうか。だとすると、この作品がサルトルから受けた仕打ちは、いささか不当であったということになろう。

文献一覧

引用に当たっては、出典が邦訳のないものの時は、原書のページを示し、邦訳のあるものの時は、邦訳書のページを示す。ただし、邦訳のない文献の場合も、タイトルには一応の邦訳を施してある。例 プレイヤード版『サルトル小説作品集』など。また、邦訳のない文献については、著者名をカタカナ(太字)で先に示す場合もある。

邦訳のないもの

プレイヤード版『サルトル小説作品集』Jean-Paul Sartre, *Œuvres romanesques*, Bibliothèque de la Pléiade, Gallimard,1981.

マリユス・ペラン『サルトルとともに捕虜収容所12Dにて』Marius Perrin, *Avec Sartre au stalag 12D*, jean-pierre delarge-Opéra Mundi, 1980.

『アヴァンセーヌ・テアトル』*L'Avant-scène théâtre*, no.402-403, 1er-15 mai 1968,

『状況の演劇』Jean-Paul Sartre, *Un Théâtre de situations*, collection Idées. Gallimard, 1973.

プレイヤード版『サルトル演劇全集』Jean-Paul Sartre, *Théâtre complet*, Bibliothèque de la Pléiade, Gallimard, 2005.

ジョゼフ『かくも穏やかな占領』Gilbert Joseph, *Une si douce Occupation ... Simone de Beauvoir et Jean-Paul Sartre 1940–1944*, Albin Michel,1991.

ガルスター『サルトルの演劇への当初の批評』Ingrid Galster, *Le Théâtre de Jean-Paul Sartre devant ses premiers critiques*, L'Harmattant, 2001.

邦訳のあるもの（著者がサルトルの時は、著者名を示さない）

『自由への道』(一)〜(六) 海老坂武・澤田直訳、岩波文庫

『分別ざかり』、『猶予』、『魂の中の死』は、『自由への道』からの引用として示される。例えば (六) p.166)。

『奇妙な戦争——戦中日記』海老坂武・石崎晴己・西永良成訳、人文書院

『言葉』新訳改装版、澤田直訳、人文書院

シモーヌ・ド・ボーヴォワール『別れの儀式』朝吹三吉・二宮フサ・海老坂武訳、人文書院

アニー・コーエン=ソラル『サルトル伝』上下、石崎晴己訳、藤原書店

『存在と無』新装版、上下、松浪信三郎訳、人文書院
『嘔吐』新訳版、鈴木道彦訳、人文書院
『実存主義はヒューマニズムである』伊吹武彦訳（『実存主義とは何か』増補新装版、海老坂武解説、人文書院）に所収
『シチュアシオンX』鈴木道彦・海老坂武訳、人文書院
『蝿』加藤道夫訳（『恭々しき娼婦』人文書院）に所収
『悪魔と神』生島遼一訳、人文書院
『サルトル、自身を語る』海老坂武訳、人文書院
『女たちへの手紙』サルトル書簡集I、朝吹三吉・二宮フサ・海老坂武訳、人文書院
シモーヌ・ド・ボーヴォワール『女ざかり』上下、朝吹登水子訳、紀伊國屋書店
アニー・コーエン＝ソラル『サルトル』文庫クセジュ、石崎晴己訳、白水社
ベルナール＝アンリ・レヴィ『サルトルの世紀』石崎晴己訳、藤原書店
ゲルハルト・ヘラー『占領下のパリ文化人』大久保敏彦訳、白水社

Ⅱ　「敗走・捕虜日記」「マチューの日記」

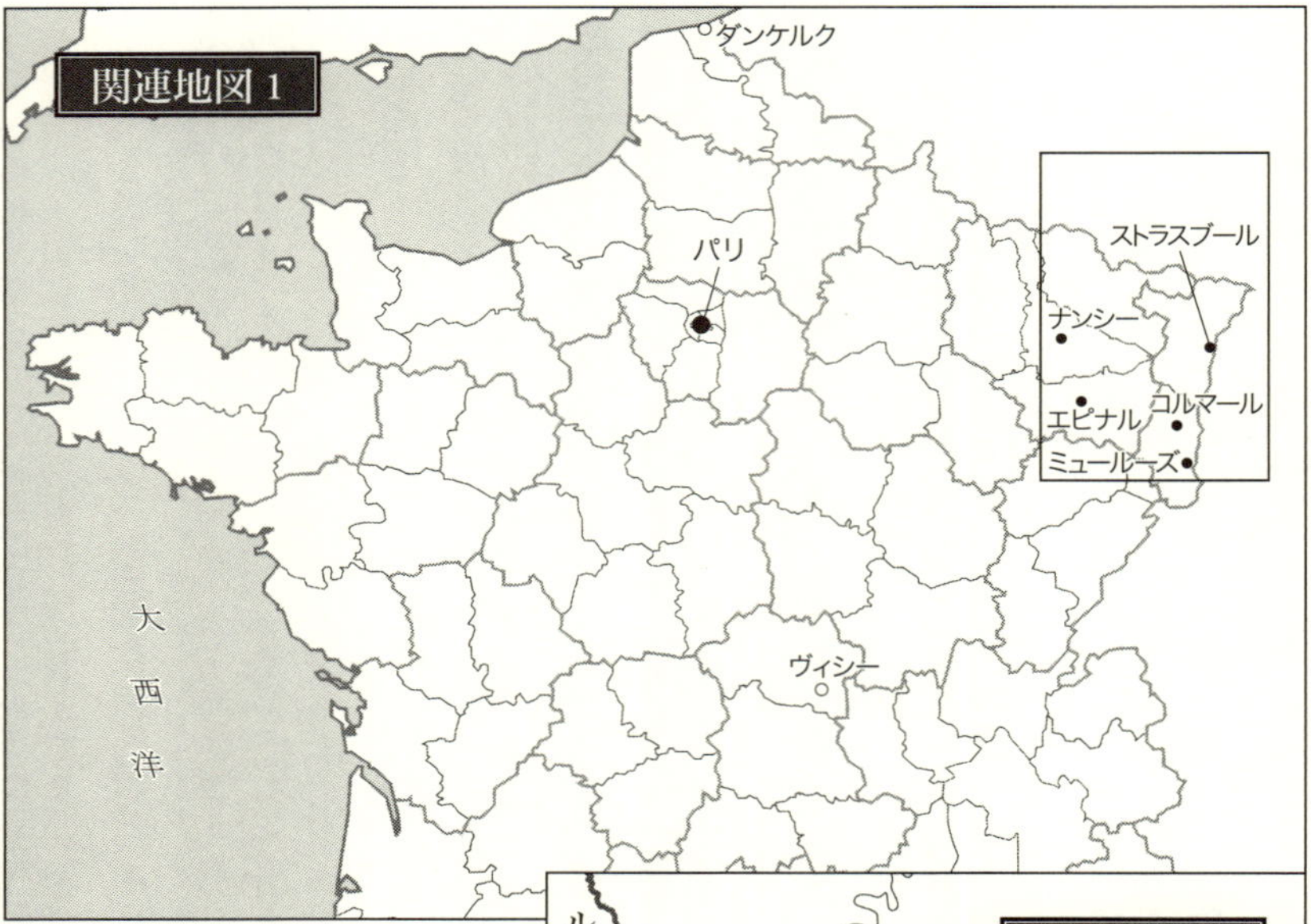

関連地図 1

ダンケルク　1940 年 5 月の独軍大攻勢によって、英仏軍はダンケルクに追い詰められた。ダンケルクは、6 月 4 日に陥落。

ヴィシー　ドイツに敗れたフランスは、ヴィシーを首都として、「フランス国」を建て、ペタンはその「主席」となる。

関連地図 2

トリーア　この町の郊外の捕虜収容所XIIDで、サルトルは捕虜生活を送った。

モルブロン　独軍大攻勢開始の時、サルトルがいた村。ここから敗走が始まる。

アグノー　「魂の中の死」「敗走日記」の舞台となった町。

パドゥー　6 月 21 日（サルトルの誕生日）にサルトルが独軍に降伏した地。

バカラ　降伏後、サルトルはこの町のアクソ兵舎に、8 月半ばまで収容される。

プファッフェンホーフェン　サルトルの母方の祖父、シャルル・シュヴァイツァーの出身地。シャルルの父は 19 世紀末に、この町の町長を務めている。

フライブルク　ハイデガーが学び、やがて教授として教えた大学、フライブルク大学の所在地。33 年に彼は大学総長に就任、同時にナチスに入党したが、翌年には総長を辞任している。

敗走・捕虜日記

魂の中の死

〔一九四〇年〕六月十日

午前六時、トラックにてモメンハイムを発つ。途中で歩兵の連隊をいくつも追い越すが、彼らは昨夜、四十キロ以上の道のりを歩き続けたのだ。ヴィッセンブールから来たらしいが、ひどく回り道をしたからだ。われわれが追い越して行くのを眺めても、怒りを覚える風はないが、ひどく驚いた様子ではある。実を言えば、われわれだって、驚いたという点では人後に落ちない。しかし、われわれがトラックで運ばれているというのは、紛れもない事実だ。

「連中は俺たちを見て何を考えるかな」と、社会主義者のピエルネが眩く。

「別に大したことは考えんさ。ああ、トラックで運ばれる奴らがいる、ってとこだろう」。

アグノーには八時に到着。町は、もうひと月も前から住民が立ち退いている。五月十二日に爆撃を受けたが、ゴチック様式の建物の真新しいファサードにかすり傷が付いたのと、砲弾が一つあばら屋に落ちただけで、他に被害らしいものはなかった。立ち退き命令は、当のその晩に出されたのだ。そのあばら屋は、われわれも途中で目にした。瓦屋根が、いちはつの咲き乱れた庭の中に崩れていた。戦争の傷痕という感じはなかった。いちはつがなかったなら、むしろ老朽による死だと思っただろう。ただいちはつだけは真新しく、ピカピカに輝くばかりで、「何事もない様子」をしており、そのためかえって不気味だった。それに、天井が引っくり返って、縦にそそり立っているのが、塀にあいた大きな穴から見えた。

午前十一時

市庁舎の地下室。われわれは前後ぴったりとくっつき、一列になってここに降りてきた。各人、藁蒲団を背中に背負っていた。埃と、漆喰の酒くさい臭い。ところどころに採光と換気の窓。しばらくはここで生きていかなきゃならないんだ。

「何てえ臭《にお》いだ、ここは!」と、デュパンが言う。

「全くだ。連中、ここに事務局も入れようってんじゃないか」。

「勘弁して貰いてえな。それならいっそ、調理車も入れたらどうなんだ。え? それにトラックもよ」。

藁蒲団を床に投げ出し、その上に坐る。白っぽい埃が渦を巻いて、床の上に舞う。私は咳がこみ上げてくる。われわれは、大外套を着たまま、膝小僧をかかえ、ヘルメットと装具を下ろそうともしない。鉛のようにぐったりと床に腰を下したままだ。まるで、戦争が終るまでここに籠っていなければならない、というようだ。根っこがなくなったようで、しばらく前からひどく軽くなってしまった感じがする。風でも吹こうものなら、ひとたまりもなく吹き飛ばされてしまいそうだ。勿論、禁煙。

モニック中尉が、階段の上に姿を現わす。体から煙のように発散する金色の光が、彼にまつわりつき、蒸気のように立ち昇っている。身をかがめると、日の光で真赤に茹で上ったようになり、耳は光が透けて見える。暗闇の中の、われわれの色の褪せた体と、青色の顔を見分けようとしている。

「おい師団砲兵隊！」

「はい、中尉殿」。

「ショーベ、部下を集めてすぐに上って来てくれ」。

ショーベは、われわれを集合させ、われわれは上って行く。書記兵が六人と、情報班が四人だ。中庭のトラックに再び乗り込み、戦友を地下室に残して出発する。

師団砲兵隊は、また単独行動というわけだ。われわれの、おとなしく、陰険で、人を小馬鹿にしたような将校たちは、他から離れて、カトリックの女学校を宿営地にしていた。薄赤い砂岩の古い建物で、緑色の栽培箱に植えられた竜舌蘭が二本、門の両側に咲いている。前には、薄赤色の敷石を敷いた中庭、後には庭園がある。われわれは教室に泊ることになる。互いに顔を見合わせる。地下室に寝泊りせずに済んだので、皆ほっとしている。

壁には、青や金色の絵が掛っている。聖母マリアに幼児《おさなご》イエスだ。飾り棚の上には、石膏の土台に立っている聖女や聖人たち。煎じ薬と尼さんの匂いがする。開いたままの窓から、菩提樹の大木が部屋の中まで枝を挿し入れている。小鳥が群れ、木の間越しに光が射し込む。揺らめく、緑色の、優しい光、光の煎じ薬だ。教壇には、桃色のノートの山が二つ。私はパラパラとめくってみる。フランス語作文帳。どれも一九四〇年五月十日で終っている。「お母さんがまたやってくる。その様子を述べなさい」。

菩提樹の小鳥は鳩だ。一日中、くうくう鳴いている。

六月十一日

外は栄光と死の日の光、フランドル(1)で腐乱死体を炙っていたのと同じ日の光が照りつけている。学校の中は少し腐った聖水のような、冷《ひん》やりとした光だ。何もすることがない。もはや金輪際することがないのだ。不吉な兆しだ。リュブロンは、オルガンでワルツを弾いている。書記兵の隊長のショーベ伍長は、民間では事務員をやっていたが、物思いに耽った様子で、靴をきゅっきゅっと鳴らしている。何か官能的な音だ。親指と人差し指で葉巻をしごくときのような音がする。音を立てるたびに、彼はいかにも楽しそうに微笑む。戦争は彼の生活を変えなかった。彼は、平時と同様に、書類と糊の壺に囲まれて生活している。賜暇で出掛けるときには、休みを取る、と言っていたものだ。

今日は空襲警報が五回。奇妙な音だ、屠殺した獣の遠吠えが、空の方に、飛行機に向って、恐怖の叫びのように立ち昇っていき、下界の死んだ町では、それを聞く者は誰もいない、といった具合だ。

敵機は非常な低空を、円を描いて飛び回る。制空権は完全に奴らの手にある。勿論だ。対空砲火もなければ、フランスの戦闘機は影も見えない。敵機が見えると、ただ隠れろという命令が出されるばかりだ。上空から見たとき、町が死者の町の様相を保っている必要があるのだ。

「やけに静かだなあ」と、デュパンが言う。確かに静かだ。しかし、植物的な静寂という奴で、音が全然しないというわけではない。草叢の奥でこおろぎが鳴くように、厚ぼったい緑の葉叢の中では、例の鳩どもが鳴き交わしている。エンジンは音をたて、日にきらめいている。まるで太陽のたてる音のようだ。それに、庭の外れの塀の向うは町だ。禁じられた町がすぐそこにあるのだ。デュパンは立ち上る。

「畜生！　ちょっとそこらを一廻りして来るか」。

「そいつは禁止だぜ」。

「構うもんか」。

デュパンは商人だ。町という奴が好きでたまらない。たとえ死んだ町でも、塀の向うから町の匂いがするとなると、もう矢も盾もたまらなくなってしまう。町というのは、兎にも角にも、ショー・ウィンドーと四つ角があるということだ。彼は、略帽を頭に押しつけると、鼈甲縁の大きな部厚い眼鏡越しに、われわれの方を眺める。この眼鏡をかけているのは、「商売をやっていると、堂々たる押し出しが必要なんだ」からである。ピエルネが言う。

「もし新聞が見つかったら……」。

「新聞だって?」と、ムーラールが言う。「阿呆と違うか? 猫の子一匹いやあしないよ」。

デュパンは鷹揚に微笑んで、

「心配するな。何か見つけたら持ってきてやるさ。請合ったぜ」。

そうして出掛けてしまった。あとには、四、五人の男が床に寝転んでいる。大外套にくるまって、略帽を顔の上に載せている。蝿のせいだ。ショーベは、また部屋の中を歩きまわり始める。ムーラールは、女房宛の手紙を書いており、私は彼の肩越しに覗き読みする。「可愛いお人形ちゃん」。ムーラールは二十五歳だが、二十歳に見える。女にもてるが、女房に首ったけで、他の女と寝ることがあっても女房への気持は変わらない。青い目をして、髪はカールしており、出っ歯だ。ものを喋るとき、少しもたもたする。いつも言葉が少しばかり大き過ぎて、つかえるような感じで、口から言葉を払い落すために首を振るのだ。

ピエルネがいきなりこう尋ねた。

「ところで俺たちは、こんな所で一体何をやってるんだ。誰か知ってる奴はいるのかい?」

沈黙。ピエルネは黙らない。

「ショーベ、どうなんだ?」

ショーベは、ときどき将校たちの会話を小耳にはさんでくる。彼は首を振って、

「いや、知らんね」。

「ここは長くなるのかな?」

「いや、分らん」。

「ここが新しい地区司令部だって話を聞いたぜ」。

眠ろうとしていたオートバイ兵のフーロンが、頭を持上げて大儀そうに言った。

「そいつはどうかな。戦線から遠過ぎるぜ、ここは」。

鉄縁の眼鏡をかけた、痩せて神経質そうなピエルネは、むっとして不愉快そうな様子をした。彼は数学の教師だ。目印なしに生きられないのはそのせいだろうか？　冬の間、この男は毎日のように情勢の点検をしないではいられなかった。新聞があるときは、貪り読んだし、かと思うと、雪の中を十五キロも歩いて、無線士のトラックでニュースを聞いてくる。錨で繋がれている必要があるのだ。この澱み切った戦争の間中、彼は錨で繋がれていた。妻のいる所と、正確に何キロ離れているか、この先どれくらい前線に留まることになるのか、賜暇名簿の中で自分は何番目か、こういったことが分っていた。ところが、この数日前から錨は上げられてしまい、彼は漂流しはじめた。もっとも、われわれも皆彼と一緒に漂流している。霧の中を漂流する小艦隊だ。

ピエルネはためらいがちにこう続けた。

「われわれの地区とローテルブール地区とを一緒にしようとしてるって話だがな」。

「かも知れんな」。

「そいつは当座の処置に過ぎない、そのあとでマルヌ川に陣を敷くんだ、と言う奴もいる」と、フーロンが言う。

「マルヌ川だって?」フェイが、剃り上げて黄色くなった小さな頭を持ち上げた。「もうとっくの昔に、ドイツ軍が渡っちまってらあ、マルヌ川なんてよ」。

「どうして、そんなことが分る」と、ショーベ。

「連中の進み方からすればよ」。

「何も分っちゃいないさ」。

われわれは、気が重くなって黙りこくる。確かにその通りだ。何も分っちゃいない。ドイツ軍は何処まで来ているのか、パリ前面か、それともパリの中にいるのか? パリで戦闘が行なわれているのだろうか? 五日前からわれわれは、新聞もなし、手紙もなしだ。一つの情景が私に取り憑いている。所は、私がときどき行ったサン=ジェルマン=デ=プレ広場のカフェだ。それが、はち切れそうなほどに一杯なのだが、中にいるのはドイツ兵なのだ。ドイツ兵の姿は目に見えない。戦争が始まって以来、私は一度たりとも、ドイツ兵の姿を想い浮べることはできなかった。しかし、連中がそこにいることは分っている。それ以外の客は、まるで木偶《でく》のようなのだ。この情景が目に浮ぶたびに、ナイフで突き刺されたような気がする。

一昨日から、無数の想い出が脳裡に湧き出している。パリの想い出、金色に輝き、霞のようにふわふわとした想い出だ。ラ・ラペ河岸、メニルモンタンの上に覗いた空、ラ・ヴィレットのとある通り、フェット広場、ゴブラン街、ブラン=マントー街、こうした、私の好きだったものが目に浮ぶ。しかし、これらの想い出は、どれも心臓に一撃を喰らい、殺されてしまっている。塀の向う側で、暑さに打ちひしがれているこの町と同じように、死の臭いがするのだ。

われわれは押し黙る。沈黙そのものによって、麻痺したかのように。きじばとが鳴いている。蚊が目を覚ます。しばらくして、廊下に騒がしい足音が聞えてくる。デュパンが戻ったのだ。彼は額の汗を拭きながら入ってくる。様子が変だ。それに、手ぶらだ。

「どうだった?」

「そうさな、町中を見て廻ったよ。お前も、好きなだけ廻ってくりゃあいい。人っ子一人いやしない」。

「そりゃ一体、どういうこった?」

デュパンは口ごもる。

「戦争前は綺麗な町だったろうにな」。

「ふむ……で、今は?」

「今は……」

と言った切り、あとが出ない。坐り込んで、眼鏡を拭き始める。目をしばたたき、部厚い唇を突き出している。責めさいなまれる善良さ、剥き出しの善良さそのもの、といった風情だ。もっともこの男、それほど善良とは言えないが。やがて、ポツリと、

「おかしなもんだ」。

「おかしい?」

「ああ、まあ、面白くてたまらんてわけじゃないが」。

私は、彼に言った。

「眼鏡を掛けろよ。俺たちを案内してくれ」。

「新聞はあったかい？」と、ピエルネ。

「知るもんか。猫の子一匹いやしないんだ」。

私は言う。

「どうだ、一緒にくるか？」

ショーベは、聞えない振りをする。われわれが、煙たがっているのを知っているのだ。

われわれは出かける。ムーラール、ピエルネ、デュパン、それに私の四人だ。人気《ひとけ》のない通りに入って行く。それから、また一つ、また一つと、幾つもの通りを進む。郊外の街路だ。家は二階建て、せいぜい三階だ。小さな庭、鉄柵、そして黒塗りの門に金色のベル。人通りのないのはあまり驚かない。郊外は何処でもこんなものだ。ただ、町の中心部に早くたどり着きたいと思う。ところが、それは先へ先へと逃げて行くような気がするのだ。私は前進する。他の者に歩みを早めるように励ます。しかし、町の中心は、どんどん後退りして行き、われわれは、一向に郊外の住宅街から抜け出せない。中心街は向うだ。いつまでたっても向うだ。これらの白っぽく、焼けるような街路の果てにあるのだ。

「どうだ。あまりパッとしないだろう」と、デュパンが言う。

「うむ、思ったほどのこともないな」。

と、突然、われわれは一つの広場に出ていた。周りは、青、白、緑、ピンクと色とりどりの切妻や小鐘楼風の正面をした、綺麗な高層の建物が並んでいる。いずれも大きな商店だ。シャッターも下ろされておらず、ショー・ウィンドーはきらめいている。ただ、逃げる際に、ドアの掛金だけは外して行った。もう間違いはない。われわれは中心街にいるのだ。いささか途方に暮れて、辺りを見廻す。すると急に、日曜日のような感じがし始めた。日曜の午後、地方都市の、ある夏の日曜日。本物よりも一層それらしい。もうわれわれだけではない。住民はそこにいるのだ。鎧戸を閉じた、暗がりの中に。ちょうど昼食が終ったところだ。夕方の散歩の前に、午睡をしているところなのだ。私はムーラールに言う。

「まるで日曜みたいだな」。

「そんなところだ」と、曖昧な答え。

私は体を揺さぶって、こう自分に言い聞かせようとする。「今日は水曜日だ。(2) そして、午前中だ。これらの放棄された部屋はどれも、カーテンの向う側で、人気《ひとけ》もなく、暗いばかりだ」。ところが、どうしようもない。日曜日はびくともしない。もはやアグノーの町には、週のうちのただ一つの曜日、一日のうちのただ一つの時間しかない。日曜日は、私の最も内密な、最も直接的な期待の中にさえ忍び込んでしまった。日曜というのは、私の将来そのものなのだ。私は、日曜の食事の後片付けの音、家々の腹の中から不承不承漏れてくる怠惰で遠い音を、待ち構える。町のはずれの埃だらけの道、立ち並ぶ旗と競技場の歓声を待ち構える。映画館のベルの音と、アメリカ煙草の匂いを待ち構える。洗い立ての下着がかりかりと音を立てて肌にこすれるあの感じと、群衆の中を長いこと歩いたのちに、腰と肩の下に凝り固まる、あの日曜日の物憂さを待ち構える。私の体の中に、死んだ生涯の想い出のように、夏の午後の平穏な絶望感が甦ってくるのを待ち構える。

「違えねえ。今にも教会の鐘が聞えてきそうだ」と、デュパンが言う。

そう、晩課の鐘の音だ。全く平凡な日曜日で、うっかりすると見過ごしてしまいそうだ。ただ、いつもよりはほんの少しこわばった、ほんの少し化学的なところがある。静か過ぎるのだ。死体に防腐処置を施したような匂いがする。それに、どんなにきらきら輝いていても、しばらくその中に浸っていると、既に秘かな腐乱に満ちていることに気が付く。アグノーの住民が戻って来たら、自分たちの死んだ町の上に、腐った日曜日がぺしゃんと潰れているのを見出すだろう。デュパンは、大きな毛糸の店に近寄って、盛んにうなずいている。品物の陳列の手並みを見ているのだ。しかし、巧みにウィンドーに配列された色とりどりの毛糸玉は、黄ばみ始めている。古物の臭いがする。そして、隣りの店の下着やシャツも古物じみており、色褪せ、しおれている。粉っぽい埃が陳列台の上に溜っている。蝿どもの祝祭日だ。どうやって入ったのか分らないが、大きなガラスの向うで、何匹も何匹もぶんぶん飛びまわっている。そのガラスに付いた、長く垂れ下った何本もの白い汚れは、涙の跡に似ている。デュパンはいきなりこちらを振り返って、

「気が滅入るな」と言った。

それから、ガラスを軽く撫でてみる。楽師が自分の楽器を撫でるように、技量に満ちた愛情の如きものをこめて、愛撫するのだ。そして首を振って、

「うちも今頃はこんな具合だろうな」。

デュパンは、よく店の話をしたものだ。「ボビーの店」というのだ。婦人用下着と帽子の店。町内で一番洒落た店だった。夜になると、明りという明りをつけっ放して、その店だけで通りを照らしているという。

「かみさんが、ちゃんと見本を片付けて、シャッターを下したことだろうよ」。

「残ったのは義理の弟なんだ。当てにならない」。

彼は、まだしばらくウィンドーの前に佇んでいる。頭をうなだれて、悲しそうな様子だ。

ムーラールが、待ち切れなくなって腕を引いた。

「さあ、行こうや。こんな売れ残りの前で、百年立ち尽したって始まらない。いい加減にしろや」。

「そりゃ、お前が商人じゃないからそんなことを言うんだ。手前の損にも得にもならないことでもよ、こうやって商品が台無しになっていくのを見ると、いたたまれないんだ」。

われわれは彼を引っ張って、高級住宅街を横切って行く。花々の咲き乱れた公園、駅前の散歩道。窓といわず、戸口といわず、ショー・ウィンドーといわず、至る所に、「死」という文字が書いてある。何やら不吉な兆しに取り憑かれたかのようだ。近付いてみると、「立ち退き後の家屋の略奪は、死刑に処す。即決により執行」とある。しかし、小さな文字で書いてあるので、〈死〉しか目に入らない。〈死〉、死んだ戦争、空に漂う死、死んだ町、ウィンドーの中で死んで行くとりどりの色彩、蝿と不幸に満ちた、腐臭漂うこの美しい夏、そして、苦しみを恐れる余り、冬の間に殺してしまったわれわれの心。デュ

パンは、おずおずと私の顔を見て、

「なあ、おい」。

「何だい？」

「連中、パリに入ったら、何もかも略奪しちまうだろうか？」

「二十区[3]で略奪をして、どうしようっていうんだ」と、ムーラールが、苛立たし気に言う。「連中はお屋敷町へ行くさ」。

デュパンは答えない。唇をちびちび舐めずりながら、溜息をついている。角を曲がると、真新しい通りへ出た。通りの端に、兵隊の姿がちらっと見えた。そいつは、われわれを見て逃げ出した。人の気配に目を覚ましたとかげのような具合だ。石と石の間に潜り込んで、姿が見えなくなってしまう。われわれはこそ泥の仕事の邪魔をしたわけか。それとも、あの男、われわれと同じように、町をほっつき廻っていて、われわれを将校だと思ったのだろうか。

「ありゃ、来やがった。もう大分たつからな」と、ムーラールが、空を見上げて言った。

確かに来やがった。爆音が、空を北から南へ切り裂き、それに続いて、人気《ひとけ》のない町がモーモーとわめき始める。そして、芥子粒ほどの飛行機が日にきらめいている。

「急降下爆撃機《ストゥーカ》だ」とムーラール。

「隠れよう」と、デュパンが用心深く言う。

われわれは、一軒のパン屋の庇の下に身を潜める。飛行機は相変らずきらめいている。何とゆっくり見えることか！　奇妙な感じだ。この金属製のきらめきは、空の中で生きている唯一のものだ。この無慈悲な青の熱さと、太陽の重苦しい炎にふさわしい、金属の密度の濃い生を生きている。一方地上では、われわれが唯一の生き物で、中が空洞の大きな岩の落とす影と、鉱物質の沈黙に囲まれて、棲息している。頭上に航跡を描いて飛ぶこのきらきら輝く鋼鉄の閃光が、何故こんなにも激しく、戦争の真只中にただ一人打捨てられた気持を私に感じさせるのだろうか。しかし、空の光輝に満ちた生者であるその飛行機と、地の蔭に押し潰された生き物であるわれわれとの間には、緊密な絆、血の絆が結ばれていた。まるでそれは、この冷えきった星の地表に、墓標の間、日曜の墓地に、われわれの姿を探し求めて飛んでいるかのようだ。この町中でわれわれだけ。われわれだけのためにそれは飛んでいるのだ。それが頭上で捻り声を上げ始めてからというもの、私の周りに垂れこめた沈黙は、一層息苦しく、地球全体を蓋うもののような気がしてくる。私は、通りに跳び出して、飛行機に向ってハンカチを振りたい気持になった。ちょうど、漂流者が遠くに見える船影に合図を送るように。積載した爆弾を残らず町の上に投下するよう、合図するのだ。それは死からの蘇りとなるだろう。死の日曜日は、霧が晴れるように掻き消され、町には、つい先頃まで活動していたときと同様に、大音響が、鍛治場の騒音が、再び響き渡るだろう。そして、美しい赤い花々は、壁を伝って空まで這い上って行くだろう。

飛行機は飛び去って行く。アグノーの森の上空か、我が軍のトラックが列をなすどこかの道路の上で、腹の荷を下すことだろう。きっと、われわれの姿を目にしなかった。見さえもしなかったのだ。

警報はやみ、われわれは再び孤独に陥る。

リュブロンだ。ひょっこり露地から姿を現わした。手に紙袋を持っている。

「やあ。そこに持ってるのは食い物か?」

リュブロンは、いつも何か食べている。われわれの方を見て、ウィンクをする。ここで出会ったのがあまり嬉しくなさそうだ。われわれが行ってしまうのを待って、こっそり逃げ出そうとしていたに違いない。当惑した様子でこちらを眺めている。この男、白子《しらこ》なのだ。真白な睫毛が、大きな青白い眼の上で、ピクピク動いている。そうこうするうちに、彼は紙袋をかすかに開けてしまい、慌てて閉じる。しかし、中に金色のパンの皮がちらりと見えた。

「クロワッサンじゃないか! 畜生! 一体、何処で見つけたんだ?」

リュブロンはニヤリとして、こともなげに言う。

「パン屋のかみさんさ」。

「パン屋が残ってるのか? みんな逃げ出しちまったと思っていたけどな」。

彼は、左の道に面した店を指で差す。

「あれか?」と、デュパンが言う。自分でパン屋を発見できなかったので、いささか面白くないのだ。

「閉ってるじゃないか」。

「いや、そんなことはない。カーテンは閉ってるし、掛金も外されてるが、ドアを押しゃあ入れるんだ。そこで呼鈴が鳴って、かみさんが出てくる。もっとも、かみさん、真暗闇で品物を出してくるな。どうやって見えるのか不思議なもんだ。連中、兵隊に物を売るのは禁じられてるんだ。だけど、上手くやってるのさ」。

デュパンは駆け出した。われわれは、彼を目で追い、パン屋の中へ入って行くのを眺める。リュブロンは、喋り続けている。

「どうも二十人ばかり戻ってきてるらしい。ここに軍隊がいると知ってからな。分るだろ。こっそりまた店を開けてるんだ。食料品屋や、本屋がな。何よりも将校のせいなんだ。立退きの前には、将校連中、どんな値段でも何でもかんでも買ったんだ。アグノーの人間はいい商売をやったわけさ」。

デュパンは、大きな袋を抱えて戻って来た。

「開いてるカフェはあるかな」。

「という話だ」。

「行ってみよう」。

われわれは、カフェを探し出しては、ドアを押してみる。とうとう、一つのドアが開いた。入った所は低い丸天井の部屋で、とても暗い。カウンターに男が一人。よく見えない。

「一杯やってもいいかい？」

「それじゃ、早くお入りなさい。ドアを閉めて。わたしゃ、兵隊さんに飲物を出しちゃいけないことになってるんだ。奥の間へどうぞ」。

奥の間は、光が差し込んで、明るい感じだ。中庭に面している。宴会や結婚パーティーやスポーツ・

クラブに使われていたのだ。ガラス張りの戸棚に、重そうな銅のカップが三つ。アグノー・サイクル・クラブと、ペダル・クラブが、取ったものだ。亭主がやって来る。イタリヤ系の顔で、黒く長い髪をオール・バックにして、口髭も黒い。スリッパをつっかけて、足を引摺って歩いてくる。柔らかな目に浮かべた微笑は、冷たい。

「何にしましょう」。

「シュナップス四つ」。

ピエルネが尋ねる。

「新聞あるかね」。

男は微笑を強めて、

「もうありませんよ」。

それからやや間を置いて

「もう金輪際、パリから新聞はきませんよ」。

一瞬、座が白ける。男はシュナップスを取りに行く。「奴は、多分ラジオでニュースを聞いてるんだ」

と、ピエルネが、坐ったまま体を揺さぶりながら言う。

私は彼に言った。

「静かにしろ。もし何か聞いたら、でまかせを言うに決ってる。あの男、フランス人に好意を持ってるようには見えない」。

「そうだな」。

シュナップスを飲んでも、大して嬉しくはなかった。亭主は、音を立てずに歩き廻っている。食人鬼が舌舐めずりするように、われわれを眺め廻している。どんなにか、われわれを憎んでいるに違いない。ピエルネは、もう我慢し切れない。ニュースを聞きたくて、仕様がないのだ。しかし、そんなことをしようものなら、私はピエルネの口を手で塞いでやる。何か聞かれでもしたら、亭主は嬉しくて、内心跳び上らんばかりになるだろう。デュパンが呼び寄せて、

「お幾ら?」

「百スーです」。

亭主は、テーブルに両手をついてもたれかかり、言った。

「シュナップスは美味かったですかね、皆さん」。

「大変美味かった」。

「それは結構。皆さん、これからはそうそう飲むわけにもいかんでしょうからね」。

一瞬、沈黙が流れる。男は、われわれが質問するのを待っている。しかしわれわれは、質問する気はない。彼は、われわれを見ながら、体を軽く揺する。彼の微笑は、われわれを幻惑する。奴は、われわれの不幸を笑っているのだ。だが、もどかしいことには、私はこの男に対して怒ることができない。できないのだ。男が微笑しているからだ。彼は、ぶっきらぼうな口調で言う。

「皆さん、明朝出発ですな」。

私は、彼の微笑をそれ以上見ていられず、顔を背ける。デュパンは、肩をそびやかして、いささか高過ぎる声で、

「かも知れんな。俺たちはよく知らんがね」。

ピエルネの目がきらりと光った。私は、「やめとけ、いいから気にするな」と言いたかった。しかし、彼は釣針に引っ掛ってしまった。大して気にも留めていない風を装おうとしたが、彼の声は、知りたい欲求に震えていた。

「で、俺たちゃあ、何処へ行くんだろうかね。あんたは色々知ってる様子だけど」。

男は、手を曖昧に動かした。

「イタリヤ国境かな」とピエルネ。

私は、テーブルの下で、彼の足を蹴る。男は、ためらう振りをして、やがて素っ気なく答える。

「遠くへは行きますまい」。

男が、不吉な暗示をその声の調子に籠めようとしたことを私は感じる。私は立ち上って、

「さて、行くとするか?」

表の部屋で、ドアが軋みながら開く。威張った足音が聞える。男は、急ぐともなく、見に行く。わざと大声で言うのが聞える。

「はい、中尉様。分りました、中尉様」。

男は、われわれの方に戻って来て、戸棚からカシスの瓶を取り出す。そして、無言のまま、首をしゃ

くって、われわれに奥のドアを指し示す。そそくさとわれわれは外に出た。
「さてと。クロワッサンでも食べるとするか」と、リュブロンが言う。

訳註

（1）**フランドル**　ベルギー南部アルデンヌの森を通ってフランスの北端に侵入したドイツ軍は、五月二十五日にはカレーを落として海に達し、ダンケルクを包囲した。ダンケルク陥落は六月四日。この辺りは州としてはフランドルになる。

（2）実際は火曜日（一九四〇年六月十一日）。

（3）**二十区**　パリは全部で二十の区に分かれるが、二十区はその最東端。民衆階層の住む区域。パリでは、西端の十六区を中心とする西部が高級住宅街、東部は民衆的な区域となっている。

敗走日記

［六月十二日］(1)

「あの男、見覚えがあるぞ」と彼は言った。「ブークスヴィレールで見たことがある。どうした？　どうかしたのか？」

「置いてきぼりだよ」。

「ほんとか？　冗談抜きで」。

「もちろんさ。七時に俺たちを乗せるトラックが来るはずだった。それで六時半に行ってみたところが、トラックなんぞ、いやあしない。連中、まだ待ってるんだ。あんた、俺たちを連れてってくれるかい？」

「今すぐは駄目だ。仕事が多すぎる。これからモルブロンに行くもんでね」。

「何時頃、戻ってくるのかね」。

「一〇時頃になるなぁ。それで大丈夫かい？」

「大丈夫だ。じゃ、ここで、だな？　アルテンハイムまで、行けるかい？」

「いや、アルテンハイムまで行くのかい？　そこまで七キロのところで降ろしてやるよ。ズュッフェンハイムで」。

「それでいい。ありがとな」。

彼はエンジンを入れ、砂塵をあげて立ち去った。われわれはしばらく、所在もなしに路上に立ち尽くしていたが、やがて相手の腹を探るような目付きで顔を見合わせた。みな考えていることは同じだ。

「昨日の店に行くかい？」

「それもある」。

すると、われわれ四人のうちで、身を隠すのも素早ければ、自分の正しさを証明するために自分を偽るのも、最も素早いピエルネが、どうでもいいといった様子でこう言った。

「そいつは豪勢だ！　うまいコーヒーにありつこう」。

何言ってやがる。コーヒーが飲みたいわけじゃない。そのことはだれもよく分かっている。われわれを上から覗き込んだ亭主の面長の顔、そのイタリア人風の愛想笑い、といったものが眼に浮かぶ。あそこに行くのは、まるでトランプ占いの女のところに行くようなものだ。あれは黒魔術で、亭主は悪魔と結託している。それは疑う余地がなく、奴はわれわれにとってまずいことしか望んでいない。われわれの魂を買い取ろうとしているのだ。そして見返りに、ほんの一切れの未来をわれわれに見せることだろう。着く前からどんなものか分かっている。奴がわれわれに明かしてくれるいかがわしく不吉な未来が。笑えるような代物じゃない。それでもそれがわれわれを引きつけている。まあ、しょうがない。そこに行くわけだ。やましさに眼をつぶって、互いに相手に気兼ねしながら、そして各人が自分に対して気兼ねしながら。しかし詰まるところ、麗しい国民的道義心がわれわれを捨て去ったのは、われわれのせいなのだろうか。士官たちがそれをトランクに詰め込んで、有蓋トラックで運び去ったのは。この死んだ町、完全に死んだわけではないが、すでに死霊に取り憑かれた町、まるまる何日もの間、数千の人々が逃げ出していったこの町、まるでゴモラ(2)のように、後を振り返ることもなく人々が逃げ出していったこの町、それはまさに〈悪〉なのだ。天上から降り来る破局が間もなくこの町に襲いかかろうとしている。そして町はそれを待っている。まるで贖罪の生け贄のように日の光を浴びて。それはわれわれを待っているのだ。われわれは入っていく。銃を肩に担いで、この永遠の日曜日の陰険な温和さの中へ。破局はそこにある。今やわれわれの頭上に。死だ。壁という壁に死がある。蝿、そして閉ざされた鎧戸。見渡す限り、骸骨の山から舞い上る白い埃。犬が一匹、われわれの脚の間を全速力で駆け抜ける。

「あのワンころを見ろ」と、シュヴァルツ(3)が声を潜めて言う。一週間もしないうちに、狂犬になるこったろう」。

「何でだ?」

私も声を潜めていた。まるで教会にいる時のように。

「腹ぺこなんだ、あのワンころどもはみんな」とシュヴァルツは言った。「食べるものがなくなっちまったんだから(4)」。

物音一つしない。腰に沿って奇妙な慄きが走るのを感じる。

「分かってるのか」とムーラールが言う。「俺たちゃ能天気で間抜けもいいところだ。ここのドイツ野郎たちは、俺たちを見て、地べたを転げ回って大喜びしているはずだぞ。フランス軍の敗残兵が四人！って言ってな。あと足りないものといったら、鉄砲に花を挿していないってことぐらいだ」。

彼は、可愛い小さな顔を上に向けた。その顔は怒りで年寄りじみて見えた。彼は自分が滑稽だと感じるのが好きではない。シュヴァルツは、さらに声を潜めて、かすかな笑いを浮かべながら、言った。

「分かるか。奴らは上から射ってくるぞ、窓越しに」。

私もそれを考えていた。町は人気《ひとけ》がない。フランス軍部隊は、町を放棄したのだ。おそらくわが軍は、アルザス全域を放棄したのだろう。もはやマジノ線の後ろには、村々の残骸を取り囲む人気《ひとけ》のない田園しかないのだ。奴らには何の危険もない。われわれを射撃したら、あとは日曜日の日の光の下に四つの死骸を打ち捨てて、忍び足で町の外に滑り出せばいいのだ。四つの屍体は、パールシー(5)の死者たちのように、仰向けに横たわり、やがてカサカサに干からびて白くなっていくだろう。パールシーの死者たちは、塔の上に運ばれ、鳥がやって来て、目をくりぬいて、目の穴を磨き上げるという話だが。カーキ色の四つの屍体、まるで暴動の続いた日々に、騎兵隊が突撃を終えたあとの、人っ子一人いない通りに転がる屍体のように綺麗な四つの屍体。そしてその上に夜の帳が降り、また日が昇るだろう。そしてまた、舗石と舗石の隙間には草が生えて来るだろう。まるで寸法を取るかのように屍体を隈取って。家々の大きな黒い死んだ目の下に転がる四つの屍体。それからいつの日か、町は炸裂し、死者たちを呑み込むだろう。だれにも知られることなく。

並んで横たわるわれわれの四つの屍体が、一瞬、目に浮かぶ。ほんの一瞬の間——それからわれわれの周りに何かが生じる。何か瞬間的で貴重なものが。そういうことは、九月以来七、八回起こっている。これを私は〈戦争の恩寵〉と呼んでいる。何しろ戦争には陶然とさせるような恩寵があるからだ。戦争は倦まず弛まず、人間の作ったものを蝕んで行くが、時として、それらの半ば消化された事物、人間の刻印を失ったが、自然には戻っていないそれらの残骸の間に、いきなり新しい不吉な繋がりが打ち立てられる。そしてその同じ瞬間にそこを通りかかる兵士がいるなら、平穏が彼の上に、稲妻のように襲いかかるのだ。平時というものがいまだかつて彼に与えることができなかったような平和が、衝撃的で粗野な平和、全面的な場違い感のようなものが。それは長続きすることは決してない。サイクロンの目の中はこんな具合だろう。それにあまり信用しないのが肝心だ。私としては、それに身を任せて運ばれるがままになるにしても、騙されることはない。それは屍骸の乳白色の輝き、分解から生じる微細な精気、癲癇患者が発作の前に発散する果実と花の香りのようなもの以上のものでは決してないのだ。

今朝、戦争はわれわれに恩寵を与えている。戦争はそのしゃがれた騒音、街道をえぐるトラックの唸り声、飛行機の爆音、馬のいななきといった騒音を、町の外に追い出して、周りに分散させた。アルザスの道という道を、土と葉叢の色をした長い列が何本となくはって進んで行く。大砲が日の光に燦めくのを、時として覆い隠すこともできぬまま。ところがわれわれはここにいる、この澱んだ平穏という泥濘《ぬかるみ》に足を取られて。私は、身内の者が、フランスが、パリが、どうなったのか、全く知らない。あそこでは、あのフランスの奥の方にある私の町では、戦争は今まさに、私の姿を象った不幸を私のために作り上げているところだと思う。騒々しい若い不幸を。それは私を待ち構えているが、私はまだそれを知らない。ここにいるわれわれ四人は、それぞれの家で、自分に似た不幸に待たれている。ところがわれわれは今ここにいる。平穏で、かじかんで、重たい軍服という日曜日の晴着を着て、あらゆる子供たちが夢見たこの町の真ん中、毎日が日曜日のこの町の真ん中に、われわれはいるのだ、友人や上司から忘れられて、この忘れられた日曜日の中に忘れ去られて。軍隊は、潮が引くように引いて行った。そして潮が引いたあとには、われわれという四つの残骸が残されたのだ。取り残されたこれらすべての財宝、夏の厳しい日差しを浴びてしおれて行くそれらの財宝に混じって。私の死んだ生涯の昔の日々において、私はサントリーニ島の、晦渋な信仰に怯える村で八日間過ごしたことがある。アトラス山脈の真ん中でキャンプしたこともある。しかしこのような打ち捨てられた孤独はこれまで体験したことはない。われわれは押し黙ったまま歩く。赤レンガの櫓の傍を通り抜ける。その櫓を取り囲むべたべたした堀に澱んだ水は、緑色の苔を浮かべている。日に炙られる広場に面した食料品屋の店のドアが半開きになっていて、暗がりの中に、缶詰の缶の白くくすんだ煌めきが見える。幼い女の子が一人、ぴょんぴょん飛び跳ねながら広場を横切って、半開きのドアの隙間にするりと入り込むと、暗がりの中に姿が呑み込まれる。市役所の前で、物に動ぜぬ老人が六人、厳しい様子で黙ったまま、われわれを見つめている。征服されたローマ(6)の元老院議員たちが、ガリア人の行進を眺めたのは、こんな具合だっただろう。六人とも、黒い庇のついた帽子を被り、赤い腕章をしている。防空体制の格好だ。そしてようやくビストロに着く。それでも敷居を跨ごうとする前に、内心の抵抗のようなものを私は感じる。

われわれは中に入る。中は、今日は明るい。カーテンは留め紐で留めてあり、大きな窓から日の光がふんだんに差し込んでいる。

「今日は！」

亭主はいる。勘定台のところに。意外そうにわれわれを見ている。

「他の人たちと出発したんじゃないんですか？」

「一〇時に出発だよ」。

「ヘエ？」

彼の目の中には、不信と警戒の色が見える。われわれの銃を見つめている。しかしわれわれは銃を壁に立てかけ、背嚢と雑嚢もその傍に置く。そして樫のテーブルに座る。

「コーヒー四つとクロワッサン」。

亭主は注文の品を出し、それからわれわれの周りをぶらぶら歩き始める。昨日の朝と同様に。今や、妙な結託の風でわれわれの様子をちらちらと窺うのだ。それからわれわれのテーブルまでやって来て、両手をつくと、こう言った。

「シュナップスにしますか？　私のおごりですよ」。

「いや、ありがたいが、いいよ」とシュヴァルツ。

「遠慮無しで行きましょう！　最後の一杯、別れの杯です」。

「遠慮無しで。俺たちゃ、朝はシュナップスをやらないことにしているんだ」。

亭主は、それ以上勧めない。無頓着な様子で、こう言う。

「出発は六時に行われたものと思ってましたよ、今朝の……」

「まあ、ご覧の通りだ」。

「みなさんがこっちに来るのが見えた時、こう思いましたよ。アグノーが気に入って、もう離れたくないと思っているんだな、と」。

奴は笑い出す。私は、どう答えたらいいか、気詰まりを感じる。ムーラールは、怒りで顔を真っ赤にして、ぶっきらぼうに答える。

「ここが気に入っただって？　猫の子一匹いやあしないじゃないか。俺の願いはただ一つ、ここから逃げ出すことさ」。

「だけど、他の人たちと一緒に出発できなかったんでしょ？」と、奴はさも同情してますといった調子で、尋ねる。

「俺たちは、トラックに積めなかった資材の番をするために残されたんだ」と、苛立ちを抑えながら、ピエルネが言う。「一〇時に迎えに来るんだ」。

「残されたのは、あんた方四人だけですかい？」

「そうさ」。

「だけど、今、だれが資材の番をしてるんです？」

「もういいよ！」とムーラールが、テーブルを叩いて言う。「質問攻めでうるさいぞ。俺たちゃ、一〇時までここにいて、一〇時には隊に合流するんだ。分かったかい？　あんたに言えることは、以上」。

奴はニヤニヤ笑いを止めなかった。

「あんた方、お急ぎになるには及びませんよ」と言う。「なんでしたら、ここで昼飯を食べることだってできます。どうせ遠くに行かないでしょうからね、あんた方の隊は」。

「どうして分かるんだ？」

「なんですか？　隊はエピナルへ向けて発った、今日はアルテンハイムで止まるだろう、ってんですか？　まあ、あたしの言うことを信用しなさい。それほど遠くへは行かないでしょうよ」。

今や、喋らないのが肝心だ。とりわけ喋らないことが。こいつに尋ねないことが。しかしピエルネは、我慢し切れない。

「なんでそんなことを言うんだね？　あんたの情報はどっから出て来るんだ？」と、……の口調で尋ねる。［続きは欠落］

＊

［冒頭は欠落］(7) 気詰まりな感じ。ガラス窓越し、もしくは鎧戸の隙間から、われわれを見ている男たちがいるのは、確かだ。軍隊相手に商売をしようと戻ってきた奴らだ。奴らは見ている。奴らの通りを、ぶきっちょで所在のないフランス兵が、ドタ靴を引きずって歩いていくのを、見ている。奴らは何も言わないが、口許には、先ほどビストロの亭主の口許で目にしたのと同じ、あの冷酷な笑みを浮かべている。いったい何を意味するのか、あの笑みは？　奴らは何を知っているのだろう？　今や通りは果てしなく続くように思われる。暗がりの中できらきら輝く目が私のあとをどこまでもどこまでも追い続けていると想像してしまうからだ。そして私は、彼らの目に自分が見えるはずのその通りに、自分の姿を目に浮かべてしまう。幸い、学校は遠くなかった。

ショーベは、入口の敷居のところでわれわれを待っていた。タバコを吸っている。

「荷物の支度をしていいぞ、引き揚げだ」と、到着するわれわれに彼は言った。

われわれは顔を見合わす。これを聞いてがっくりしてしまったのだ。

「冗談じゃないだろな？」

「俺が言っているんだからな。さっき軍団本部からやって来た大尉がいて、そいつが『何ですと、まだ荷造りが済んでいないですと？　何をぐずぐずしているんです？』と言ったんだ。気も狂わんばかりに激怒してな。ムーニエ大尉はびっくりして、「それは初耳です」と言った。「命令が来てません」。相手は「つまり、本官がそれを持ってきたのです」と言った。こんな具合に少し怒鳴り合いがあって、結局、支度に取り掛かる命令を受けたというわけだ。

「どこへ行くんです？」

ショーべは、眉をそば立てる。知らぬという印だ。

「知るかよ。アルテンハイムに行くってことは分っている。ここから三〇キロのところだ。自転車分遣隊が来ることになっていて、連中としちゃ、その分遣隊がどこに行くのか、俺に言わないわけにいかなかったんでな。しかしそれは一日分の行程にすぎない」。

「出発はいつかね？」とピエルネが尋ねる。

「夜中だよ」。

「よかろう」。

ピエルネは、嬉しそうだ。入念で事細かな包装作業に我を忘れることができるからだ。それができるところではどこでも、彼は梱包し、包装し、ブラシをかけ、繕いをする。それが彼の悩みの種であり、拠り所でもある。彼は系統的に現在の瞬間を無駄にするのだが、それでものを考えずに済む。私は彼にお好みの気晴らしをさせておいて、自分は腰をかけ、タバコを吸い、ルネに手紙を書く。大尉が入って来る。

「命令は撤回された。出発は朝の五時だ。ショーべ、トラックへの積み込みは夜の一一時に行う」。

「はい、大尉殿」とショーべ。

「車は、男子校から出発する。四時一五分に集合。お前たち、砲兵情報班は、出発第二陣だ。七時に車が戻って来る。六時半には男子校の前で待機せよ」。

大尉は立ち去る。フーロンが文句を言う。

「昼間に出るだと！　いかれてるんじゃないか？」

しかし、われわれ砲兵情報班は、むしろ満足している。一晩中眠っていられるのだから。日が陰る。われわれは学校の小さなイスに腰掛け、顎を膝に載せるようにして、夜を待っている。トラックに荷物を積み込むため。三日間われわれを迎え入れ、泊めてくれたこの教室に対しては、無関心もいいところだ。どうせ明日には立ち去る。実のところ、すでに昼の一二時から、もう立ち去っている。立ち去るというのは、われわれ兵士が心得ていることの一つだ。相手が女だろうとどこかある場所だろうと、後にして立ち去るすべは心得ているのだ。われわれはすでにここにいない。どの場所にもいない。われわれはもはや大きな焦げ茶色の忍耐心、戦争の忍耐、貧乏人や病人の忍耐にも似た忍耐心にすぎない。ピエルネは、ズボンの前開きのボタンを繕っている。彼は、頭をもたげずに、私に言う。

「あの男、今朝の」。

「ウム……」

「奴の言った通りになったな」。

六月十四日

五時に書記兵たちは起き出し、服を着て出発する。靴の軋む音、息切れの音、厚い布の擦れる音。フェイの阿呆が、われわれに大声で言う。

「アルテンハイムで会おう」。

私は口の中で文句を言う。

「ほっとけ!　寝かせておいてくれよ」

しかし私は、もう眠り直さないことがよく分かっている。いよいよ出発だ。きっとマルヌ川かパリ前面に援軍として投入されるのだろう。そしてそこでは、辛く厳しい目にあうことだろう。辛く厳しい目にあうのを恐れているわけではない。目が冴えて眠れないのは、待ちきれない不安のせいなのだ。不安だけれど、恐れではない。この辛くない戦争、強迫観念のように辛さのない戦争、まるで、こちらに決して抵抗することがなく、決して苦痛を与えることのない世界――われわれが力を加えればやすやすと撓んだり凹んだりするけれども、やがてズブズブと足元が崩れて行き、われわれはジワジワとはまり込んでしまう、そういう世界のように、辛さ厳しさのない戦争の、人をがんじがらめにする鳥もちからわれわれは身を引き剥がすことになるのだ。われわれは今度こそ本物の苦痛に出会うだろう。岩のように硬く、物を通すことのない苦痛、息急き切った獣の鼻面のようなものがいきなり鼻先に突きつけられたような、そういう本物の恐怖、人を決して自分自身とだけ独りにしておいてくれない肉体の痛みに。われわれはいよいよこの戦争からおさらばして、それをアグノーに、自分用に誂えた日曜日の中にすっぽりと埋まっているアグノーの町に置き去りにするのだ、われわれの生活の姿を象っていた戦争、決して十分に苦しまないことにだれもが苦しんでいたこの戦争を。私は、何か知らい新たな真実の暴露、何かしら無慈悲な恩寵を待っている。

「さあ、起きろ、こん畜生！」とシュヴァルツが叫ぶ。彼は自分のでっかい腹を寝袋から引き出すのに一苦労だ。毎朝のことだが。彼はすっかり禿げ上がっていて、その青緑色の目はキョロキョロと辺りを見回すが、何も見えない。

「奴らは今朝、コーヒーを飲んだのか？」とムーラールが尋ねる。

「ああ、五時にな。だけど調理車はもう行ってしまったよ」。

「じゃあ、俺たちは食い物はなしかい？」

「どうやら、な。しかし運転手が話の分かる奴なら、道の途中でストップして貰うよう頼んでみよう」。

「そうは言いたくないが」とシュヴァルツ。「やっぱり気に入らんなぁ。俺たちだって権利はあったんだ、コーヒーには。俺はナァナァで見過ごしにするのは嫌いだからな」。

われわれは涼しいところにいたから、起きた時は元気で軽快だ。それから少しずつ、手足がかじかんで麻痺した、鉛の兵隊に変貌して行く。背嚢、毛布、外套、水筒、雑納、鉄砲。ピエルネは手に、表面が剥げ落ちて底の抜けた、小さな民間用のスーツケースをぶら下げている。シュヴァルツはそれを、ピエルネの「婆婆のお楽しみ」と呼んでいる。こういう鉛の兵隊で戦争をするわけだ。両手を両脇に広げて重い足取りで進み、殺しても、重みで足が地面に沈み込んでしまうため、その場に立ったままの、そういう鉛の兵隊で。男子校、その校庭には、人っ子一人いない。われわれはその一角に背嚢を積み上げ、叉銃を組んで——それから待機する。七時。七時半。ピエルネが、苛立ち始める。

「どうなってんだ？　車は？」

「待ってろ。まだ半時間遅れているだけだ」。

ピエルネは後ろを振り返って、不安そうな様子であちこち見回す。

「だけど、その車に乗るのは、俺たちだけじゃないよな。師団砲兵隊もいたはずだ」。

「まだ地下室にいるんだろう」。

私は地下まで見に行く。入り口で、湿った漆喰の臭いがつんと鼻を突く。この青色をした暗闇の中に、私は潜り込んで行く。だれもいない。地下室は再び本物の地下室、家の下に開いた穴に戻っている。それが四百人の人間の避難場所となっていたことを信じさせるものは何一つない。片隅にいくらかの藁と破れた藁蒲團が一つあるのを除いては。地下室にいくらかの藁——これ以外の痕跡をわれわれはアグノーに残さないということになる。私は再び上に上る。晴天だ。気持ちの良い朝だが、われわれのための朝ではない。ここにいるだれのための朝でもない。

「もうだれもいないよ」。

「なんてこった」。

「確かに七時だったかい?」と、ピエルネは途方にくれて言う。

とたんに彼は、ぴしゃりと黙らされる。

「お前、ほんとにゲス野郎だぞ。奴が七時と言った時、みんないたじゃないか。それに第一、お前は俺たちと同様、ちゃんと聞いたはずだろう」。

シュヴァルツは身を屈めて、雑嚢を取る。機械的に、まるで徒歩で出発しようとするように。

「奴らはみんな五時のトラックに詰め込まれたに違いない。それから、曹長のバカ野郎か何かが、輸送は一回だけだぞと奴らに言ったんだろうな」。

「で、俺たちは一丁前じゃないってわけだ。忘れられたんだからな」。

「どうだ、分かるか? 忘れられたんだよ!」

一同、これがすっかり気に入った。それほどお笑い草と思えたのだ。忘れられた、ということが!

「どうだい、傑作だろうが。移動を行なって、最初の宿営地に着いたところで、四名見当たりません、てことになるのかよ?」

「それがフランス陸軍さ、なあ、それだけの話だ」。

「そう、まあ、どうってことはない。それにしても、結構な数になるぞ。旅程ごとに四人となりゃ、パリまで行くうちに、結構軽くなっちまう。ドイツっぽどものところへ行って、奴らがこんな具合に兵隊を道の上に撒き散らすものか、見てこいよ」。

「忘れた、ってんだからなぁ!」

そうやってまだしばらく笑いこけていたが、実のところ、そうそう豪気ではいられない。われわれの伍長のピエルネは、われわれの顔を見ないようにしながら、つっけんどんに言った。

「それで？　どうするんだ？」

「徒歩で行こう」と、ピエルネが長距離行軍のできないことを知っているムーラールは言う。

「そうだな。それで向こうに着いたと思ったら、連中はもう出発しているってことになる。そうやってパリまで連中の後を追いかけるのは、ぞっとしないな」。

「じゃあ、タクシー乗り場に電話をして欲しいってのか？」

シュヴァルツは、二人に言う。

「ここに残るしかないな。トラックが通ったら、止めるんだ」。

事実、トラックは通る。ただ止まらないのだ。合図をしても、運転手は、ハンドルを離して、両手を広げて「できない」という大仰な身振りをする。同時に、アクセルを踏んでいるに違いない。

「ゲス野郎め！」

「それならそれで、だ！」とシュヴァルツ。「今から戦争が終わるまで、アグノーに残りゃいいんだ」。

「そうさ！　アグノーだろうとどこだろうと……」

私はそう言ったが、それは本心ではない。実は出発したくてたまらないのだ。まず第一に、あちらでわれわれを待っているもののためだ。それにアグノーにわれわれだけで残るというのは、恐ろしい気がする。

「見ろ！　お仲間がまた一台やってきた！」とムーラール。

たしかに一台通りかかったが、逆方向、ヴィセンブールとマジノ線の方に向かっている。

「オーイ！」とシュヴァルツが言う。「オーイ！」

彼は道路の真ん中に立ちはだかって、両腕でバツを描く。やけに堂々としている。

「何だ、いったい！」と、運転手は、ブレーキを踏みながら叫ぶ。「いかれてるのか？」

ムーラールは、大急ぎでトラックに駆け寄る。

「あんた方、七〇師団だな」。

「多分な」。

「ヴィセンブールに行くのかい？」

運転手はわれわれを疑わしげに眺める。やっぱりだ。第五列かと疑ってるんだ。われわれはすでに経験済みだが。

「俺がどこへ行こうと、関係なかろうが？」

「まあまあ！」とムーラールは言う。「俺の軍隊手帳を見せようか？」

運転手はわれわれ全員を眺める。と、彼の目がきらりと光る。そしてシュヴァルツの顔を見た。［続きは欠落］

訳註

（1）【六月十二日】　この日付は、原書の編者が便宜的に付したもの。敗走日記「魂の中の死」が六月十一日で終わっているので、その翌日として日付を設定したのだろう。

（2）ゴモラ　「創世記」で語られる、住民の性的乱脈の咎でヤハヴェが降らせた硫黄と火で焼き滅ぼされた二つの町、ソドムとゴモラのうちの一つ。この際、正き人であるロトの一族は、天使の勧めで事前に脱出したが、ロトの妻は、逃げる途中、天使の禁止に従わずに後ろを振り返ったため、塩の柱になってしまう。

（3）シュヴァルツ　「魂の中の死」には、この名の男はいない。その代わり、あの個性的なデュパンは、姿を消している。要するに、デュパンの代わりに、シュヴァルツが登場しているのである。この「名前の変更」の理由は不詳。ただ、シュヴァルツがドイツ・アルザス系の姓であることに、意味がありそうであることは、このテクストの最後の行（「シュヴァルツの顔を見た」）から推察されるところである。

（4）この頃、住民が避難したストラスブールで狂犬病が蔓延していたらしい。

（5）パールシー　イスラムの迫害を逃れてインドに移ったゾロアスター教徒。鳥葬を行う。

（6）征服されたローマ　前三八七年、ガリア人はローマ軍を破り、ローマ市を征服した。

（7）【冒頭は欠落】　冒頭が欠落しており、原書編者は特段の日付推定を行なっていないが、以下の文の日付は、六月十三日と考える方が自然と思われる。さもないと、いきなり日付が一つ飛ばされることになるからである。

捕虜日記

八月十八日(1)

夕方のシュトゥットガルト・ラジオの放送が、〔一九〕四〇年のフランス兵は、もはや死ぬすべを知らなかった」と語った。それで、その気のある者たちの間で大論争が起こった。「まさにその通りだ」と、元気者のプティは言うのだった。「あんた方は、死ぬすべを知らなかったんだ」。プチィはアンジェの大きなカフェの支配人だが、〔一九〕一八年の十月に十八歳で志願しており、自分を〔第一次世界〕大戦の戦闘員だと考えていた。シャピュが反論しようとすると、プティは激昂して、こう言った。「うるさい。あんたたちには発言する権利なんかないんだぞ。特にあんたたちにはな。あんたたち歩兵は、始めから、逃げ出すってことしかやってないじゃないか」。これを聞くと、ラグビー選手のクルトワが怒り出した。彼は素晴らしく体格の良い長身の男で、頬骨が突き出し、ボクシングをしたことがあるので、潰れた鼻をしていた。「いいか、おっさん、もう沢山だ！　あんたがいま言ったようなことってのは、俺たちが帰った時に、奴らのだれも彼もが俺たちに話すことだ、銃後の奴らがな！　しかし俺があんたに言いたいのは、あっちで俺にあんたのような口の利き方をする奴に出会ったら、真っ先にそいつを病院送りにしてやるってことだ」。

私としては、どっちにも付けない。どうも問題の立て方がまずかったのだ。発熱ととげとげしい情熱の匂いがする。われわれは死ぬ覚悟をしていたのだろうか？　みなの心の中を探ってみる必要があるだろう。それに正確に言って、死ぬ覚悟をしているとは、死というものがまだ遠くにあり、地平線の丘のように青白くかすんでいる時に、何を意味するのだろうか。この冬に、死が身近にいなかった時にわれわれが死について考えたことに、何ほどの意味があると言うのか？　その時に、われわれが言ったことに？　その時は、われわれに要求されたのは忍耐だけだった。そしてわれわれは忍耐を与えた。ところがそれから戦争はいきなり要求水準を引き上げた。いきなりわれわれは、戦争はわれわれの血も必要としているということに、気がついたのだ。しかし、われわれの意に反して、人々が記憶にとどめることになるのは、今年の冬の間のわれわれの発言なのである。私にこんなことを言った中尉がいる。「私は部下をよく知っている。彼らは死ぬまでひたすら持ちこたえようと決意していた、と断言することができる」。

しかし、死の瞬間というのは、いつのことを言うのだ？　われわれが足を揃えて死の中に飛び込まなかったということ、死を好む習性を持たなかったということを、果たして非難することができるのか？　蝿のように死んでいくのは、人間には相応しくない。〔一九〕一四年に出征し、汽車の昇降口で歌をうたっていた者たちは、夏の間に蝿のようにくたばった。そして一四年（大戦勃発）の最初の日々に、彼らはことを理解もせずに死んでいったのである。そしてヘルメットも被らずシャツ姿で、幾千人となく突撃して行った一四年のドイツ兵も、やはり理解しなかった。それに対して、われわれはすでに理解していた。ずっと以前から理解していた。われわれは最後から二番目の大戦の影の下で成長したのだ。それからスペイン戦争があり、この戦争の影が大きくなるのをわれわれは目にした。それからミュンヘン、あの勃発まがい《フライング》があった。ずっと以前からわれわれは死に馴れ親しんで来たし、われわれのすぐ傍に死がいることで、われわれは教化されて来たのだ。すでにわれわれは、人の命の価値というものを知り始めていたし、すでにわれわれは、自分自身の命を一方に偏らない物悲しい気分で眺めていた。まるで反対側から見ていたかのように。たしかにわれわれは、死と契約を結ぶに当たって、躊躇もせず、苦渋も感じなかったわけではない。しかし、われわれにそのことを非難することなどできようか？　死が自分に襲いかかってくる時に、大きなむかつきと非常に大きな孤独とを感じることのない者、これを私は卑怯者かばか者とみなす。私より年上の人間たちは、人はみんなで一緒に死ぬことができる、ちょうどアルトワやシャンパーニュ(2)への途上で行なったように、一団となって死の中へと歩いて行くことができる、と信じた。しかしわれわれは、早くも初日から、自分は独りで死んでいくだろうということが、分かったのである。われわれが戻った時に、非難されるのは、そのことなのだろうか？　もはや死ぬすべを知らない、と称されるのは、本当にそれなのだろうか？　そうではなくて、どうもわれわれは何かを学び始めていたところを中断された、ということのようなのだ。まあいい。銃後の人間が、われわれは卑怯者だと思うなら、言わせておくしかないだろう。ただそうなると、彼らは不当だということになるだろう。人を判断できるのは、戦争に基づいてではなく、平和に基づいてだ。われわれはわれわれの戦争を持った。そして私は認めるが、その戦争はわれわれの姿そのままのもので、複雑で、多弁で、狡猾だった。ところが突然、流血の大潰走[3]となったのだ。しかしこれまでわれわれは、他者の平和、われわれの両親や年長者たちの平和しか経験して来なかった。まだわれわれの平和を手にしたことはない。われわれの姿に似た平和というものがやって来るだろう。そしてわれわれを判断するのなら、その平和に基づいて判断する必要があるだろう。それまではわれわれは黙っているしかない。必要なら、同胞の許に、異邦人として戻っていくだろう。女たちやとても若い人たちや老人たちは、「あなたたちが行うすべを知らなかったあの戦争、あなたたちのせいで私たちにとって負けとなってしまったあの戦争」と、われわれに言うだろう。われわれは何も答えないだろう。何と言うべきか分からないからだ。なぜならわれわれは、戦争に負けたのがわれわれなのか、きちんと知ることが決してないだろうから。戦争はわれわれの上を稲妻のように通り過ぎたが、われわれにはその光しか目に入らなかった。今ではそれは遠くに行ってしまい、われわれは自分の手足をまさぐって、この急速に駆け抜けたなんだかよく分からない情勢、永遠に通り過ぎ、永遠に失われたあの情勢、それが通り過ぎるとき、しっかりと捕まえて括り付けることができなかったあの情勢について、いつまでも自問自答し続け、良心の座りの悪いままに、どの程度までわれわれは悪かったのかと、自問自問し続ける。生き残った人間なのだ。大洪水は終わった。水は引き、われわれが逃げ込んだ小島は、山となっている。われわれは、洪水で水浸しになったが、日に照らされてきらきら光っている田園を、恐る恐る覗き込んでいる。

八月十九日

早く起きた。夏、涼しい朝のうち、まだ谷にたなびいている霧のスカーフを眺める。長い谷、実にきっちりと切り取られた、実におとなしい谷、綺麗な櫛目の入った森と畑が連なる谷。本物という感じがしない。まるで陰気な児童書の中の、入念に仕上げてワニスをかけた版画のようだ。窪地の辺りに、スレート屋根の大きな白い家が何軒か並んでいる――村だ。平時の村と全く同様な村、ただし夜になっても明かりは灯らない。地平線の辺りに何かきらきら光るものがある。モーゼル川だ。広く長い風景、西瓜の果肉のように味がなく甘いだけの風景、こういうのがドイツ人には、大変な博物学風の恍惚を提供するに違いない。わが国の風景には、どんな風景にも、何かもっと詰まった、もっと吝嗇な、もっとしぶといものがあり、その上、垢と焦げ臭さの混じったツンと鼻をつく臭いがする。日に焼かれて調理されているのだ。ところがこの目の前の風景は、全く生《なま》で、水ぶくれしている。プファルツ〔州《ラント》〕の青ざめた太陽では、風景は熟れるに至らない。私は長いこと眺める。鉄条網に引っ掛けて、乾かしている、カーキ色のズボン下とシャツの間に見えるこの風景を。風景を横切って何本も引かれている青白い線は、道路だが、それらの道路は、自由であり、逃亡であり、女だ。そして私は、自由が下にある、私よりも下の方にあることに、びっくりする。囚人が山の頂にいるというのは、私には逆説のように思える。(4) 普通は中央にある建物の中に閉じ込められて、捕虜というものは世界によって包囲されており、町の匂いと音は彼らの牢獄のところまでやって来てうろつき、彼らの顔に息を吹きかけるものだ。彼らから取り上げられたものがすべて彼らと同じ高さにあるがゆえに、彼らの悔恨はより苦々しいものとなるはずなのだ。ところがわれわれは、宙に浮いている。人はわれわれをこんな高いところにある鷲の巣にまで運び上げて、世界をわれわれから取り上げたわけだが、当のその世界は何と小さく見えることか。まるで玩具の大きさでしかない。世界の方がわれわれをはねつけたのだが、われわれは世界を見下ろしているという気がしている。世界はわれわれにとって、「あっち」であり、あれらの人形の家であり、あれらの蟻、あれらの色とりどりの畑である。その上にわれわれは時々、睥睨するような眼差しを投げることができる。するとわれわれの牢番たちが道路の上を通る姿が、米粒ほどに小ちゃく見えるのだ。すべてはわれわれの足下だ。プファルツの赤い道、うねうねと平坦に長く伸びるモーゼル川の煌めき、そしてわれわれに勝利した者たちからなる国民。彼らがわれわれに「あなたたちは自由だ」と言って、大きな木の柵が開き、われわれに道を開ける時、われわれは文字通り、人々の中に降りて行くことが必要となるだろう。われわれはペトリスベルク(5)の長い道路を降って行き、家々や屋根が次第に大きくなってくるのを目にするだろう。そして家々が再びこちらを押し潰すほどに大きく、そして暗くなり、われわれの視界を塞ぎ、屋根がわれわれの目から空を隠す時、その時には、われわれは再び人々の間に交じった人間となり、その時にわれわれは自由になるだろう。しかし今のところ、われわれの眼差しの方が、われわれより自由で、町にいるわれわれの牢番どもの眼差しよりも自由だ。それは大空を滑空し、下界を睥睨する——とはいえわれわれはここにいるのである。

若い女性が二人、鉄条網に沿った道路を歩いて行く。一人は乳母車を押している。私はそれを眺める。二人ともみずみずしく、体格も良い。彼女たちは顔を背け、いささか偽善者めいた様子で赤ん坊に微笑みかけたりしながら、急ぎ足で通り過ぎて行く。「敵がいるわ」と思っているに違いない。ああ！　早起きな美しい娘たちよ、あなたたちは私の敵では少しもない。しかし正しい考え方をしようと一生懸命な、礼儀正しいこの小さな額の裏側には、実に多くの先入見が詰まっているのだ！　ナンシーのどこかで、若いフランス娘たちは、顔を背け、足を速めて、微笑みながら彼女たちを眺める若いドイツ兵の前を、通り過ぎて行く。そのドイツ兵は「あなたたちは、私の敵ではありませんよ」と思っている。

八月十九日、夜

われわれの牢番の悲しげな眼差し。われわれは、囚人に見張られる囚人なのだ。

八月二十日

一日中、労役。ただし人気のある労役で、捕虜収容所XII Dに付属する労働キャンプで何棟かのバラックの消毒をするという業務だ。仕事はほとんどないが、往復一三二キロもトラックで揺られるのである。朝の七時頃に出発した。引率は、五十代の特務曹長で、一四年の戦争の勲章を佩用している。ヴィルヘルム二世風の口髭〔カイゼル髭〕を付けているが、その上にある明るい色の目は、子供っぽい優しさを湛えている。そして実に多くのドイツ人の顔の上に浮かぶ、秋の田園のような、なにやら仕上がっておらず、ほどけて緩んだような様子が、彼の顔にも浮かんでいる。われわれはトラックの中に詰め込まれたが、彼は幌を上げることは許可してくれた。そしてわれわれは町の方へと降りて行った。都市。都市というのを見るのは、五カ月半振りだ。とはいえ私は都会の人間だった。しかし私は自ら一線を画して、都市というものを忘れようとした。自分の死んでしまった生活の一切合切とともに。いま私は、自分が通りや、家々や、商店を再び目にするのだな、と思い、自分が初々しく、びっくりしているように感じる。かつては都市というものがあるのは、全く自然のことと思われたものだが、今やそれは思いもかけず驚くべきことという気がする。遠くに、塔や、スレートの屋根、白い壁、日に照らされて燃える窓が見える。それらの窓は、きらきら光る部分のまわりは、真っ黒に見える。また薄い煙が何本も立ち昇り、都市の上方の空を汚している。と、いきなり、最初の家々の間に入ったと思うと、その真ん中に、ずっと昔の都市の赤い残骸が姿を現わす。というのも、都市というものには一つの伝統あって、新しい都市は古い都市が建っていた場所に建てられるからだ。トラックの上から私は、このローマの劇場(6)をそっけなく眺める。苔と芝草の中に念入りに梱包されたこの古物は、私にどんな関わりがあるというのか？　それは一つの世界だ、というだけだ。そして私は、もう一つ別の世界に住む人間なのだ、伝統なき世界に。バラックは、一晩で生える、茸のように。そして同じようにして消えていく。それは剥き出しの、記憶を持たない土地に生える。都市の広大な土台を支えるために選ばれることなど決してなかった、ありふれた普通の土地に。それでも地面を掘って行けば、われわれの足下、一〇フィート、二〇フィート下に、なんらかの人間の遺物を見出すことになるかも知れない。しかし、大地はそうしたものを消化し、同化してしまった。それに地面を掘り返す、などということは決してしないものだ。何を掘り返す必要があるというのか？　われわれは、地面のほんの表面で暮らしている。収容所というのは、鉄条網に囲まれて死ぬ時になっても、自分の重みで地下に埋まっていく石造りの都市のように、地面の下に降りて行くほどの重さはない。地面の表面で腐り、乾いて行き、日の光の下で名も知らぬ埃になって行くだけだ。

トラックはドイツの紫色の通りに入り込んでいく。何ということか！　以前はそれを感じていなかった。ところが今、それは心を打つ。おそらく対照の効果のせいだろう。地上の都市は己の死者にどれほど侵入されていることか。あの高みにいるわれわれは、己が生み出す死者を忌み嫌う。ゴミと一緒に掃き出してしまうのだ。一昨日も、死者が一人、二人の担架兵に担架で運ばれるのを目にした。

顔にスカーフが被せてあったが、身体は剥き出しで、恐ろしく痩せた長身で、肋骨が浮き出ており、腹部は膨張し、バカでかい足は捩れていた。雷雨模様の今日の午後の灰色がかった闇の中で、この男は、死んだ魚のようだった。腹を上にして、墨のように黒い水の中で銀色に光る死んだ魚。彼は救急車に投げ込まれ、トリーアの軍隊墓地に運ばれた。そこで、木の十字架の下で、彼は再び兵士になるのだろう。それからいつの日か、もしかしたら、彼の妻は彼の棺を運び出す許可を得るかもしれない。そうなると彼は、彼の村の死者たちに交じって、まことに礼儀に適った民間人の死者ということになるだろう。民間人の死者、死んだ兵士、これは結構な話だ。しかし、捕虜たちは、死の話を聞きたがらない。われわれを下の方から密かに蝕んで行く赤痢のちょっとした流行、これに用心するのははしたないことだ。捕虜というのは、死すべきもの〔人間〕ではないのだ。われわれは、おしゃべりで、浅薄で、消毒済みで、死よりも下にいる。つまり、原生動物と同様に、永遠に生きるものなのである。「われわれはあれで死ななかった」、われわれは「あれから戻ってきた」ということがひとたび了解された以上、われわれは自分には免疫があると考えるわけである。そして一昨日のように、二人の担架兵が死骸を運び出すのを目にすると、われわれは目を背けて、「可哀想に！　しかし、爆撃やら何やら一切合切を、うまく切り抜けたというのに、こんなところでおっ死《ち》んでしまうなんて、馬鹿げた話だ」と言う。要するに、彼が死んだのを非難するわけだ。われわれとしては、粗忽なヘマをやらかしたのだと評価するわけである。

しかし、麓の平地であるここでは、人は死を迎え入れ、死者を受け入れる。死は、彼らの上、上空にあるのだ。家々の屋根の上に、何かがぎっしり詰まった重い空、何かが宿る空が、重くのしかかっているという、押しつぶされるようなこの圧迫感を感じ取るのは、高い所から急速に降りてきたからだけでも、大気に幾筋もの煙が漂っているからだけでもない。いたるところ、家のドアの上や店のショーウィンドーに、Luftschutzraum〔防空避難所〕の文字が読み取れるからである。われわれを見るために頭を上げようともしない、歩道を行く人々は、この天空の死に囚われていると、私は感じる。彼らは昨日、地下室に避難した。ところが私は、のうのうと休息していたのだ。われわれの頭上に落とすことのできるものといったらせいぜい雨か泥が関の山の、われらが消毒済みの空の下で。彼らはまた、彼らの死者に囚われてもいる。私はもう長いこと見たことがなかった、家というものを。家は、父たちによって建てられ、息子たちに住まわれているわけだが、父たちはそこにいるのだ。死んで、至るところに拡がっている。建物の正面《ファサード》の上に、街角の小公園の中に。生きている者は、つねに死んだ者たちの生涯の中に住まうのである。それに時々、通りがかりに記念碑《モニュメント》を見かける。すなわち、ブロンズに鋳込んだ死者。昔、私は記念碑の間で生活していた。つまり、死者によって、別の死者たちの好みにあわせて建立された建造物の間で。今や、私の活動区域内には、もはや記念碑や銅像を置く場所はない。われわれは、死者を持たず、偉大な生者も持たず、伝統も持たない。われわれは、記憶もなく、将来もなく、瞬間瞬間に生きている。世界の記憶は、これらの谷間に刻み込まれて、われわれの足下にある。しかしわれわれは、自分の都市の思い出を失い、自分の家の思い出を蘇らせるつもりはない。

トラックはいくつもの通りを横切り、そして私は、自分がどこにいるのか気づく。今日この日、私はドイツにいるのだ。私は、例の幅広い通りに再び出くわす。それは、路地よりもさらに息苦しく、紫色、常に紫色——これこそこれらの通りの密かな色なのだ(7)——で、ベージュ色か、赤茶色か、黄緑色の、膿の出そうなおできが出来ていそうな大きな建物に押しつぶされている通り、焚き火の匂いのする妙な通り、常に天蓋で覆われたような感じのする通りであり、神の恵みを失った中世と希望のないアメリカかぶれのどちらかに決めることができないでいる。私は、人々がどれほど、通りの中で場所を取るものであるかが分かって、意外だった。一人の男というのは、自分の周りに属領と植民地を拡げるものだ。目に見えているのは、中核でしかない。その周りには、巨大な空虚がある。［続きは欠落］

［冒頭は欠落］彼らから八百メートルのところに……。ところがその間、私は心静かにベッドに大の字になっていた。この騒ぎは自分に関わるものではないように見えるのだ。同室の男たちの大部分は、目を覚ますことさえない。すっかり慣れているのだ。今では週に三、四回、警報が鳴る。隣の男は、「サイレンか？」と呟く。しかしもしかしたら、夢を見ているのだ。何しろすぐ後に鼾をかき始めるのだから。収容所の中では、捕虜のための避難場所など全く予定されていないことは、よく分かっているが、われわれは気にも留めない。イギリス軍は捕虜収容所の場所を正確に把握しており、爆弾が落ちないようにうまくやってくれると、確信しているのである。

われわれがかくも平静なのは、そのためなのか？ いや違う、私はそうではないということが、よく分かっている。それは口実にすぎず、われわれが事後的に編み出した合理的説明にすぎない。実はわれわれの平静さは、もっと遠く、もっと深いところから来る。われわれ自身の底の底にその根源があるのだ。われわれがもはや爆弾を恐れないのは、われわれが生き残りであるからだ。六月半ば頃、われわれは死を待っていたのだが、死は来なかった。死は終わり、戦争も終わったのだ。われわれはこのやり損なった戦争とこの偽りの死に対する大きな嫌悪に捕えられた。死のことを考える気さえなくなったのである。そこで、明るい夜中に上空に上って行って、ジュール(8)の役を演じるばか者がまだいるような時は、われわれは彼らのアクロバット飛行の間、わざと眠り込んでしまう。そんなことはわれわれに関係がないということを、彼らに示そうという腹なのである。われわれは埒外に置かれている。われわれはイギリス軍の勝利を願うことも、ドイツ軍の勝利を願うこともできるが、埒外に置かれて、全面的に中立化されており、戦争にそっぽを向いている。どこにいようと、目に見えない城壁がわれわれを戦争から引き離していると信じるほどになっているのだ。今では戦争は——そして死も——他人のためのものだ。われわれは生き残りなのだから。

この平静さには、不安を覚える。それが健全さの証拠であるかどうか、心もとない。実のところは、爆弾が怖い方がましだろう。恐怖がないのは、必ずしも勇敢であるということではない。それはわが国において、ある種の神経症で出会う麻酔状態に似ている。要するに、われわれは自分自身の死を失った人間なのだ。死はわれわれを、どこかの四つ角で待っていた。各人それぞれ自分の死があった。そしてわれわれが年齢を重ねるにつれて、死はさらにわれわれに似るようになり始めるのだった。その後、ある誤解のせいで、われわれは道を見失ってしまい、死が見えなくなり、死が待っているという気がしなくなった。まるで物からその味を剥ぎ取り、夜からその闇を剥ぎ取るように、われわれは自分の死を剥ぎ取られたのである。それはわれわれのせいだ。われわれはここでの日々を、何にもならない無駄な骨折りのように生きることになっている。ここでの日々は、数に入らない、いかなる死にもわれわれを近づけることはない、われわれを成熟させることも、消耗させることもなく、ただわれわれの上を滑って行くだけ——こんな風に思えるのだ。われわれは、リンボ〔冥府の入り口〕の中、濾過された青白い薄明の中を、無に向かって進んで行く。いつの日か、ここでの日々がちゃんと数に入っていたが、それをわれわれが失ったのだということに気づいたとしたら、われわれはひたすら驚愕することだろう。

サイレンが鳴る。下界では、それは警報の終了だ。善男善女が、本物の生者たちが、本物の死すべき者〔人間〕たちが、懐中電灯を手にして、地上に出てくる時だ。彼らは窓越しに表を見遣って、安堵とともに「明るくなったね」と言う。私の方は、こうした安堵の念さえも感じなくなっている。そう、その通り、明るくなっている。つまり、屋外《そと》の灰色の霧の切れ目から一筋の光が差している。それから、何がどうなる？　バラックの壁を掠めてだれかがこそこそと移動する音がする。だれかが小便をしに行くのだ。部屋の中で、もう一人別の男は、忍び足でアベルの寝台に近づいて、その寝台の上から、ジャム用のバケツの中に小便をする。連中はこのバケツを、特にこの用途で使っているのだ。彼の幸せそうな喘ぎが聞こえる。「ああ！　ジョルジュ！　しょんべんを我慢していたんだ！」日は昇る、確かにそうだ。さらにもう一日、生きなければならない。どうやって？　何のために？　私を待っている、形もなく大時計もない大きな時の広がりを前にして、私は依然として驚き、いささか嫌気がさしたままである。［続きは欠落］

訳註

（1）**八月十八日**　この日付の文は、どこで書かれたのか。原註では、この時、サルトルはまだドイツには移送されず、バカラのアクソ兵舎に収容されていた、と示唆するようなことが書かれているが、次の日付、八月十九日は、明らかにトリーアの捕虜収容所を舞台とするものである。この二つの日付の間に、移送が行われたと考えるのは無理であり、もしこの八月十八日という日付が正しいのなら、やはりトリーアの収容所で書かれたと考えざるを得ないであろう。

（2）**アルトワ、シャンパーニュ**　いずれも第一次世界大戦の主戦場。

（3）**流血の大潰送**　「奇妙な戦争」が九カ月続き、五月十日、突然のドイツ軍大攻勢によって、フランス軍は壊滅した。

（4）**逆説のように思える。**　高所に対するサルトルの独特の感覚がここに見られる。例えば『奇妙な戦争——戦中日記』では、サルトルは、クルト・レヴィンの位相心理学の「ホドロジー空間」の概念を援用しながら、丘の上のホテルの二階から周囲の景観を見晴らす自分は「世界の屋根」から世界を見下ろしているのだ、と記す（十二月十八日、月曜、p. 153-154）。この高度には、地図上の上下《うえした》も含まれ、アルプスやピレネーも自分より南（地図上で下）にあるがゆえに、自分より下にある、と感じられるのである。同じく『言葉』では、幼いプールー（サルトル）は、祖父シュヴァイツァーのパリ、カルチエ・ラタンの七階のアパルトマンを「世界の屋根」と受け止めており、さらに、自分の「生来の場所」すなわち「私の場所」は、「家々の屋根を見渡せるパリの七階なのだ」と、サルトルは記している（p. 47-48）。この高所への愛着は、短篇「エロストラート」などにも、姿を見せている。

(5) **ペトリスベルク** トリーアの捕虜収容所XII Dは、トリーアの西側に聳えるペトリスベルクの丘の上にある。トリーアは、ドイツの最西端、モーゼル川の畔にある。従って、この八月十八日の日記は、捕虜収容所XII Dで書かれているはずである。なお、サルトルは、トリーアが古来よりプファルツと呼ばれる地方に所属すると考えているようだが、厳密に言えば、それは誤りと思われる。また後出のナンシーは、フランス東部ロレーヌ州の中心都市。トリーアから南に一〇〇キロほどのところに位置する。

(6) **ローマの劇場** トリーアは、ローマの初代皇帝アウグストゥスによって建設された都市で、いくつかのローマの遺跡が残っている。その代表は、旧市街の北門に当たるポルタ・ニグラ(黒い門)であるが、他にもコンスタンティヌス帝時代に遡るカイゼルテルメン(皇帝浴場)や、円形闘技場などがある。ここで劇場と言っているのは、円形闘技場のことか。

(7) **密かな色** これはオーディベルティの「ミルクの密かな黒さ」を連想させる。『存在と無』には、「オーディベルティが、いみじくも、乳のひそかな黒さについて語ったような意味において」(p. 1095)という文言があり、それに先んじて、『奇妙な戦争――戦中日記』には「乳のように、それが秘かな凍てついた黒さを分泌することを知っている」(p. 155-156)と記されていた。同じように「ハーマン・メルヴィルの『白鯨』」(『いま、サルトル』p. 227)では、サルトルは、メルヴィルが見詰めるものとしての「存在の秘かな白さ」を論じている。

(8) **ジュール** 不詳。アクロバット的飛行機乗り、もしくは撃墜王のような空の英雄の類いか?

マチューの日記

九月十五日

分かっている。日記を付けるためには、何もなすべきことがない、ということはつまり、何も言うべきことがない、ということが必要だ。そして私は、この年になるまで、自分のことは一度も書かずに来た。しかし今回は、いささか違う。もちろんわれわれは、何もしていない。しかしわれわれは、一つの変貌の受動的な主体なのだ。すべてが変わった。われわれの目、そしてその目に見えているもの、が。大まかに言うと、それは荒廃堕落であり、単純化であり、幼少期への回帰であると思う。そして、仲間たちも私と同様にそう思っている。しかし結局、確信はない。そこで、まあ仲間たちの賛同を得て、毎日、縁《ふち》がなくドイツ式の罫の入ったこの紙片に、頭に浮かぶこと、近くからだろうが遠くからだろうが、われわれの状態に関係すること一切を、記して行こう。というのも、このわれわれの状態を、後になって、実際よりも悪いように思い出すなり、良いように思い出すなりしてしまう恐れがあるからである。例えば、われわれが受けている暴力行為の数々は、最も容易に喚起することができるものだ。粗野で強烈なそれらの映像の数々は、そうすぐには消えない。土埃を上げて仰向けに倒れたシュミットを、ドイツ兵が銃床で殴っている場面。そうかと思えば、リシャールが医務棟でズボンを下ろした場面――このリシャールというのは、戦争で半ば以上気狂いになってしまった可哀相な奴で、治療不可能な病人と一緒に国に送還しなければならないケースなのだが、われわれには接近禁止の〈黒の広場〉まで行って、その周りをうろついたため、歩哨に銃剣の一撃を尻にずぶりと喰らわされたのである。彼のザクロのように炸裂した尻には、生《なま》の赤身の肉が大きな口を開けていた。もしわれわれがのちになって、その一件を話すとすれば、あまりの恐怖かあまりの憐憫を呼び起こしすぎることになるのは確実である。まず、このように銃剣で突かれることは、そうしょっちゅうあることではない。そんなに稀なことでもない、というのも事実だが。いずれにせよ、それが脅しになることは決してない。われわれは、突きを喰らってしまうまでは、それが脅しになるなどと考えない。後でも、そうだ。それに、もしそれに言及せざるを得ない場合に、突きを喰らわせる方も喰らう方もどんな心理状態にあったかを指摘しないとしたら、不当であろう。われわれがピルシャールという渾名を付けた曹長は、何かというとすぐわれわれにビンタを喰らわせる。しかし彼がわれわれを辱めようとしているとは、私は思わない。他の奴より意地が悪いわけではない。ただ、他の奴らより言語の違いに敏感なのだ。どもりのような具合に苛立ち、言おうとすることがうまく伝わらないと、激怒して殴ることになる。ビンタはビンタを呼ぶ。殴り出すと、止めるのが怖くなって、殴り続けることになるのだ。自分の背後に、取り返しのつかない事実として、後で必ず自責の念に駆られるはずの乱暴行為が連なっていくのが怖いのだ。なお、この男は酒を飲む、ということを言い添えておく必要がある。一般的には、ここで人を叩くのは、素早くことを運ぶため、正式の懲罰を倹約するためである。手続きを踏んで懲罰を行うとなると、時間と用紙を消費することになるので、それをしない代わりに、一種粗野な、慈父の如き温情主義、ないしは激怒の中で行われる無力の告白を実行するわけである。というのも、ドイツ人を驚かせるか、落胆させるか、激怒させるかするのは、われわれの惰性的な規律不在なのだ。公然たる反抗が相手なら、彼らはいささかも困惑することはなかっただろう。それなら力で制圧することができるのだから。ところが例えば、消灯時間にわれわれを部屋に帰らせることができないということで、彼らは激怒するのである。われわれはバラックの前に居続ける。ものも言わず、すっかりリラックスして、規則に逆らって盗み取った一分一分を楽しみながら居残る者は、実に数が多く、匿名で、区別できないために、われわれのうちの誰一人、自分が個人的に規則を破っている、自分が個人的な懲罰の対象となり得る、などと考えもしない。ピルシャールはやって来て、大声で叫ぶ。声は怒りで嗄れる。彼の最も近くにいる者は、中に戻るが、彼が背中を見せるとすぐにまた外に出てくる。他の者たちは待っていて、彼が近づくと姿を消す。彼は引き返してくる。するとわれわれ全員がドアの外にいる。終いには殴り始めるぞ、ということは分かっている。それこそが正に、われわれが彼の言うことを聞くために、待っていることでさえあるのだ。しかし、彼は一度に一人しかやっつけることができず、それが彼奴でなくて此奴である理由はないのだから、われわれは何も恐れないのであり、脅しは儀式になってしまうのだ。この追い駆けっこを一〇分も続けると、彼は逆上して、殴り始める。一同は逃げ出す、のだ。「俺たちは自分で自分の品位を落としているんだ」と、昨日、ピネットは言った。「俺たちがビンタを待っているというのは、奴らがビンタを喰らわすのを受け入れているということだからな」。確かにその通りだ。しかし、ある意味でそうだというにすぎない。なぜなら、われわれの態度はまた、品位が落ちることに対する防衛でもあるからだ。ビンタが相手を選ばず行き当たりばったりに落ちるよう余儀なくさせることによって、われわれはこの暴力行為を、まるで雪崩のような、われわれに関わりのない、盲目的でほとんど自然の出来事にしてしまう。もっともこれ以外にも、防衛の手はいくらでもある。つまり、凝固したような不動の姿勢から人の良い笑いまで。普通は、打《ぶ》たれている間、われわれは自分を留守にする。あるいは逆に、ビンタをカッコに括ってしまう。それに、認めなければならないが、短くて記憶にも残らない辱めの方が、もっと高尚だがもっと首尾一貫した懲罰よりましだと思うケースも、あることはある。例えば私は昨日、尻に足蹴を喰らって悦に入った。ロディエール神父のところでぐずぐずしてしまい、消灯時間はとっくに過ぎていた。しかし夜の闇の中には身軽な影が大勢うごめいており、壁にぴったりと張り付いたり、バラックからバラックへと飛び移ったりしている。私が自分のバラックの入り口に到着したとき、危うく歩哨の背中にぶつかりそうになった。私は後戻りして、バラックに窓から入ろうとして、ぐるっと迂回をした。傍《わき》の道に入って、忍び足で正にたどり着こうという時に、いきなり電灯の光を真っ正面から浴びせられてしまった。歩哨は移動していたのだ。そいつを避けようとしたのに、また鉢合わせをしてしまったのである。彼は銃剣で脅しながら、喚き始めた。私は思い切って彼の前に進み出て、自分は具合が悪くなって、ちょうど今、便所から戻るところだと、説明した。普通、彼らの言語で話すと、彼らの気を鎮めることができる。何となく、それは敬意の印だと彼らは思うのだ。奴はためらった。ずんぐりして猿のような顔をした小男だった。きっと私の方が背が高いのが、面白くなかったのだ。私のバラックはどこかと訊かれたので、指差して教えた。「それじゃあ、家に帰れ」と彼は言った。

私の腹に銃剣を突き刺す気はないが、尻を突っついてやろうというアイデアを楽しんでいることが、分かった。彼に背を向けるのを待っていたのだ。私はゆっくりと回れ右をした。背中の下方にぎっしりと詰まっているこの不随意の肉の塊を、これほど強く明瞭に実感したことはこれまで一度もなかった。リシャールのこと、彼の大きな赤身の傷口のことが、頭に浮かんだ。最終的に私は、ケツをしたたかに足で蹴られ、おかげでドアのところまでつんのめった。中に入った時、私はまだ笑っていた。「例の蹴りって奴をいま喰らったところだよ！」と、仲間たちに私は言った。そして、彼らはみな大喜びで笑い出した。こうした身体的懲罰の唯一の不都合は、われわれの大部分にある種の幼稚症を発達させるという点である。初めて頬っぺたを張られたとき、初めて尻を叩かれたとき、こういう古い思い出が表面に浮上してくる。われわれにとって、権威というのは父親の力と同一化している。何が善で何が悪かは、権威がわれわれの代わりに、われわれの意見も訊かずに決定するのであるから、〈善〉と〈悪〉とは、もはや必ずしもわれわれの関知するところではなくなり、〈許可されること〉および〈禁止されること〉と混同されがちになる。〈禁止されること〉というのがどんなものかは、分かっている。捕まらないようにすればいいのだ。兵営では、規則というのはだれにも適用される普遍的なものであると同時に、大した意味のないものであるため、兵士は臆面のない態度《シニスム》で己の自由を護る。無断で抜け出して捕まった時は、禁固一五日というのが、転んだら捻挫するというリスクと同様に、その程度を見計らって、受け入れなければならないリスクということになる。しかし現在われわれが置かれた立場からすれば、完全に臆面のない態度をとることは決してできない。なぜなら、処罰を予見することは不可能であり、規則の抽象的な普遍性は引っ込んで、われわれを打ち負かした勝利者たちの封建的な意志が罷り通るからだ。こうしてわれわれは、厳密ならざる普遍性を備えた戒律が、家長たる父の気まぐれで専制的な人格に体現されている家族内道徳の段階に、逆戻りしたことになる。道徳的価値が全面的に姿を消したというのではないが、われわれはそれを没収されている。ドイツ人の意志は、安心できるほどには馴染みのあるものだが、やはりかなり異質な外国のものであるから、何かを義務付けるだけの力はない。ドイツ人の意志が、道徳的価値を下から支えており、それで道徳的価値はまるで屋根のようにわれわれの頭の上に覆い被さっているわけだ。ドイツ人の意志が、道徳的価値をわれわれの手から取り上げて、自前で引き取ったことになる。もしそれが、われわれが平時に仕えていたのと同じ価値であったとしても、もはやあの価値であると認めることができず、見慣れない奇妙なもののように見える。きっと正当な懲罰もあるのだろうが、理不尽なものもあり、それらが同じ法規の中に書かれているので、互いに伝染を起こし、馬鹿げた懲罰が一種威厳のようなものを帯び、正しい懲罰が恣意のような外見を帯びることになる。われわれに命令するのはわれわれの敵であるから、彼らの禁止と命令がより理解不可能なものと見えれば見えるほど、われわれはそれらを受け入れがちになる。われわれの主人たちは、われわれの福利ではなく彼らの福利を求めるのであり、われわれが彼らの道理にすっかり共鳴することができないのは、言うまでもない。だからバッジの類を身につけたり〈黒の広場〉のあたりに行ったりするのを禁じるのは、全く当然のことである。それ反して意外に思えるのは、彼らが同性愛や小包の盗難を処罰しようと気を配ることである。われわれがわれわれに盗みを働くのだから、彼らが気に掛ける必要はないのではないか？　われわれは彼らの敵ではないのか？　それに、われわれ全員が、彼ら自身も行なっている悪徳に陥ったとしても、彼らにとってはどうでもいいことではなかろうか？　このように、われらの国の法律に最も近づくような規則というのは、われわれには最も胡乱に見え、そのために最も違反したくなる規則になる。罠が隠れているのではないかと、われわれは懸念するわけだ。われわれのうちの大部分の者は、成文化された原則とか共同体の中に広がっているタブーに基づいて行動するのに慣れているが、そうした者には、その結果として、一種道徳性の危機のようなものが起こっている。われわれがここに集まっているのはほんの少し前からであり、われわれはしばしば異質な者たちの混交であるから、共通の慣習を獲得することはできていない。まあ、いずれそうなるとは思うけれど。今のところ、われわれはまだ茫然自失の中で生活している。とはいえ体罰は、しばしば精神分析医の言う「自罰」(1)と同じ効果を獲得している。迅速かつ厳格に処罰することによって、〈父親〉つまり特務曹長は、われわれを自責の念から解放するのだ。乱暴な処罰を加えることによって、彼は己自身の品位を貶め、〈善〉の品位も道連れにして貶める。だからわれわれを有罪性の少ない者にしてくれることになる。捕虜の身分は、われわれをぞっとするような無罪性へ、無責任性へと連れ戻すわけである。

逆に、われわれが帰国した時に、ある種の和解の試みにあまり重要性を認めるようなことをしてはならないだろう。それは分かっている。ドイツ人はわれわれにチョコレートやタバコをくれたし、われわれと戦争のこと、フランスやドイツのこと、われわれの家族や彼らの家族のことを話す。ちょっとした用を頼まれてやってくれることとさえある。九月には、特務曹長ランゲンは、毎晩、私のバラックにやって来て、三歳になる娘のレーナの話を私にするのが習慣になっていた。彼は入って来る。われわれはゆっくりと立ち上がる。彼はフランス語を一言も知らないので、シャルロは小声で「チクショー、また彼奴だ！」と呟く。そして他の者たちは、顔をそちらに向けて笑う、ということが繰り返し起こった。フランス語なので危険のないこうした無礼な言辞は、われわれに残されたあるかなきかの尊厳を、われわれが保持しているという幻想を与えながら、その実、失わせるのに貢献している。ランゲンにはなにも見えていない。彼は青い、鈍重で疲れた目をしている。彼は微笑みながら、背を向けて立っている者たちに手を挙げて挨拶し、私にドイツ語で「座るように、言って下さいよ」と言う。私はそれを訳し、みなは座る。ランゲンは立ったままで、話し出す。娘の具合が良くない。医者は心配そうで、ジフテリアではないかと疑っている。それから静寂が気詰まりになって、突然、話を中断して、私に言う。「私がここにいないものとしてやってくれるよう、彼らに言って下さいよ」。私は彼らの方を向いて、「此奴がいないものとしてやってくれ」と言う。「何を抜かす！ いい気なもんだ」とショーシャールが言う。そこで彼らは、まるで此奴がいないものとして「やる」のに打ち興じる。ある者は、鼻声で鼻歌を歌う。別の者は、テーブルを軽く叩く。また別の者は、主の祈りを暗唱する。さらに別の者は、飛び上がり、窓の前でダンスをする。これらの音がランゲンの心を落ち着かせる。彼はゆっくりと、落ち着いて、時にため息をつきながら、話をする。私は返事をしないが、彼は私に返事をして貰うことを必要としない。彼は太って背の高い男で、頬が弛んでおり、口髭はグレーになっている。話をしていると、時としてその優しい目は潤む。終いに彼は、腕時計を見て、しばらく夢見心地のまま佇むが、やがて「さあ！」と言って、手で挨拶をして、踵を返すのであった。彼が出て行くや否や、みんなが私の周りを取り囲んで、口々に言う。「あんな奴、追っ払えよ。うんざりだぞ。気になってしょうがない」――こんな具合だった。そんなある日、彼は電報を手にして、入って来た。そしてそれを私に読ませた。レーナは危機を脱したのだ。「お国じゃあ、この子は助からなかっただろう。なあ？」一同は、身を硬くして座っていた。ピルシャールがシャルロにビンタをしたので、特に激怒していたのだ。「今日はみんな、悲しそうだな。ホームシックかね？」私は返事をしなかった。「私がここにいないものとしてやってくれるよう、みんなに言って下さいよ」。そこで私は言った。「分かるでしょう。彼らは、あなたがここにいないものとすることはできないんですよ」。彼が何も言わないので、私はさらに言い添えた。「夕食後は、彼らの唯一の安らぎの時間なのです」。彼はしばらくみんなの顔を眺めた、それから、理解したという風を見せずに、いつものように、子供の病気と教育の話をした。しかしそれっきり二度と、彼はやって来なかった。この話をすると、仲間たちは私を褒めてくれて、シャルロは「奴は分かったんだ！」と言った。しかし私は、全く確かだとは思っていない。とりわけ考えられるのは、レーナの病気が治ったので、彼は私を必要としなくなった、ということだと思う。実に多くのドイツ兵が、捕虜に打ち明け話をするのは、仲間より、われわれ捕虜の方が気が置けないからだ。われわれは一言も発せずに話を聞く、というよりはむしろ、話を聞いていないのだが、多少なりとも耳を傾けているという外面《そとづら》は守っている。それこそまさに彼らが必要とするところなのだ。彼らはわれわれの無関心を、精神の従順さと受け取っている。彼らは自分のケースを、誰かの意識に向かって説明するわけだが、その相手の意識がほとんど非人格的な意識であることに満足しているのだ。こうした非人格的な意識が、彼らの内的独白に危険のない客観性を付与してくれるのである。話をする、そして誰かが聞いてくれる。捕虜だ。ほとんど人間とは言えないもの、こちらの言うことを、一字一句変えることなく反射する無害な家畜。それだけで十分に、自分の身の上につ いてほろりとすることができるわけである。そういったことはすべてお見通しで、われわれはそのことで奴らに恨みを抱いている。われわれの意に反してわれわれを捕虜として拘留しているのは、この特務曹長なりこの兵士なりではないということは、よく分かっている。しかし、われわれが捕虜の立場にあることを利用して、彼らが友情を騙し取ろうとすることを、非難するのだ。暴力行為に対しては、内面的拒絶によって身を守ることは常に可能だ。しかし、あれらの優しい魂の徒は、おまけにわれわれの同意を騙し取ろうとしているのだ。他の者たち、ピルシャールの徒は、力によってわれわれを働かせるだけだ。ところがあれらの聖人気取りどもは、われわれが疲れ切って帰って来た時、われわれから多少のほろりとする共感をただでわれわれからせしめよう、唯一われわれに残っているものをわれわれから盗み取ろうとするのである。実を言えば、彼らが心を動かされるのを目にし、湿った声で妻や幼い息子の話をするのを聞くのには、ある程度の満足がないとは言えない。妻はとても美人だが、もう一六ヶ月も会っておらず、息子は三九年の前半頃に生まれ、パパの顔も分からないだろう、といった話だが。われわれにも妻はあり、子供も両親もいれば、友人もいるけれど、その話はしない。

われわれはそっけなく冷淡なままだ。ドイツ兵は写真を取り出す。「これだよ。金髪の子が私の子だ。もう一人は弟の子だ」。われわれは写真を見る。われわれは強い優越感を持っており、それは各人の性格に応じて、従順な隷属の外見の下に隠されているか、単なる礼節の外見の下に隠されている。もっとも、危うく心を動かされそうになったとしても、相手の口調の中にある何かが常に押しとどめてくれる。それは教訓的な説教じみたニュアンスに他ならない。彼らはまるで、自分が勝手に採用した屈託のない態度を、ナチスのプロパガンダのために役立てることで、自分自身の目に正当化しているみたいなのだ。「お国じゃあ、この子は助からなかっただろう。なあ?」特務曹長ランゲンは、自分の感動の奥底から、それでもこの言葉を引き出して見せた。目に涙を浮かべながらでも、彼は教えを垂れるのを止めない。そして、ドイツ野郎が自分の両親や妻の写真を見せる時、果たして彼は、われわれをほろりとさせ、戦争が彼にどれほどの犠牲を強いたかを理解させようとしているのか、それともドイツの家族の情景によってわれわれを教化しようとしているのか、決して完全には分からないのである。こっちがものを教えてやったのだから、そっちも教えろというのか、われわれをぎりぎりまで利用し尽くそうとして、彼らはフランス語のレッスンを頼むのを決して忘れない。「この言葉、どう発音するのかね。男性かい? 女性かい?」そして、善良そうな大笑いとともに、こう言い添える。「多分パリに行くもんでね、来月中には」。時には生活条件の違いに多少気詰まりを覚えることもあるが、いつもの打明け話に戻るために、たった一言で迅速に気詰まりを払拭する。「われわれはみな兵士だ、そうだろ? みなそれぞれの立場で義務を果たしているんだ。あんた方も私たちも」とか、「あんたたちは捕虜だ、もちろん。しかし私たちも囚われの身なんだよ。私たちだって、あんたたちと同じく、この囲いを越える権利はないんだ」。しかし自分の都合で立場の違いを隠蔽することはあっても、彼らはそれを忘れることはないし、われわれがそれを忘れることとさえ望んでいない。シャールは、私と「友好関係にある」兵士の一人で、私と同様に、ケメル兵舎(2)の捕虜管理事務所で仕事をしているのだが、彼は下剤を飲んだ。そのことを、翌朝すぐに、彼は念入りに、微に入り細を穿って私に教えたのである。彼の腸はいく分働きが悪く、医者は神経性の便秘だと言っているということは、私も知っている。急激な効果に期待していたので、ドイツ人職員用の便所は、私たちが働いている事務所から遠すぎると、彼は思った。そしてわれわれの便所を使ったほうがいいと考えた。臭くてかなわないが、こちらのほうが近いのだ。そこで彼は、持って来た差し錠を私に渡し、いざという時に、閉じこもることができるように、便所のドアの内側にネジで止めてくれと頼んだ。私はそうしてやった。翌日、今度は私が便所に行き、機械的に掛け金を回した。ところがたちまちドアは激しく蹴飛ばされて、ぐらぐら揺れるではないか。そして「開けろ、開けろ」というシャールの声が聞こえた。開けると、シャールが怒りで真っ赤になっていた。「差し錠を外して、私に返してくれ。あんたはこれを使う権利はないんだ。あんたたちは捕虜なんだから、われわれは常にどこでもあんたたちを見張っていなきゃならないんだ」。「それじゃどうしてこれを私に付けさせたんです？」「私のためだったんだ」。そう言って、彼はさらにこう尊大に付け加えた。「敗者が勝者を下に見るのは良くない」。私はドイツ人をよく知る者だと称するつもりはないが、このような自己欺瞞と、少しおどおどした優しさと、衒学的な改宗勧誘熱と功利主義との混交には、ドイツ人においてしか出会ったことがない。私の仲間はだれもがそれに気づいている。それに彼らが時としてわれわれに誇示してみせる同情の念は、心地良いものではない。その由来はあまりにもよく分かるからだ。彼らはわれわれが簡単に打ち破られたことに、ぼんやりとした感謝の念を抱いているのである。「フランス人は身の処し方がうまいよ。負けた時に、あまり固執しなかったからね」と、ランゲンは私に言った。別に皮肉を込めていたわけではない。「ポーランド人は、野蛮な奴らだ。負けたことさえ、気がつかないんだ。ワルシャワ陥落から一〇日になっても、俺たちがどこかの村に入って行くと、かみさんどもが窓越しに銃弾を浴びせて来たもんだ。あんた方のかみさん達は……」と、彼は、女性に優しそうな微笑みを浮かべてお辞儀をし、続けた。「パリの入り口で、花束を抱えて、俺たちを待っていたんだからな」。このような人を見下す態度にどう対処するか、その手をわれわれは見出した。皮肉な軽蔑、憐れみを返してやるのである。人がドイツ人になれるというのは、全くもって驚きだ。ある日、事務所でガルモは私を窓辺に呼び寄せた。見ると、新兵たちが兵営の中庭で訓練をしていた。兵たちは一斉に地べたに腹ばいになり、装備一式を身につけたまま、泥の中を匍匐前進し、今度は一斉に飛び起きると、走りだし、障害を跳び越え、銃を手に持ったまま、弾みをつけて低い塀をよじ登るのだった。ガルモは目に涙を浮かべて大笑いしながら言った。「どうだい、この様《ざま》は！」新兵たちが、完璧に秩序正しく、気を付け姿勢で身動きしなくなると、彼はこちらを向いて、床に唾を吐き、「哀れな奴らだ！」と吐き捨てた。「仲々のものじゃないか」と私は言った。「そう、そりゃそうだ」と、彼は生ぬるく答えた。「まあ、頑張ってるさ」。そして顔を上げると、毅然とした風で、こう付け加えた。「それにしてもなぁ。フランス人には、こんなバカな真似をやらせようったって、無理な話だ」。われわれは、自分で自分のために、フランス人神話を再建した。「生まれつき抜け目のない」「目端のきく」フランス人、「パリの悪戯小僧」が、図体のでかいドイツの乱暴者の指の間をすり抜ける、という神話だ。とりたてて才覚があるという評判があるわけではない北部〔ピカルディ以北〕人やブルトン農民も、ドイツ人が通るのを目にすると、悪戯っぽい微笑みを満面に浮かべる。シャルダンは、いつもスリッパで歩き回っている、冴えない軟弱な男だが、ドイツ野郎の話をするとなると、陽気になる。「見てみろ！ 奴らを見てみろよ。フランス人なら、いつでも奴らを手玉にとるさ。好きなだけ俺たちを殴りゃいいんだ。いつだってうまく仕組んで、いっぱい食わせてやるさ」。ちなみに、こうした全面的な軽蔑の念が、パリで彼らが協力〔対独協力〕と呼んでいるものへの道に、彼を踏み込ませることとなった。ドイツっぽとはうまく協調する必要がある。それはより周到に奴らを騙すためだ。奴らはわれわれのために火中の栗を拾ってくれるだろうよ。うまく立ち回れば、われわれの方が戦争の勝利者になるだろう、というわけである。

　礼儀正しさの下に隠蔽されたこのような相互の軽蔑のおかげで、彼らとの関係は楽になる。暴力行為からは、屈辱的な様相を取り除き、ほろりとする同情からは、もしかしたらあり得たかもしれない、打ち解けた側面を取り除くのである。ドイツ人は涙を流す、ドイツ人は人を殴る、といった映像は、見せかけの偽りの映像なのだ。ところが実は、われわれはドイツ人と付き合いはない。それにとりわけ、ドイツ人の姿を目にすることも少ないのだ。私が報告した逸話はすべて、例外的なものである。

私としては、兵営で働かされているから、何人かのドイツ人と会うことは会う。しかし私とドイツ人は、まるまる何週間も、互いに言葉を交わすことなく過ごすのである。収容所内では、命令の大部分は特に信任された男かバラック長を通じて伝えられる。鉄条網で囲まれた構内のあちこちには、〈黒の広場〉や、石炭置き場や、司令部といったドイツ人の場所がある。その周辺への立ち入りは禁じられていないけれども、だれもそこに近づこうとはしない。何となくやばいことになりそうな感じがするのだ。タブーなのである。〈平和〉というのは、フランス人同士のある種のあり方だった。敵の姿が見えなかった「奇妙な戦争」も、同じことだ。〈捕虜生活〉というのも、この同じフランス人たちのもう一つ別のあり方だ、というだけの話だ。

このあり方というのがいかなるものか、その性格を内側から定義しようとするなら、それは両義性だと私は言うだろう。われわれが置かれた状況そのものが、両義的だからだ。まず、起床、労働もしくは余暇、スープ〔食事〕、労働、スープ、休息、そして夜、というこの恒常不変の現在がある。それからまた、われわれはそれから遮断されている過去の一切——女や家族や仕事や平時のさまざまな楽しみ——があり、そして未来の全体があるが、こちらの方はかすかに垣間見えるかどうかだ。この現在は、辛く厳しくはない。食い物はまずいが、ほとんど仕事はない。辛く厳しいのは、もはや未来がないこと、世界から切り離されていることである。だから私としてはともすると、われわれは悲しいわけではないが、楽しいわけでもない、と言いたくなる。われわれ自身のうちの、われわれを取り囲む現実の方を向いた側面のまるまる全体が、色彩のない無頓着そのものなのだ。捕虜であるということは、そのことが正当化になるという点で、ポット病〔脊椎カリエス〕に似ている。われわれはここにいることに責任を負っていない。ここにいるのは、ここから出られないからである。精神にとって、何という安息であることか。時は長いようには見えない。まさしく、ポット病患者においてそうであるように。時は、生ぬるく一様に流れる。熱帯の日の光に暖められた、ゆっくりと流れる幅広い大河のように。われわれはよく眠り、無数の気掛かりの種を抱えている。例えばショーシャールは、バラック17にいた時は、三段ベッドの最上階に寝ていた。その後、われわれはバラック25に移動したが、引っ越しの際、彼は医務棟にいて、戻ってきたら、自分の寝場所が最下段になっていた。それ以来、彼は最上段に寝る者に場所を替えてくれるよう頼む苦労でへとへとになっている。彼が目をつけているのはとりわけセルンティヤンジュだ。なぜならセルティヤンジュは、彼に向かって「俺はどうでもいいよ。一段目だろうが六段目だろうが、同じことだ」と言明したことがあるからである。しかし彼がセルティヤンジュのご機嫌を取るようになると、セルティヤンジュはショーシャールが彼の席にとてつもない値を付けていることに、にわかに気づくに至った。彼の席は、彼にとって前より貴重なものとなったのである。いまや彼は計算し、待ち構えている。ショーシャールは、この一件を解決するために、今度来る小包を当てにしている。セルティヤンジュに、乾燥バナナを上げようと思っているのだ。そんなことだけで、一日を過ごすのに十分なのである。彼は靴の手入れをしながら、そのことに思いを巡らす。そうやっていろいろ計画を立てているのだ。本は全く読まない。最下段は暗すぎるからだ。しかし、最上段に移った時のために、本を集めている。トリュションは、シラミを一匹も抱えないようにしようと心に誓った。「奴らを寄せ付けないぞ」と、私に言ったことがある。彼はいろいろ画策して、毎週土曜にEntlausungsanstalt〔シラミ駆除措置〕の特別巡回を受けており、土曜以外の日は、バラックの中で素っ裸になって、シラミ取りをし、着衣の縫い目を解いてシラミの卵を探すのである。ここまでのところ、この勝敗疑わしい戦いでどちらも勝利していない。毎日毎日、彼はシラミを殺すが、毎日毎日シラミは戻って来る。しかし彼はすっかり没頭している。捕虜の中でシラミを自分に移しそうな者に近づかないようにして、身綺麗な者としか付き合わない。そしてシラミに困っているとこぼす者がいると、そいつに向かって、「俺は一匹もいないよ。やろうと思えばできることなんだよ」と宣うのが、彼の楽しみなのだ。このように各人は、収容所の内側に限られた未来を自分用に作り出し、釈放のことを考えることから気を逸らせてくれる計画を自分のために編み出すのである。われわれは克服すべき抵抗を自分のために案出し、それを克服する手段を探し求め、そうして日々は過ぎていく。ある意味では、釈放は生《せい》ということになろうが、同時にまた極めて死に匹敵するということにもなろう。釈放は、この限定された生の中でしか意味を持たないこれらの計画の循環を断ち切ってしまうだろう。もしかして明日、もしかして六ヶ月後にフランスに帰ることになったら、ショーシャールは、最後にはセルティヤンジュの席を手にいれることになったかどうか、トリュションは、終戦までシラミを制圧し続けたかどうか、決して分からぬままで終わってしまうだろう。フランスに帰ったら、われわれはもうこれらの計画に戻ることはできないだろう。後になって、すでに消えた愛の中に戻ることができないのと同じだ。われわれが暢気な生活を送っていられるのは、大いにわれわれの凡庸さのお陰なのである。捕虜というのは、群衆の人間である。捕虜は決して一人ではない。小便をするにも、眠るにも。捕虜の過失は集団的であり、捕虜が喰らう処罰も同様に集団的である。その不幸も喜びも、集団的だ。捕虜は決して群れから浮かび上がることはない。看守たちの個別的な意図の標的になることも決してない。もしバラック76のだれかが脱走したとすると、バラックの全員が処罰される。

Kommandos〔特別作業班〕に採用されるときも、一人で行くことはない。いつも仲間と一緒だ。干草の中に落とした一本の針のように、群衆の中に埋もれている。群衆の中にいて、居心地良く寛いでいる。命令や不運は、彼のところに届くまでに、まず最初に巨大な分厚い肉を突き抜けなければならないだろう。妻も子供も、財産もないのだから、大惨事に対して彼が曝す面は、極めて小さい。食料は、新たな命令が来るまでは、保証されている。病気になれば、治療が受けられる。私の個人的な話をするなら、これを言うのは恥ずかしいのだが、すでに癖のようになったものがある。町を見下ろす山の上に住んでいるということを、非常に強く感じるということである。平野にいたのなら、もっと屈辱を感じただろう。どこにいても、私は自分の地理的位置の高度を、自分では言葉にすることのない、何だか分からぬ精神的優越性と混同してしまう。(3) 町の騒音が自分の方に登って来るのが好きだ。日曜日には、鐘の音が、とても遠くから、とても低いところから聞こえて来るような気がする。すべては私の足下にある。ドイツ人たちも、ヴィシーも、イングランドも。私は、自分でも気付かぬままに、お高く止まった尊大な捕虜生活を生きているのである。私は時々、鉄条網のところまで行き、町の向こう側にある黄色く禿げ上がった台地を眺める。私にはそれしか見えない。谷間は隠れているからだ。

そうした人の手の入っていない、人気《ひとけ》のない場所と、私は通信しているような気がする。それは私の自由そのものであるようなのだ。パリとかジュアン＝レ＝パン(4)のことを、しばしば思うということはない。しかし、あの丘の上を一人で歩いているような気がすることはある。ペトリスベルクは、何やら人を寄せ付けないもののように私が誇張して想像している、あの人気《ひとけ》のない台地と同じだ、という気がする。要するに、バラックと兵営がなければ、よく似ている。私はバラックも兵営も忘れ、私とあの台地は、強者と強者で意思を通じ合うのである。時に向いの丘の上で、黒い点が一つのろのろと移動して行く。それは人間、つまり私だ。私の中であらゆるものがうまく按配されて、私にお高く止まった尊大な捕虜の身分を授けてくれたのである。時として私はそれを、賢者の高揚した隠遁と混同する。狂気は谷間にあるのだ。二週間ほど前、空襲警報が出された。町のいななきが上ってきて、私の耳にまで届いたが、われわれを避難させる措置さえ取られなかった。私は嬉しくなった。私は高いところ、つまり飛行機や星の側にいるが、町は、仰向けになっていななきを上げるこの雌馬は、下の方で、石と石に挟まれて横たわっている、というわけだ。すでに私には、お気に入りの場所がいくつか出来ている。北側の低くなった辺りには、ニシキギの小さな植え込みがあり、私はしばしばそこまで行って腰を下ろす。それは自然、というよりはむしろパリ郊外、ソーとかロバンソン〔パリ南郊の高級住宅街〕の辺りなのである。それに対して、何故だか分からないが、私は正門の大扉と医務棟の間の区域には嫌悪感しか抱かない。日曜日には、他の人々と同様に、あらゆる勤め人、フランスのあらゆる都市のあらゆる市民と同様に、大通りを散歩する。ここで大通りというのは、中央通路のことだが。左側は（いま左側と書いたが、収容所に入ってくる者からすれば右側である。しかし私のバラックは北東にあるので、私からすれば左側となる）、特別なバラック（司祭バラック、アルザス人バラック(5)、Krankenrevier〔医務棟〕）が建ち並んで、豪勢だ。

今朝、公認会計士のマルタンが、廊下で私と鉢合わせした。「そんなに走って、どこへ行くんだ？」「郵便局員たちのところにさ」。「何しに行くのかね」。彼は私を片隅に引っ張って行き、言った。「だれにも言うなよ。奴らは出て行くんだ」。「どこへ？」「とぼけるなよ。シャロン〔シャロン＝シュル＝マルヌ、シャンパーニュの中心都市〕で、動員解除の手続きをするんだよ。そこでだ、これは、あんたが他人には漏らさないと思うから言うんだが、俺は郵便局員になるんだよ。連中は俺を仲間に加えてくれることになっている。証明書を作ってくれる奴がいて、俺は連中のところに引っ越すのさ。席が一つ空いているんでね」。マルタンは、最初憲兵だったのが、その後次々と、鉄道員になり、農業者になり、今度は郵便局員と来た。八日間ぶっ続けで一つのバラックに昼食を取りに通いつめ、タバコでだれかを買収して、後は待ち構える、ということをやっている。憲兵と鉄道員は、出て行かなかった。農業者たちは出て行ったが、行く先はポンメルン〔ドイツ東部、ベルリンの北〕で、そこで土地を耕すためだった。私は部屋に帰ると、笑いながら仲間たちに言う。「マルタンの奴、今度は郵便局員だとさ」。「そうさな、今度はうまく行くさ。奴は出ていくだろうよ」とショマール。「郵便局員は出て行くのかい？」「確実だよ。まず彼らから始めるんだ。その後、鉄道員、工場の労働者、公務員と続く。あんた、公務員だろ、ドラリュ？」「ああ、教諭(6)だがね」。「ってえことは、あんたは十二月の初め頃に出て行くことになる。そのあと、一月一日に大量釈放になるんだ。クリスマスだと言う者もいるが」。ジュジェが口を挟んで来る。「そいつは結構だが、最初に出るのは、郵便屋じゃないだろう。鉄道員よりは、必要性が少ないからな。そうだろうが！」「そう決まったわけじゃない」とショマール。「フランスじゃ、鉄道はあまり動いていない。車両がなくなっちまったもので。ところが郵便は……」。「もっともドラリュは、知ってるはずだ」。「俺は何も知らんよ。昨日ケメルでは、そんな話は出てなかった」と私は言う。「ケメルの連中が何でも知ってるわけじゃない。この話はヴィースバーデン(7)から来たんだ。シャルリエがラジオで聞いたんだ」。「どんなラジオだ？」「彼奴はオイルサーディンの缶の中にラジオを隠しているんだ。見に行こうか？」「行ったらいい、俺は行かないよ。詰まらんことで、わざわざ行く気にはなれないからな」、と私は言う。「いやな野郎だ。それが本当だったら、お前はおったまげるこったろう」。「全くアホな奴らだ」と私は彼らに言う。「いつになったら、本当のことが分かるようになるんだ。俺たちはここに、ずっといるんだよ」。「ずっと、とは何だ？　どういう意味だよ、ずっとっていうのは？」「戦争が終わるまでさ、三年か、五年か、一〇年か、分からんがな」。彼らはもう私の話を聞いていない。笑いながら、押し合いへし合いして、自分の略帽を手に取ると、出て行ってしまう。ここ三ヶ月というもの、こんな調子だ。最後までこんな調子なのだろう。毎週毎週、新手のデマが出て来て、毎週毎週、彼らはへたりこみ、そしてまた新手のデマがやって来る。いつも決まって釈放計画の話なのだ。釈放が実施されるのが、年齢によってだと言われる時もあれば、家族状況によってだとか、兵役年度によってだと言われる時もある。二人の男が言い争っているのを見たことがある。一人目の男は、徴兵猶予中の者で、兵役年度で釈放されるのだと主張し、二人目の男は、召集日によってだと主張していた。問題は常に、いかに己の境遇を己に隠蔽するか、その境遇を生きる期限をどうやって短くするか、ということなのだ。実は彼らもこの先数年間ここにいるということは承知している。しかし、三ヶ月ここで生活して、そのあとまた三ヶ月生活する、という風にしたいのだ。何年もの間、毎日毎日これらのバラックを目にするのだなあと思いながら、バラックを眺めたくない、ドイツ・パンの味が、無制限に続く期間、これを食べたという事実によって付与されるあの密度の濃さを帯びることになって欲しくない、と思う。味にしても、何にしても、一時的な仮のものであって欲しいのだ。で、かく言う私の気持ちは嘘偽りのないものなのだろうか？　永遠の瞬間。「(8)」が灯る。

九月十五日(9)

われわれがピルシャールと呼んでいる、眼鏡の特務曹長は、シャルロにビンタを喰らわせた。シャルロは地面に倒れ、特務曹長は立ち去った。シャルロは起き上がり、それから、うなだれたまま、袖にブラシをかけ始め、いつまでも止めなかった。彼の唇が震えているのが、見えた。耐え難い光景だった。やがて彼はわれわれの顔を見て言った。「おお、ママ！　やられちまったよ」。彼は笑い出し、われわれも笑った。ピネットと私は、バラックに戻った。そしてピネットは「ゲス共め！」と言った。

私は肩をすくめた。すると彼はこう続けた。「これは忘れちゃならないな。絶対」。もちろんだ。われわれはみんな、こうしたかさばる痛切な映像をいくつも持っており、長いことそれを忘れることはないだろう。

九月十六日

証人、いつも証人だ。他者たちと私自身の証人。日記をつける必要などあるのだろうか。何か変わったことでもあったと言うのか？　背景は同じものではなくなった。それは認める。それに私は、たくさんの汗と、たくさんの血が流れるのを目にした。しかしどんなに新奇で異様な出来事も、おそらくは、われわれを自分自身の中にしっかりと根付かせることにしかならない。そうした出来事をわれわれは自分の生活の中に引き付けるものだから、それは生活の味がするようになってしまうのだ。戦争まで、私は何もして来なかった。子供たちの前で、古すぎて毒にもならない観念を弄んでいた。どこかの官庁が毎月一定の金額を私に支払ったが、それと私のお喋りにはどんな関係があるかはっきりしなかった。私は金利生活者で、[10]やましい思いを抱えた、純然たる消費者だった。その上、無気力で有罪だったが、いつも明晰で、いつも自分自身の梢の上に止まって、高みから自分のさまざまな欲求を裁いていた。それらの欲求は、そんなことでびくともするものではなく、厄介なものになって行くのだった。私は堂々巡りをし、時として何かに手を貸すことはあっても、一身を捧げるようなことはなかった。私はいずれ常軌を逸した婚約を交わすことになるはずの処女であって、求婚者という求婚者を、それほど立派でないからと言って断って来た。特にスペイン戦争は、私の戦争ではなかったからと言って、断ったものだ。しかし私の戦争はやって来た。私の姿に似て、抽象的で生温く、私の欲求と同様にしゃっきりせず、端《はな》から負け戦の戦争が。そして私はいまや、円い囲いの中を堂々巡りしており、相変わらず金利生活者で、ドイツの行政機関に養われており、およそ気狂いじみた考えを自由にひねり出している。考えという奴は、リセの時と同じにここでも、人を何に対しても拘束することがないからだ。鉄条網のところまで近づいて行って、その棘に刺される危険を冒すなどという馬鹿をやらかすことのない、賢明な私は、鉄条網を目にすることはあまりないから、私は鉄条網に囲まれながら自由であり、自分の隷属状態を実体験さえしていない。ランベックは、自分の隷属がどの程度のものか、われとわが身で測定した。脱走を試みたからである。彼は鉄の茨の間で倒れ、傷付き、痛みに苦しんでいた。サーチライトが野原と道路を照らして行き、その冷たい光を彼の姿に浴びせた時、彼は頭の上に、錆び付いた無数の星を見ることができた。そして星のいくつかは、彼の血で赤く染まっていた。私はいつも囲いから二メートルのところに留まる。囲いから二メートルのところにいるなら、人は自由である。推論し、弁別し、分析する。この距離では、鉄条網は、おそらく鉄条網の外見をしたものにすぎない。これは、明晰な人間なら直視すべき仮説である。

労働者、農民、一家の主、こうした者たちからはその責任性が盗み取られた。私の責任性は盗み取られていない。私には責任性などなかったからだ。私が作っていたものはすべて、砂の城のように崩れて行った。私が壊していたものはすべて、手付かずのまま残っていた。一度だけ私は銃を手にした……なぁーに、きっと誰にも当たりはしなかったさ。結局のところ、私は何かを作ったり壊したりという外見まで、取り上げられてしまった。というのが、よっぽど正直なところだ。私は日に五時間、捕虜の名前を名簿に書き写している。時には兵役年度別に、時にはアルファベット順に、時には職業別に。もしそれが役に立つとしたら、敵の役に立っていることになる。いや、そうでさえない。インクが乾いたら、名簿は引き出しにしまい込まれ、あとでそれを取り出そうとする者などいないだろう。私が、余所ではなくここにいることが正当とされているのは、ここから出て行くことができないからだ。何もしないことが正当とされているのは、しなければならないことが何もないからだ。つまり、正当とされることがあり得ないということが、正当とされているわけである。私は私の好機《ツキ》の到来を待ち望んでいた。それに何と心をときめかせていたことか。しかしそれは、私に私自身しか与えなかった。というか、ご親切にも、私を私の無責任性の全面的保持者にしてくれたのである。

ここまでのページを読み直したら、笑ってしまった。相も変わらず、明晰性だ。明晰性のこの上ない卑劣さ。それはアリバイなのだ。すべてを理解するが、それは何もしないためだ。己自身を覗き込むが、それは二つになるためだ。マチュー・ドラリュの日記、すなわち、明晰性それ自身による明晰性の裁判。それからは抜け出せまい。寝るとしよう。

十一月十七日

ロディエール神父が貸してくれた、ジューアンドー〔マルセル〕の『道徳的価値の代数学』〔一九三五年〕の中に、以下のような言葉を見つけた。

「己自身の中にある生命の現象を、まるで自分の人格に関わりのないもののように、遠くから観察している者がいる。そうした者は、まるで普遍的な次元の出来事を目撃するようにして、己自身の欲求に立ち会っているのだ。そこから、彼らの不公平性、罪だけに対する非妥協性が由来する。彼らは美徳にはすべてを許すのだ。」

＊

お前の誤りは、とお前は言う。お前の好機《ツキ》が物事の中に書き込まれていると信じていたことだ。お前はそれを待っていたわけだが、実は自分で決めるべきだったのだ。しかし、人は理由なしに決めることはしない。——よかろう。それなら俺は理由も自分で決めるよ。——しかし、それらを決めるためのどんな理由がお前にはあるのかね。

＊

情熱に駆られていなければならないだろう。

十一月十八日

情熱に駆られていなければ、というのは、もちろんその通り。しかし、何をもってしてか？ それこそが、明晰性のひそかな夢なのだ。盲目になるための良き理由を見つけ出すことが。それこそが、光というもののひそかな夢なのだ。明るい光の中に、津波のように暗い闇が上って来ることが。そう、もちろんその通りだ。黒い光であることを夢見なかった者がいるだろうか？ 具合が悪いのは、光の中には、隅から隅まで光でないようなものは何もない、ということ、闇になる理由がいささかもない、ということなのだ。

十一月十九日

どんな出来事でも、一つの好機《ツキ》と考えろ。柔術のように、押さば引き、引かば押せ。いずれにせよ、己自身以外の支えを持たずに、しっかりと立つために。——分かった。しかし、何も起こらなかったら？

どうしてこれほど疲れるのか？ 人はまるでサーベルのように、自分を研ぎ澄ませてしまうからだ。

刃がすっかり鋭くなると、死がやって来て、こちらを永遠に鞘に収めてくれる。

　誰のためなのか？　何のためなのか、より良くなろうとするこの意志は？　私は道徳的偏執に取り憑かれた。自分をより美しく、より豊かにしよう、最も美味なる味わいを自分のものとしよう、とする。それは、一度でいいからこの世の中に、純粋性のある種の絶対が存在し、しかもその絶対が私である、ということのためだ。しかしまさに道徳は、己を忘れることを要求する。ゲーテの言葉に曰く。「我々は、外へと目を向け、自分を取り巻く世界に働きかけるが、己自身にとっては暗く晦渋なものであり、またそうあらねばならない」と。しかし、私はどのようにしたら良いのか？　自分を忘れるべきなのだろうか？　自分を忘れるということは、いつも自分を思い出すということだ。再び自分をよりよく見い出せるという希望の中に自分を失うことだ。自己欺瞞の極みだ。生まれながらにして、失われているのでなければならないだろう。生まれつき何らかの務めの中に身を投じ《アンガジェ》ているのでなければならないだろう。労働者は、その境遇によって、革命政党の中に投げ入れられている。ブルジョワで、知識人で、独身で、公務員で、純然たる消費者である私が、もし労働者の党に入るとしたら、それは気前の良さによる施しとしてということになろうが、その気前の良さは、あまりにも己を自覚しすぎている。だからそれは、道徳的であるために、ということになる。共産党が知識人を信用しないのは、まことにもっともなのだ。

　おまけに、己を救済するためでもある。それこそが、必要なのだ。いや、それでさえない。タームそのものが、やはり腐っている。救済の道徳というものはどれも、われわれがなそうとするのは自分の救済であるがゆえに、腐っているのだ。他の者たちを救済するために己に地獄の劫罰を与える、のならいいではないかというのか？　しかしこの自己劫罰の欲求の中にも、やはり自己愛があるのを私は見抜く。地獄は、もし堂々と面を上げて入っていくなら、もはや地獄ではない。己を失うか己を救済するかというのも、同じことだ。道徳は、世界を我がものとするための策略なのである。

時として私は、謙虚であれと、自分に言う。お前は捕虜だ。お前の境遇を耐え忍ぶこと以外になすべきことはない。卑劣さもなく自己欺瞞もなしに、もし可能なら、他の者たちを啓発しながら。ただし、それはこれまで常に私がして来たことだ。その務めは、私には容易すぎる。

思い切ってジャンプしてみるのも手だ。

もはや私は私のものではないとすること。もはや己を予想せず、もはや己を己と認めないこと。

土曜日

今朝、シャルロとピネットとともに点呼に向かっていると、背後に誰かが走って近づいて来る音がした。「ドラリュ！」と言って、息急き切ったロディエール神父が、私の肩に手をかけた。この男、筋骨隆々とした長身の若者で、歩き方も男性的、神父の中でただ一人、法衣姿を想像できない人物だ。以前に一、二度彼と話をしたことがある。かっとなって、我を忘れると、学習で身につけた物腰の柔らかさの下から、ほとんど辛辣でさえある、刺のある荒々しさが顔をのぞかせる。しかし、時々、謎めいた強烈な満足を経験しているように見える。さて今や彼は、腕組みをして、独り笑っている。そしてパンパンに膨らんだ紙入れを私に差し出し、「こいつを隠してくれ」。私はびっくりして、彼の顔を見る。彼は、有無を言わせぬ口調で、同じことを繰り返す。「受け取ってくれ。危険なものではない」。そして、心底からの侮蔑の念を込めて、「現ナマですよ。マルクです」。私は紙入れをポケットにしまう。彼は回れ右をして、こちらに背を向け、笑い出す。「これでよし！」そして、神父たちのバラックを私に指差す。それは周りをぐるりとドイツの歩哨の列で囲まれている。彼は相変わらず、暗黙の共謀の風で笑っている。「歯軋りして、泣いて悔しがるだろうな」。そして手を上げて挨拶し、暢気な様子で立ち去って行った。というより、暢気な風を模倣しながら——彼は決して本当に暢気ではいられないから——と言うべきかもしれないが。「奴は坊主か？」と、シャルロは尋ねる。彼は神父が好きではない。私はそれに答えず、ロディエール神父を目で追う。神父は歩哨に近づく。長々と立ち話。それから彼は、ゆっくりとバラックに入っていく。

夕方、私は収容所の入り口でシャルロとピネットの二人と別れ、神父バラックのところに行って、その周りをうろつく。相変わらず歩哨が出口という出口を警備している。そのうちの一人が、遠くへ行くよう合図をする。窓が一つ空いていて、そこからカナヅチの音が聞こえて来る。板を釘で打ちつけているのか、それとも釘を抜いているのか。

＊

ピネットは、ケメルに仕事に行く以外は、ほとんどバラックから外に出なくなった。彼は十歳も年をとった。眉をひそめたままで、額には縦に三本皺が寄っていて、その皺は、鼻筋の上でずっと消えないままだ。彼のかたくなな可愛らしい小さな顔には、何本もの皺が刻まれた。こめかみの辺りの髪は、白くなっている。彼はわれわれの中にいても、厳しい目が座ったまま、何も言わず沈黙している。何か訊かれても、不機嫌そうに頷いたり首を振ったりするだけだ。活気づくのは、食べ物が特にまずかった日だけだ。そんな時、彼はまるでわれわれにいっぱい喰らわせたかのように目を細めてわれわれの顔を見て、せせら笑いながら言う。「彼奴ら、俺たちをコケにしやがって！ これで済みはしないからな。他にもいろいろやって来やがるだろうよ！」大抵は、彼はスープをスペイン人にやってしまうが、たまたま口を付けることにしたような時にも、物も言わずに飯ごうの底をつかんで、窓のところまで行って中身を空けてしまうことも珍しくない。そのため彼は、体力が衰弱して気がかりな状態に陥ってしまった。とはいえ意気消沈して、無気力になっているわけではない。逆だ。だれよりも早起きなのである。さっぱりヒゲを剃って、いつも身綺麗で、丹念に繕われた清潔なシャツを着て、仕事は丹精を込めて行うので、ドイツ人には高く買われている。バラックでは、陰鬱な気前の良さで、役にも立たない雑役を自分で買って出る。清掃当番の者が、朝起きてみると、床が掃除されていて、おまけに水をかけて清掃されている、ということがしばしばある。「俺の番じゃなかったか？」と彼が尋ねる。と、ピネットが、はあはあ息をしながら、彼に生気のない目を向ける。頬は不気味なバラ色に染まっている。「間抜け野郎、何か文句でもあるのかよ？」まるで彼は、必死になって自己破壊しているみたいなのだ。先日など、彼はわれわれの重いテーブルに取り付いた。自分独りで動かそうとしたのだ。私は急いで手伝おうとしたが、彼はせっかちな態度で私を押し退けた。結局、テーブルを持ち上げることはできず、しばらく部屋の真ん中でうなだれていたが、それからくるりと踵を返して、だれの顔も見ずに、出て行った。彼が戻ったのは、消灯時間が始まってだいぶ経ってからだった。そのため、姿は見えず、音が聞こえただけだった。今日は、私が神父バラックから戻ってくると、彼は古い剃刀の刃で靴の紐を切っていた。「何をしてるんだ？」彼は右手の親指と人差し指を切っていた。私は彼の肩に手を置き、「何をしてるんだよ？」彼は頭を上げもせずに、「分かるだろう。みんなのために常夜灯を作ってるんだ」。ドイツ人は一〇時になると電気を切ってしまう。そこでわれわれは、靴墨の瓶に厨房から盗んだラードを詰めてランプを作って、古い靴紐を押し込んで、外に出ている紐の端に火を点けるのである。「そんなのは放っといて、来いよ、一回りしよう。ランプはそれぞれが自分のを作るから」。返事はない。私は彼の妻の話をしようとする。昨日、彼は手紙を受け取ったのだ。彼はにやにやして、「まあね」。「悪い知らせでもあったのかい？」「いや、大丈夫だ」。それから少し間をおいて、彼は口ごもるようにもごもご言った。「……手紙なんか書く……」。「なに？」彼は顔を上げて、腹を立てたように、同じことを言い直した。「なんでわざわざ俺に手紙なんか書くのかね。この先どれくらい続くんだ、この茶番は？　死んだ者には手紙なんぞ書くこたぁない。彼奴には、自分の人生をやり直すことを考えてくれた方が、よっぽどましだ」。私は彼の両肩を抑えて言った。「ピネット！　バカなことを言うな。彼女は少しは、お前を待っていられるだろうさ」。彼は笑いながら、私の手を振りほどく。「少しだと？　一〇年経ったら、またその話をしてくれよ！」そこへシャルロが、いつものように元気一杯で帰って来たが、今度は彼が憤慨して、笑いながら言う。「一〇年だと！　いっそ百年ならどうだ。お前、やりすぎだよ」。ピネットはいきなり立ち上がる。目は激怒でぎらぎらしている。「哀れなバカどもが！　お前たちはみんな、サンタクロースを信じてるんだな。お前たちに分からせるには、何をすりゃいいんだ？」「分からなきゃならないことなど何もない」と、シャルロは、ややたじろいで言う。「戦争が終われば、みんな帰れるさ」。「戦争が終わればだと！　戦争が終われば、と来た！　戦争が終わるなどと、どなた様に聞いたんだ？　それに戦争であろうとなかろうと、まるっきり同じことさ。俺たちは捕虜なんかじゃない、チクショウめ！　流刑囚なんだ。奴らは俺たちを、くたばるまで働かせるんだぞ」。私は彼に言う。「さあ、ピネット、一緒に一回りしようよ」。彼はまた座り込んだ。靴紐の端を切り始める。私は肩をすくめ、シャルロと一緒に外に出る。二人とも物を言わずに歩く。しばらくシャルロが恐る恐るこう言う。「彼奴、大袈裟だと思わないか」。「もちろん、まさにそうさ、大袈裟だよ」。「でも、一体なんで？」シャルロは、とりなすような、説得するような様子で私の顔を見る。私の顔越しに、ピネットに語りかけているのだ。「少し折り合いをつけさえすれば、それほど悪くない、ささやかな生活を送ることもできるんだがな」。私は肩をすくめる。「プライドの問題さ」。「ああ、なるほど！　プライドが問題じゃあ……」と、シャルロは、お手上げという口調で言う。

それほど悪くはない、ささやかな生活……。われわれの境遇の逆説は、生き難いと同時に生きるのが容易いという点である。

日曜の朝

昨夜、夜中にホーホーという鳴き声で、はっと目が覚める。それは谷から登って来た。隣で寝ているピネットは、すっかりはしゃいでいた。「サイレンだ。今度は奴らが味見をなさる番だぞ」。外では何人ものうろうろうろつく足音がし、幾筋ものかすかな光が射して、窓ガラスに縦縞模様ができたが、われわれを避難場所に移動させようとする気配さえない。ビュヌーは盛んに文句を言っている。暗闇の中にその大声が聞こえるが、その声は不安よりは憤慨を伝えている。「奴らは当然どっかに身を隠しに行く。ところが俺たちは、修羅場に置き去り、と来た」。しかし私は、毛布にくるまったままで、ひっくり返ったあの町の上げる馬のいななきのような音が聞けて嬉しくて仕方がない。「飛行機の音が聞こえるかい？」とシャルロが囁く。私は何も聞こえない。私は空に舞い上がり、滑空し、下を見降ろす。空中の飛行士と私の丘の上の私との間に……。私ははっと目を覚ます。私の丘だなどと……。何とも巧妙な自己弁護だ！　私は謙虚にへりくだり、われわれの置かれた状況を真っ向から見据えると称しているのだが、実は私の中には、テキパキと仕事をこなす有能な事務処理機構が存在し、それがせっせと働いていて、修正や手直しを行い、私が打ち砕いたばかりの幸せな幻想を、当の私の背後で新たな別の形式で再び打ち立て、私がわれわれの不幸のどん底に必死になって手が届くよう頑張っているその間に、私に撤退や退却陣地を確保してやろうとしているのである。警戒解除のサイレンが鳴る。大部屋の中でただ一人、シャルロのみは飛行機の音を聞いたと主張する。眠気が再び私を襲う。明日になったら、このことを解明しよう。

ミサはない。神父たちは、相変わらず彼らのバラックに閉じこもっている。それでもカトリック信者たちは、演劇ホールに集まって、共同で祈りを捧げた。

*

実のところ、彼らはみな私と同様に、自分はゼロから始めることができると感じている。自分は遠くにいる、フランスは打ち負かされた、いずれにせよ、帰国しても以前の立場を見出すことはないだろう、というわけだ。今や彼らは、自分自身と同様の、むき出しの裸の人間たちに取り巻かれているのであり、証拠も階級も廃棄されてしまっている。すると彼らは自分の夢を語りだす。このチャンピオンのタイトルは、自分が取ってもおかしくなかったのだが、たまたま、もちろん不正があって、獲得することができなかったものだが、結局自分はそれを身につけて誇示する権利があるのだ。こう主張するからと言って、彼らは嘘をついているわけではない。真実のことよりも真実な真実を口にしているのだ。技師になっていたかも知れない。もちろんのことだ。もし家族によって勉学を中断させられなかったなら、もし奨学金が拒否されなかったなら。会社の次長は自分は部長だと称しているが、それはまさにきっかり、戦争に出征しなかったなら手にしていたはずの昇進を、自分に与えているだけのことなのだ。それに彼らは、同僚も一ランク上に上がっていることを知っているから、交友関係を本当のものとして保つために、自分を一ランク上に上げるのである。こうしてこの敗北者たちの収容所、労働者、農民、下層従業員、小商店主を収容するこの収容所は、この世の幸せ者、満ち足りた者たちの収容所となる。きっとそうなのだ、人によっては、ここにいることは好機であり、そういう者は、あとになって、あの時は良かったと思うだろう。運悪くこんな境遇にしてしまった運命の不正が、償われるわけである。

十一月二十二日

医務棟の所長、カッツ特務曹長は、かなり太った図体のでかい青年で、ブロンドの髪をしたハンサムだが、ぶよぶよしていて、しかも気狂いじみている。この青年、暴君ネロ風の気晴らしをする。昨日など、昼の人通りの多い時刻に、オートバイで中央通りを疾走した。捕虜たちは悲鳴を上げて道を開けた。人でごった返す広場に着くと、今度は全速力でぐるぐる回りはじめた。それから、黒人に気がつくと急停止し、拳銃で脅して、オートバイの荷台に座らせた。それからまた走り出し、恐怖で震え上がった黒人を後ろに乗せたまま、ぐるぐる回り始めたのである。

十一月二十三日

司令部の庇護を受けて、フランシストのグループ(11)が形成された。リーダーは二人、リニャール准尉とジリィ。ジリィは、パニョル映画社の顧問弁護士と称している。今晩八時に、バラック12で最初の集会がある。フランシストのバッジを着けることが許可されている。

十一月二十四日

私は、バラック12の棟長のチビのコルシカ人、リナルディのところに昼食に招かれた。ここではみな飢えでくたばりそうだが、それでも時々、人を昼食に招待することもある。小荷物が届いたりするし、それに外に作業に行く捕虜から食糧を買うこともあるのだ。流通の回路は込み入っている。例えば、密猟者《ブラコニエ》の名で通っている男がいて、彼はとかく「ル・ブラコ」とか「ブラコ」とか呼ばれているが、街中で作業をしている。彼は倉庫から英国製のジャケットを盗み出し、それを民間人のところに行って、パンや卵や肉やコニャックと交換する。それから食料品を金持の捕虜に転売するのである。ここで金持の捕虜と名付けられているのは、捕虜になった時に金《かね》を持っていた捕虜のことだ。調理場の金権支配とは全く関係ない。それについては、いずれ話すつもりだ。札《さつ》というのは、何の権限も生み出さない。時々食べ物を買うことができるのが関の山だ。ところで彼らの金《かね》は、更新されることはないから、ゆっくりと無くなっていく。そして収容所内のすべての金《かね》は、何人かの手に集中していくのである。そこで金《かね》は、何も生産せぬまま溜まっていく。それを溜め込んでいるのは、先を見据えている者たちで、彼らは釈放に備えているのだ。例えばブラコだ。彼の目的はただ一つ、金《かね》と人脈を作ることである。彼は捨て子だった。孤児院に入れられ、脱走、少年徒刑場を経て、やがて彼は北部に居住し、密猟を生業《なりわい》とするようになる。この醜く垢まみれのチビの男の目は、聡明さで輝いている。戦争の直前に、彼は綺麗な村娘と結婚した。その後に来る話は、彼が好んで物語るが、私は大分疑わしいと思っている。すなわち、彼女が浮気をしているという噂を、彼は耳にした。四〇年四月、彼は出征中で、家から九〇キロのところにいた。彼は脱営し、夜中に家に帰り着き、妻がハンサムな軍人と寝ているところを発見し、二人の腹に銃弾を浴びせ、一晩中沼地の中を彷徨い、明け方になって自首をした。軍当局が彼の一件の予審をしていたところで、軍が崩壊した。彼は脱獄し、自分の軍人手帳を破棄した。ところがドイツ兵が路上で彼を捕え、連隊からはぐれた兵士だと勘違いした、というのである。私としては、彼はフランス軍の潰走の時、刑務所にいたのだと思っているし、それもこんな大層な罪ではなく、単なる違法行為だったに違いない。それはそれとして、彼がすべてを予見したことに変わりはない。自分はもう北部には戻れない。だからボルドーの近辺に住むことにしよう、というわけだ。しかし、当初は金《かね》が要るし、身を護ってくれる上等な人脈が必要になる。そこで彼は、ここで偽名を使って、盗んだり、くすねたり、物々交換したりして、せっせと働き、釈放の暁に使うための財産を貯めこもうとしているわけだ。一週間前に注文を出していれば、彼が約束の品を持って来ないことは滅多にない。彼は、トゥールーズの大工場経営者の息子に目をかけており、ただで食料を上げたりしている。一時期、私にも目をかけてやろうと考えた。私が教諭であることを知って、もしもの時には、私が「彼に有利な証言をしてくれる」かも知れないと思い巡らせたのだ。二度もタバコを持ってきた。三度目には私は固辞して受け取らなかった。彼との関係は、そのままになっている。

さてそんなわけで、ビュヌーと私はコルシカ人のところに出かけた。ビュヌーは、人を訪問するのが大好きだ。手袋をして、小躍りしている。彼は日曜になると、バラックからバラックへと渡り歩き、収容所内のどんな噂話も知っている。医務棟の前に差し掛かった時、彼は「見ろ」と言って、私を止めた。サディストのカッツ特務曹長が、看護係たちの足の点検をしているところだ。看護係は全員、老いも若きも裸足で並ばされており、靴を脇に置いて、砂利を踏まないように小さくジャンプしている。外にはすでに人だかりがして、こんな滑稽な姿勢を取らされている彼らを眺めている。看護係は、あまり好かれていない。収容所内の貴族階級なのだ。彼らはわれわれとは別に、Krankenrevier〔医務棟〕に居住しており、あまり外に出ることもなく、シラミも持たず、要するに特別専門職に従事しているわけで、われわれとの間で付き合いはない。それにとりわけ、ジュネーヴ協定がある。彼らは戦闘員とは見なされないのだ。早晩、釈放されるだろう。カッツはそれが分かっている。われわれが彼らを嫌っていることを、知っているのだ。彼は彼らに、われわれの方に向けて汚れた足を上げさせて、楽しんでいるのである。真っ赤になって押し黙った看護係たちは、カッツが大声をあげて動き回っている間、無言のままだった。するといきなりカッツは、それに飽きてしまい、拳銃を抜くと、空に向けて一発ぶっ放し、それから大声で怒鳴りながら、われわれの方に銃口を向ける。われわれは急がず慌てず散り散りになる。カッツというのがどんな人間か、拳銃の発砲とはどんなものか、よく分かっているのだ。「彼奴はサディストか?」とビュヌーが私に尋ねる。「そうだろうね。それに奴は退屈なんだと思うよ」。われわれは、コルシカ人のところに入る。彼はジェヌバール神父とピラールとラマディエを招待していた。大きなテーブルの上に、皿が置かれており、それぞれの皿の上に、献立表が載っている。コーンビーフ卵載せ、ローストポーク・グリンピース添え、林檎タルト、モーゼル・ワイン、リキュール。「へぇ! こりゃすごいね!」とビュヌーは言った。しかし会話はたちまち険悪になって行く。リナルディが、フランシストに加入するつもりだと告げたのだ。彼はこう説明する。「医師長と話がついていているんですよ。フランシストに加入する者のうち最初の二百人は、治療不可能と認められて、釈放されることになっているんです。もしその気持ちがあるなら……」。「気持ちなんぞありませんよ」とビュヌーは言った。「釈放されるためであっても、ね。それはそれとして、フランシストは、治療不可能だってのは、本当だな」。リナルディは食べるのを止め、音を立ててフォークを置く。「あんた、独身か」。「いや」とビュヌー。「子供は?」「いや、いない」。「子供がいなくても、だ。家族があるなら、ここから出られる機会を断るというのは、犯罪的だぞ」。「俺はフランシスト党には加入しないよ」とビュヌーは言う。「で、あんたは?」とリナルディは私に尋ねる。私は彼に言う。「僕は独身だ」。議論はしたくない。彼の意固地な額の後ろに、激しい矜持が隠れているのを、私は見抜いた。彼はフランシスト党に加入するが、他の者と同様にここから出るつもりはないのだ。私としては、もう二度と彼のところに来ることはない、というだけの話だ。それに、医師長との共謀というのが嘘であれ本当であれ、彼自身はそれに半ば関心を抱くにすぎない。その話を前面に押し出すのは、気取りからであって、信念のある男とみられるよりは、打算的な男と見られる方が恥ではないからだ。もしビュヌーが拘ったら、われわれは二時間も政治について言い争うことになるだろう。テーブルの下でビュヌーに蹴りを入れたが、もう遅い。「あんたたちの共和国を一言で言えば、だ」とリナルディは言う。「おっそろしい腐敗堕落だ。もっとも試験済みだがな、そうだろ？　最初の打撃を食らって、地べたに転がっちまったんだから」。彼は大きな目玉でビュヌーを見つめる。「こうなった今、共和国に忠誠を尽くして何になるんだ。もう共和国なんかなくなっちまったんだから、違うか？　何か適切なことをしようと思うなら、別の方式を探さなきゃならない」。「それはそうかも知れない」とビュヌー。「しかし俺は、ドイツ人が庇護している党には入らないよ」。リナルディはテーブルを叩く。「ドイツ人たあ何だ？　え、ドイツ人たあ？　そんなこと言ってる場合じゃない。奴らは事態をうまく解決したんだよ。だからわれわれに教訓を与えることができるんだ」。このあと大声の言い争いとなり、その中でビュヌーが「自由」という名詞を口にした。リナルディは、飛び上がった。「俺は自由なんぞうんざりだ。自由ってのは何なのか承知の助だ。ストライキやテロ攻撃や酔っ払い労働者や、帽子を頭に載っけて家《うち》に怒鳴り込んでくる野郎どものことだ。そんなものしかないんだったら、それだけで俺をフランシストにするのに十分、ってことだ」。険悪な話を中断させるために、私は、何も言わずに食べ続けているジェヌバール神父に尋ねる。「で、神父さん、あなたはフランシスムをどう思うのです？」彼はポークを一切れ口に運び、ゆっくりと咀嚼して、急がずに呑み込んで、それから。「もちろん私はフランシスト党に加入はしません。第一に私の聖職者の身分が、それを禁じます。それからわれわれはある種の行き過ぎはせぬようにしなければなりません。それが状況についての正しい感情から発しているとしても、です。われわれには主席(12)がいます、違いますか。われわれはその人に全幅の信頼を寄せることができるし、寄せなければなりません」。「その主席も、他の者と同様、ファシストですよ」。「教会は、世界と同じく古くからあります。国王の時代から存在しており、国王がいなくなっても、教会は残っています。共和国にも順応しましたが、今度は共和国がなくなりました。教会は民族社会主義〔ナチズム〕にも立派に順応するでしょう」。彼はポークを平らげ、両手の指の先を合わせて、かすかな微笑みを浮かべながら、言う。「カエサルのものは……ですな」。彼らの許を辞去したのち、ビュヌーは私と並んで無言のまま歩く。少し飲みすぎて、彼はいつもの流儀を忘れてしまった。足取りがそれほど真っ直ぐではなく、すれ違う者の眼差しが、驚いたようにわれわれの方に向けられるのが分かる。最後には腕をしっかり抱えて、彼の体を支えなければならなくなる。「食事は旨かったが、奴ら、何てゲス野郎どもだ」と彼は言った。「もちろんさ」と私。「もちろんだよ。オイ、足元に気を付けろ」。彼はよろけ、そしてため息をつく。そして私にこう言う。「奴らは成功するだろうよ、ゲス野郎どもは。奴ら、共和国が嫌になったんだ。ドイツ人が好きなわけじゃない、そうさ。そうじゃなくて、分かるだろう、他人の自由が怖いんだよ」。

十一月二十五日

医師長との「共謀」の噂は、収容所の中に広まっている。どうやらフランシスムへの加入者はすでに二百人に達しているらしい。いずにせよ私のバラックからは出ないだろう。私は文字通り、うちの者たちを怒鳴りつけた。ピネットは独りぶつぶつ言っている。「彼奴らの言うことも尤もなんだ。共和国やら、民主主義なんぞは、うんざりだ」。「じゃあ何だ、ファシストになりたいのか？」「いやなこった！　奴らがここに来たら、顔面に一発お見舞いするさ」。「じゃあ、どうなんだ？」「地震の一つも来りゃいいんだがな」とピネットは、暗い口調で言う。私はホッとする。しかしうちの連中は、煮え切らない。賛成とも反対とも、煮え切らないのだ。民主主義的錯覚に捕らわれているのである。彼らはジリィとその一味を、収容所の「スター」たちだと思っている。彼のことが好きというわけではないが、彼らにとっては愉快な有名人ということになる。平たくて青白い、傍若無人な顔を押しつぶすようなシェシア帽〔アラブ風の縁なし帽〕を被って、長靴を履いた彼が通っていく姿を目にするのが、好きなのだ。自分たちのうちの一人が目立つ存在となるのが嬉しいのである。レストランでレミュやピエール・ブランシャール(13)と出会うと嬉しいのと同じだ。彼が通り掛かると、彼らは互いに肘で突き合い、「ジリィだぞ」と小声で言う。このジリィという人物、妙な男だ。先日など図書館で、文学通の聴衆の前で、両目を閉じて、柔らかく甘ったるい声で、「旅へのいざない」〔ボードレール〕を暗唱して見せた。この男も収容所で自分の好機《ツキ》に巡り合った口だ。これは彼の生涯の最良の日々となることだろう。

ロディエール神父が、私を散歩に誘いに来た。彼は私を買っている、何故だか知らないが。私は彼に言う。「私が問題を抱えている、というのは確かです。迷いを抱えていますからね。しかし思い違いはしないで欲しい。私はあなた方が関わるような魂ではありませんよ」。「分かっていますよ」と彼は言う。私は深く息を吸う。彼は好感の持てる男だ。私はそう彼に言って、さらに言い添える。「あなたたちは、共産主義者たちと同じで、あなた方の好意というのは、いつも損得の計算づくです」。彼は微笑んで、言う。「われわれが神以外の者にあまり友情を抱かないというのは、事実です。しかし私は、それは愚かなことだと思います。真の聖職者なら、すべてを手に入れなければなりません。私は人間の屑にも寄生虫にもなりたくありません」。今度は私が微笑む。彼は言う。「女性のことはどうだ、と仰るのですね。たしかにその通りです。われわれは人類のまるまる半分を無視することはできません。われわれも女性を母として、姉妹として知っています。これまで行ったところには、どこでも私には姉妹と思う女性がいます」。彼はある種不安のようなものをこめて、こう尋ねる。「あなたは哲学者ですが、そのあなたは、人は女性との間で、恋愛とは別の関係《つきあい》を持つことができると、お考えになりますか?」

訳註

（1）**自罰** 「自罰」とは、自らを罰することであるから、この件での用法には、違和感がないわけではない。それとも、「自責の念から解放する」という、結果的な効果が、同じであると言いたいのだろうか。

（2）**ケメル兵営** 捕虜収容所に隣接して、ドイツ軍の兵営があったのだろう。ケメルは地名。

（3）「八月十一日」の訳註（4）を参照のこと。

（4）**ジュアン＝レ＝パン** コートダジュールの避暑地の一つ。当時人気の新興避暑地だったらしい（『自由への道』(三) p.399の澤田直氏の解説を参照）。サルトルが学生時代に息子に家庭教師をして以来、親交があったモレル夫人の別荘があり、サルトルは招集される直前の八月、ここでボーヴォワールとともに過ごしていた。この別荘は、『自由への道』第二巻『猶予』の中に、主人公マチューの兄、ジャック・ドラリュの別荘として登場する。ミュンヘン会議直前の一触即発の緊迫した情勢の中で、マチューが自分の動員を知った時、彼はここに滞在していた設定になっている。つまりサルトルは、大戦勃発（一九三九年九月）の際の自分の動員にまつわる状況を、ここで、一年前のミュンヘン会談時のマチューの状況に移し替えているわけである。この「移し替え」は、なぜサルトルが『自由への道』第二巻の舞台を、大戦勃発そのものではなく、一年前のミュンヘン会談に求めたかという大きな問題に関わるのであるが、これについては海老坂武氏が説得力ある推理を展開している（『自由への道』(五) の解説）。もちろん本文のこの箇所でジュアン＝レ＝パンが言及されるのは、この日記の執筆者がマチューと設定されているからに他ならない。

（5）**アルザス人バラック** 周知の通り、アルザスは普仏戦争後ドイツに併合されたのち、第一次大戦後フランス領に戻った地域であるが、今回のフランスの敗北によって、再びドイツに併合されることとなった。フランス軍兵士としてドイツの捕虜となっても、収容所内で、他のフランス人捕虜とは別扱いをされていたことが窺えて、興味深い。

（6）**教諭** 周知の通り、フランスでは、中等教育の教員もprofesseur（教授）である。サルトルはリセの教授であり、分身のマチュー・ドラリュも同じ身分であるが、ここでは日本の学制に従って「教論」としておく。また、フランスでは私立の教育機関はきわめて少なく、教員は大部分が公務員である。なお、この場面、初めて「ドラリュ」という姓が登場する。

（7）ヴィースバーデン　ライン川中流域の都市。フランクフルト・アム・マインの近傍。

（8）［　　　］　この語は、原稿の上で解読できなかった（原註）。

（9）九月十五日　日付が反復されている。この直前に原稿の欠落があり、同じ日付が続くことを示すために、改めて日付を記したのであろう。

（10）金利生活者（rentier）　rentier（ランチエ）とは、「rente（資産所得）で生活する者」のことで、かつてはrenteの主力は地代であったから、大地主がrentierの主力であったが、近代以降は資産がもたらす金利が有力になった。要するに、己の労働の対価で生活するのでない者、「不労所得者」を意味すると言えよう。ここでマチューが自分を「金利生活者」と定義しているのは、やや比喩的な意味においてであろう。彼はリセの教諭であるから、俸給生活者であるはずだが、自分の労働（「私のお喋り」）と俸給（自分に支払われる「毎月一定の金額」）との関係を実感できないため、あたかも「不労所得者」として己を感じている、ということになる。かと言って、ここを「不労所得者」と訳してしまうと、この比喩的ニュアンスが生かされないため、あえて「金利生活者」という訳語を保持したものである。

マチュー・ドラリュ自身が、これ以前にこのような自己定義をしているかどうか、というと、どうもその気配はない。『分別ざかり』で登場するのは「ブルジョワ」の語である（「おまえはブルジョワであり、ブルジョワの息子でブルジョワの弟だ。そしてブルジョワのように暮らしている」『分別ざかり』Ⅷ『自由への道』（一）p.242）。したがって、この「金利生活者」という語は、サルトル＝マチューの自己省察の進展・深化がもたらした語と言えよう。ちなみに、アンガジュマンの文学のマニフェストたる『レ・タン・モデルヌ』創刊の辞」の冒頭は、ブルジョワ作家における労働と報酬との関連への無自覚の指摘から始まる（作者としては、「彼がため息をつくために人が年金をくれるのだと思い込む」『シチュアシオンⅡ』p.7）。まさにここでのマチューの省察は、この観念を先取りしているのである。なお、ブルジョワ作家を「ランチエ」とする定義は、マルクス主義文芸理論の常套句であったことも、言い添えておこう。

（11）フランシスト　マルセル・ビュカールによって一九三三年に設立されたフランスのファシズム政党。フランスの敗北後は、ジャック・ドリオのフランス人民党（PPF）、マルセル・デアの国家人民連合に次ぐ、対独協力勢力となった。フランシスムという語は、フランスの国名の起源となったフランク（族、王国）に由来するもので、「フランク主義」と訳すこともできよう。

（12）主席　周知の通り、フィリップ・ペタンは、フランス（第三）共和国を廃止して、ヴィシーを首都とする、ナチス・ドイツの傀儡国家、フランス国を設立したが、彼自身はフランス国主席（Chef）を名乗った。

（13）レミュ（一八八三－一九四六）、ピエール・ブランシャール（一八九二－一九六三）ともに当時人気の映画俳優。

「敗走・捕虜日記」「マチューの日記」解説

石崎晴己

この二つのテクストは、一九四〇年六月から十一月に至る日々を記した日記である、と一先ず言っておこう。こう書くと、ほぼ半年間、書き継がれた日記という印象を与えるかも知れないが、実はまことに断続的で、日記の日付を並べてみるなら、以下のようになる。

「敗走・捕虜日記」六月十、十一、十二、(十三)、十四。八月十八、十九、二十。

「マチューの」日記　九月十五、十六。十一月十七、十八、十九、土曜、日曜、二十二、二十三、二十四、二十五。

このうち、六月の分は、敗走の日々を記したものであり、八月以降は、ドイツ西端のトリーア郊外の捕虜収容所XII Dでの日々を記したものである。従って、「敗走・捕虜日記」と題することができる。ただしこれは、当のその日その日に記された「本物」の日記ではなく、後から日記仕立てで書かれたテクストである。「マチューの日記」は、内容的に捕虜生活の日記であるが、書き手が、サルトルの大河小説『自由への道』の主人公、マチュー・ドラリュとされているため、「本来」の日記なのか、小説の一部をなすものなのか、判明ではない。これらの点については、後にやや詳論する。

さて、いささか先取りしたようだが、ここで一先ず、第二次世界大戦勃発以後の情勢の推移と、サルトルがたどった運命を、いささか整理しておく必要があるだろう。

周知の通り、一九三九年九月にドイツ軍のポーランド侵攻をきっかけとして仏英がドイツに宣戦布告することで始まった第二次世界大戦の当初から、サルトルは召集され、ドイツと対面するマジノ線地域に気象観測兵として配属された。しかし仏独戦線では、戦闘が行われず、砲火を交えず両軍が睨み合う、いわゆる「奇妙な戦争」が続いた。実はこの間にドイツは、デンマークとノルウェーを征服して、地歩を固めたのである。しかし、フランス側は何の軍事行動も起こさず、マジノ線にこもったフランスの将兵は、ほとんど無為の日常を過ごしていたと言われる。こうした中、サルトルが旺盛な「執筆活動」を続けていたことは、つとに知られている。大河小説『自由への道』の第一巻『分別ざかり』を書き続ける一方、膨大な量の手紙と日記を書いていたのである。その日記帳はその後散逸したが、近年になって何冊かが発見され、*Les Carnets de la Drôle de guerre*（邦訳は『奇妙な戦争——戦中日記』人文書院）のタイトルで刊行されている。実はこの邦訳には、私も三人の訳者（海老坂武、西永良成）の一人として参加させて戴いたのだが、その後、新たな手帳の発見があり、それを加えた新版が一九九五年に出されている（邦訳はまだない）。

ところが翌一九四〇年五月十日、ドイツ軍は突如ベルギー、オランダに侵入。ベルギー国境から、強固に防備されたマジノ線を迂回する形でフランス国内に電撃的進軍を開始し、防戦に投入された仏英軍をダンケルクに包囲した。ダンケルクは六月四日に陥落し、英仏軍の主力は、莫大な犠牲を出しながら、海を渡ってイギリスに逃れた。フランス国内を侵攻するドイツ機甲師団の前に、フランス政府は有効な防衛を組織し得ず、六月十日にはパリを無防備都市と宣言して放棄し、十四日にドイツ軍はパリに入る。大量のパリ市民が、パリを棄てて地方に疎開を試み、道路は溢れる避難民で大渋滞となり、その上にドイツ空軍のメッサーシュミットが機銃掃射を浴びせる地獄絵が現出したが、その様は、例えば映画『禁じられた遊び』の冒頭の衝撃的なシークエンスで描かれている。結局フランス政府は、首相レイノーが辞任、対独講和を主張するペタンが首相となり、最終的に二十二日に休戦協定が、第一次世界大戦の休戦協定の調印の場所であったコンピエーニュの森という、ドイツの敗北の記念の場所で、調印された。一九四〇年六月とは、フランス人にとって、この悲惨な体験を意味する。

マジノ線地域に配置されていた部隊は、ドイツ軍の電撃作戦の直接の標的になるというよりは、パリ占領のあとに包囲されるという形になる。つまり反応は鈍重で、サルトルたちが任地であったモルブロンを後にするのは、六月十日であった。しかも、ダンケルクとやがてパリが落ちるという情勢の中で浮き足立って、部隊の行動は潰走の様相を呈するようになり、サルトルたちは民家に寝泊まりしながら、西に向かって(つまりすでにドイツ軍に蹂躙された、国土の中心部)に向かって彷徨を続け、最終的に二十一日に、エピナル(ヴォージュ県の主邑)の手前のパドゥーにて、ドイツ軍の捕虜となる。そして二カ月間、バカラ(ガラス工芸で名高い)のアクソ兵営に抑留された後、八月半ばに、ドイツ西端の古都、トリーア郊外の、捕虜収容所XII Dに移送されるに至る。サルトルは七カ月ほどここで過ごし、結局、翌四一年三月に「右眼の部分的失明による方向障害」という偽の証明書のおかげで釈放されるのである。

「敗走・捕虜日記」

これらの日記の背景たる状況は以上のようなものであるが、説明の便宜上、以下は一先ず、「敗走・捕虜日記」についての記述であり、「マチューの日記」については、後述することにする。さてまず、『奇妙な戦争――戦中日記』が、日々付けられた本物の日記であるのに対して、これらの日記は、上述した通り、後から日記の体裁をとって書かれたテクストである。捕虜収容所から釈放されてパリに戻ったサルトルは、この敗走の日々を書き記そうと思い立つ。そして日記の形式が適切と考えたわけである。つまり記憶だけであの日々を再現しようと試みたのであり、当然、厳密に直接的な記録ではあり得ない。現にサルトル研究者のミッシェル・コンタによれば、一九七二年にサルトルは「この日記は、小説的な意図なしに書いたが、例えば、人物などはかなり創作した」と、彼らに明言している。さらに「小説家は、個人的な思い出を定着させるために書くとき、その思い出を想像することもしているのだ。なぜなら小説家は、大なり小なり現実を想像するものなのだから」という、興味深い発言もしているという（この辺り、プレイヤード版『サルトル小説作品集』中のミッシェル・コンタの解説に拠る）。

しかし彼はやがてこれの執筆を放棄する。あまり満足の行く出来ではなかったかららしい。その後、これを雑誌『沈黙の行使』（*Exercice du silence*）に掲載することを思い立ち、これまで書いたもののうち最良と思われる箇所を選んで、「魂の中の死」のタイトルで掲載した。『沈黙の行使』は、詩人ジャン・レスキュールが編集長を務める、レジスタンス派の雑誌『メッセージ』*Messages* の第二号で、ベルギーで印刷され、四二年十二月に発行された。なおこれの第一号は『フランス詩手帳』(*Cahier de la poésie française*)と題し、同年三月に発行されており、第三号は『フランスの領土』(*Domaine français*)と題し、四三年八月に発行されている(『メッセージ』についての記述は、ミシェル・ヴィノック『知識人の時代』に拠った)。

なお、『沈黙の行使』というタイトルは、レジスタンス文学の代表的作品として有名な、ヴェルコールの『海の沈黙』を連想させる。この小説は四二年二月に「深夜叢書」の第一巻として出版されたから、『沈黙の行使』というタイトルの決定に影響を与えたことは、当然考えられる。『海の沈黙』が、接収された自宅の二階に居住することとなった、礼儀正しいドイツ軍士官の善意あふれる言葉に対して、沈黙をもって応え続けた主人公たちの形象を通して提唱した「沈黙」という態度は、ドイツによる占領の初期におけるドイツの懐柔策に対してとるべき態度を見事に定義した、というのは、サルトルが『文学とは何か』でこの作品に加えた評であるが、実際、この「沈黙」のテーマが初期の抵抗派の中に深い共感を呼び、重大な意味作用を及ぼした、ということはあるのだろう。戦後になってこの小説はメルヴィル監督によって映画化されたが、その冒頭、クレジットタイトルが始まる前の映像は、地下活動の中で受け渡された鞄を開けると、一冊の『海の沈黙』が入っている、というものだった。

「魂の中の死」

「魂の中の死」は、『サルトルの著作』*Ecrits de Sartre*（一九七〇年）の付録Ⅱに掲載されたが、これは六月十日、十一日の二つの日付を持つのみで、特に十一日の出来事の記述が大部分を占めている。しかし、これに続く部分（『沈黙の行使』に掲載されなかった部分）ものちに発見され、プレイヤード版『サルトル小説作品集』（一九八一年）に、その全体が「魂の中の死」のタイトルで収録された。ところが、二〇一〇年に刊行されたプレイヤード版『サルトル『言葉』他自伝的著作集』にも、同じものが収録されることになるが、ただし「魂の中の死」のタイトルは、六月十日、十一日の日付（『沈黙の行使』に掲載された分）だけにあてられ、それ以降の分は、「六月十二日から十四日、ならびに八月十八日から二十日の日記」とのみ題されている。「魂の中の死」というタイトルは、本来『沈黙の行使』に掲載された分に冠されたタイトルであるという事実を厳密に尊重したわけである。

従ってわれわれとしても、『自伝的著作集』の処理の仕方を尊重して、「魂の中の死」のタイトルは、『沈黙の行使』に掲載された分だけに冠することにするが、その際、全体を「敗走・捕虜日記」と呼び、特に六月十四日までの、敗走部分については、「敗走日記」と呼ぶことにしたい。そして八月十八日以降の分は、「捕虜日記」と呼んで、区別することとした次第である。「魂の中の死」は、理論的には「敗走日記」に含まれるものであり、この「解説」の中では、「敗走日記」としての分析の対象となる。ただし、読者の便宜を考えて、本書の編集上は、目次で見られるように、「魂の中の死」、「敗走日記」、「捕虜日記」をそれぞれ独立のテクストとして並べることにした。なお「捕虜日記」は、内容的に「マチューの日記」との関連が強いため、「マチューの日記」とともに分析する次第である。

「敗走日記」の日付について一言付け加えるなら、六月十四日以降のものは、原稿に明記されていたようであるが、十二日は編者の推定である。この部分には欠落が多く、断定は難しいが、私としては、十二日という推定は良いとしても、その後にある欠落の後の部分は、十三日と推定すべきであると考えるが、これについては訳註（6）を参照して戴きたい。

さてタイトルの「魂の中の死」であるが、お気づきの通り、これは『自由への道』の第三巻のタイトルと同じである。内容的にも共通するものが含まれるので、当然、『自由への道』を意識してのタイトル決定だったと考えられがちだが、コンタによれば、当時、『自由への道』の第三巻のタイトルには「最後の機会」が予定されていた、という。これはのちに『自由への道』の第四巻のタイトルとなるものであるが、周知の通り、この第四巻は「奇妙な友情」と題するその一部分のみが発表されただけで終わった。これをもって、『自由への道』全体が未完に終わることになったわけである。従って、『自由への道』を書き進めるうちに、四〇年六月の壊滅に関する部分が増殖し、新たに一巻（第三巻）を立てることになり、当初の構想による「最後の機会」が第四巻へと先送りされることになった、と思われる。ちなみに、やはりコンタによれば、このタイトルは、ワンダ・コサキエヴィッチの示唆によるとのことである。ワンダは、例のオルガ（ボーヴォワールの教え子で、サルトルが恋に落ち、やがてサルトルおよびボーヴォワールと三人で「トリオ」を構成するようになり、ボーヴォワールの『招かれた女』のグザヴィエールのモデルともなった）の妹で、この頃には、サルトルの恋人になっていたようである。また『自由への道』全体が、彼女に献じられている。

「魂の中の死」とは、仏和辞書によれば、「悲嘆にくれて、悲痛な思いで」というほどの意味の日常的表現で、アルベール・カミュの初期の自伝的エッセー集『裏と表』にも、このタイトルを冠したテクストが含まれている。カミュが最初の妻、シモーヌと別れるきっかけとなった、中央ヨーロッパ旅行、特に、言語も知らぬ町の中に、金《かね》もなくただ一人、一週間ほど滞在することを余儀なくされたプラハでの、不安と孤独の体験は、地中海から遠くはなれた内陸地帯への恐怖と嫌悪のトラウマとなって、例えば戯曲『誤解』の心象風景を形作ることになる。また、小説『魂の中の死』の第二章の後半には、「きみたちはあの男の魂に死を叩き込んだ」vous lui avez foutu la mort dans l'âme.（『自由への道』(六 p.166) とか、「君もやはり魂の中に死を持っている」Toi aussi, tu as la mort dans l'âme.（同書 p.167）といった科白が散見する。「絶望の淵に叩き込んだ」「君も絶望し切っている」くらいが、適切な訳かという気がする。

小説『魂の中の死』との関連

「敗走日記」（「魂の中の死」を含む六月十四日までの分）と小説『魂の中の死』の内容的関連を確認しておくと、まず日付の点で、小説は日記を引き継いだ形になっているように見える。日記は六月十四日で終わっている（少なくとも、今見る形では）。小説『魂の中の死』は、マチューが登場する第一部と、ブリュネを主人公とする第二部とに分かれるが、分量的に2／3を占めるこの第一部は、日付を持った形で構成されており、六月十五日の日付から始まるが、敗走するマチューが登場するのは、次の六月十六日の日付からである。第一部は、やや『自由への道』第二巻『猶予』の手法を継承する形で、ニューヨークのゴメス、幼い息子を連れてパリから避難するゴメスの妻、サラや、同じくパリを脱出して逃亡を続けるジャックとオデット夫妻、マルセイユにいるボリスやイヴィックやローラ、パリに残ったダニエルという、第一巻『分別ざかり』以来の人物たちのこの時点における動きを、場面から場面へと飛び移りながら描写する錯綜の中で、ときどき敗走するマチューの物語に立ち返りながら、進行する。第二部は一転して、マチューの友人で、共産党の幹部のブリュネを主人公とする物語となり、こちらには日付は一切ない。ブリュネが、ドイツ軍の捕虜となる場面から始まり、空腹を抱えての行進、そして汽車での移送、と続く。

つまり、日記の日付（六月十四日）の翌日に、第一部の日付が始まっていることになる。もちろん、本来書かれた日付が欠落している可能性は否定できないが、この日記の場合、ボーヴォワールとサルトルの養女、アルレット・エルカイム＝サルトルが保存していた手書き原稿を起こしたものであり、六月十四日の日付の後、欠落があるにしても、そのまま八月十八日の日付へと続いているので、六月十四日の後に多くの日付が続いていたとは考えにくい。いずれにせよ、現に目にする日記の終わったところ（六月十四日）から、小説『魂の中の死』第一部の日付（六月十五日）が始まっているのである。

マチューの物語は、六月十六日（日曜）、十七日（月曜）と続き、十八日（火曜）に、ドイツ軍を迎え撃つ銃撃戦のただ中というクライマックスの中で終わる。当初マチューは、七人の仲間と行動を共にしていたが、その七人（マチューを除けば六人）の中には、日記の中に登場する名前の者が三人いる（ピエルネ、シュヴァルツ、リュベロン（日記では、Luberon だったが、小説では Lubéron と、e にアクサンが付いている））。すでに多少は創作的要素を含みながらも、一応は事実の記録という構えをとっている日記から、全面的にフィクションとして書かれた小説への移行の中で、それでも同じ名前と個性を持った人物三人が共通するのは、興味深い点であろう。彼らは「十二日にモルブロンを発った」（『自由への道』（五）p.87）とされているが、日記「魂の中の死」では、十日の「午前六時にモメンハイムを発つ」、「アグノーには八時に到着」（本書p.212）と記されている。この辺にも、多少の異同が認められるわけである。また小説でのマチューの物語の第二シークエンスの冒頭には、「パドゥーにて、三時」（『自由への道』(五) p.147）と記されており、特段の移動を示唆する記述もないところから、マチューの物語の舞台はパドゥーということになるが、この地は、現実のサルトルが六月二十一日にドイツ軍に投降する土地である。結局マチューは、その同じパドゥーで、十八日の早朝に銃撃戦を行うことに設定されているわけである。

マチューは、将軍以下士官たちが兵士を見捨てて自動車で逃亡してしまったため取り残されて、飲んだくれる仲間たちに嫌気がさし、唯一気の合う仲間、パリ地下鉄の従業員だったピネットと行動を共にしていると、そこへ狙撃兵の小部隊が現れる。中尉に指揮されたこの部隊は、友軍の敗走を掩護するために、これまでドイツ軍と砲火を交えながら、後退して来たのであり、この町でも一戦交える準備を始める。これを知ったピネットは、自分もその戦闘に加えてくれるよう中尉に頼み、始めはそれを思いとどまらせようと努めたマチューも、ピネットとともに戦闘に志願することになる。そして翌朝、教会に籠って戦闘態勢を整えて待ち構える彼らの前に、ドイツ軍が姿を現し、激しい銃撃戦の中で、鐘楼に陣取ったマチューは、最後はただ一人になりながら、必死に射ち続ける――ところで第一部は終わる。

未完に終わった『自由への道』の中で、主人公マチューの姿が見られるのは、これが最後である。ここでのマチューは、「真の自由」を求めながら、「取り返しがつかなくなる」ことを恐れる優柔不断のゆえに、敢えて果たせなかったあらゆる行為への「復讐」を、この絶望的でおそらく自殺的な射撃で果たしている（「一発一発がかつての小心さに対する復讐だった」『自由への道』(五) p.456）。そして「彼は純粋だった、全能だった、自由だった」(同書、p.457)という最後の句は、あたかも彼が真の自由に到達したかのごとき「読解」を示唆している。しかし、己が果たせなかった行為の補償であるかのごとき苛烈な行為が、真の自由なる行為であるとするのは、あまりにも短絡的ではなかろうか。ここは、自由を求めるマチュー・ドラリュの自由への道の途中の一段階を表象していると考えるのが、妥当なところだろう。また、「この〈地上の美〉の全体を銃撃する」(同前)という文が暗示する、「美学的」問題点も、なかなか重要であるが、これについては、後に軽く触れる機会があろう。

二人の「分身」の奇妙なすれ違い

ところでサルトル自身は、マチューより三日ほど遅れて、パドゥーで捕虜になっており、その経緯はまことに散文的ないし不条理劇的なものであったと思われる。『別れの儀式』の中のボーヴォワールとの対談で彼は、こう語っている。――農民の家に泊まっていたが、朝になると、声と銃声と悲鳴が聞こえたので、素早く服を着て、外に出た。広場にはドイツ軍がいて、教会に向かって発砲していた。抵抗するフランス軍部隊がいたからだろう。彼は広場を横切り、ドイツ人のところに近づくと、彼らは大勢の捕虜の群れの中に彼を押し込んだ。そして「そのときに感じたあの映画のような奇妙な印象をぼくは今でも忘れない。自分は映画の一場面を演じている。これは事実じゃない、という印象だ」(『別れの儀式』p.479)と述べる。まことに奇妙な光景だ。同じ広場で「戦闘」は行われているが、その一方で、あちこちから出て来て、そのまま捕虜の列に加わって行く者もいる。例えば、テロ攻撃があった現場での不条理な大混乱と何ごともなかったかのような日常生活の共存の光景などが、想起されるではないか。

実はその日、六月二十一日は奇しくもサルトルの誕生日であり、サルトルは三十五歳になった。戦前のサルトルは投降によって捕囚の身となったわけで、ある意味では、この日に、占領下から戦後に続く新たなサルトルが生まれた、と言うことも（牽強付会ながら）できなくはない。同時にその日は、ドイツとの休戦協定が成立した日でもある。休戦については、十六日のレイノー首相の辞任によって確定し、残るはドイツ側の条件を打診することだけが問題であったようで、十七日にペタンがラジオで国民に休戦を説得し、二十一日にドイツから休戦協定の内容が通告され、翌二十二日に正式調印に至る。つまり二十一日には、休戦は実質的に成立しており、フランス軍には休戦の命令が出されていたと考えられる。これは、八月十五日のポツダム宣言受諾の宣言と、九月二日のミズーリ号上での降伏文書の調印とを考えてみれば分かる。サルトルの投降も、このような推移の中で行われた「適法な」行為であったのだろう。その解釈で行くと、パドゥーの教会で戦闘行為を継続しているフランス軍部隊は、「命令違反」となりかねない。

一方、これに先立つ十八日、あの有名なド・ゴールのBBCでの放送が行われている。「フランスは一戦闘に敗れたのみで、戦争に敗れたわけではない」とする、フランス国民への、対独戦争継続（つまり抵抗）の呼びかけである。フランス解放後（つまり戦後）、この六月十八日という日付は、新たなフランス建国の出発点として、すべてのフランス人が認識する日付であり、小説の中でマチューが銃撃戦を行うのが十八日に設定されているのは、その辺りを踏まえた設定であると考えることは、十分可能であろう。

ところで、『別れの儀式』の先の箇所に続けて、サルトルが「このことは『魂の中の死』のなかで物語ったが、話はブリュネのことにしてある」と言っているように、小説の第二部はブリュネの投降の場面から始まる。その直前まで展開していた悲劇の大団円にすとんと幕が下りて、あたかも現実に返ったとでも言うように、それはまことに興ざめな記述で、この上なく散文的で「卑俗」でさえある。ブリュネはとある農家に押し入り、迷惑がる家人の敵意を押し切って一眠りすると、この家の主に起こされて、悠然とひげを剃ってから、表に出て行く。広場にはドイツ兵がおり、教会の鐘楼から浴びせられる銃撃に、速射砲で反撃している。それはまるで工事現場のようで、ドイツ兵たちは熱心に立ち働く労働者のようだ。広場にシャツ姿のフランス兵たちが、「美人コンテストのための行列」のように、爪先立ってちょこちょこと急ぎ足で歩いている。ブリュネも家から出たとたんにドイツ兵に見つかり、両手を挙げてその列に合流する。「これは映画だ。何も本物らしくない。ぴゅーぴゅー音を立てて飛ぶ弾丸は、当たっても死にはしない。大砲は空砲だ」(六p.18)。「映画のような印象」という、サルトルの現実の体験が記されていることが、分かるだろう。

第二部はこうして捕虜たちの中のブリュネの姿を追い続けるが、捕虜たちは食事も与えられない空腹の行進の末にバカラに到着、機動憲兵隊の兵舎に収容されるが、しばらくすると、行く先も知らぬまま列車に乗せられる。果たしてフランス国内に運ばれるのか、ドイツに運ばれるのか、不安と期待が錯綜する中で、ついに列車がドイツ国内に向かう線路に入ったことが明らかになり、それに絶望した若者が一人、衝動的に外に飛び降りドイツ兵に射殺されてしまう――ところで、第二部は終了する。つまり、投降からトリーアに向かうまでの捕虜サルトルの体験が、この第二部のブリュネの物語の枠組みとなっているわけである。

コミュニストのブリュネにとっては、愛国主義は問題にならない。彼は捕虜となる可能性を前にして、決着を迫られる状況にはない。彼の「投企」は、捕虜の中に党の勢力を広げることである。その企ては、『魂の中の死』に続く未完の小説『最後の機会』の冒頭をなすべき断片「奇妙な友情」の中で、独ソ不可侵条約に反対して党を除名され、ダンケルクで死んだポール・ニザンの形象にヒントを得た「裏切り者」ヴィカリオスとの出会いによって、揺らいで行くが、そこまでは本稿の射程は及ばない。第二部には、一切日付が付されていないため、ブリュネの投降の日付は、その場所とともに、明示されていない。マチューの最後の日付、十八日なのか、サルトルの投降の日付にして彼の誕生日、二十一日なのか、判然としない。しかし、場所の情景は極めて類似しており、少なくとも読者は、同じ場所での出来事と受け止めるだろう。つまり、ブリュネが見上げた鐘楼にはマチューが立て篭っていると。二人の「分身」の奇妙なすれ違い……。

もちろんこの教会は、兵士サルトルが現実に見上げた教会であり、投降するサルトルは、目の前でドイツ軍の砲撃を浴びている、教会に立て籠もった兵士たちに想いを馳せたことであろう。あれはどんな人間たちなのか。どんな思いで銃をとったのだろう、等々。それが小説『魂の中の死』でマチューに銃を取らせた発想の源となったことは、想像に難くない。あたかも、自分が現実に敢行し得なかった行為を、己の分身たるマチューに実行させる、という補償行為、そして当のマチューは己の優柔不断で果たせなかった行為の埋め合わせとして銃撃する。奇妙な補償の連鎖……。

カフカ的、シュルレアリスム的……

以上、いささか小説『魂の中の死』に深入りしすぎた気味がないではないが、改めて「敗走日記」そのものに目を向けてみよう。サルトルの伝記作家として名高いアニー・コーエン＝ソラルは、その著『サルトル伝』の中で、日記「魂の中の死」について、「ベルイマンの幻想的映画や、ブルガーコフの小説のよう」（上、p.103）だと評している。私としては、「魂の中の死」以外の部分も含めて「敗走日記」全編について、もっと平凡かつ基本常識的に、カフカ的雰囲気とかシュルレアリスム的映像とか、言いたいところである。例えば、住民が立ち退いた無人の町が喚起する「日曜日」の印象（「死んだ町の上に、腐った日曜日がぺしゃんと潰れている」）、飛来するドイツの爆撃機に対する奇妙な絆の感覚（「通りに飛び出して、飛行機に向かってハンカチを振りたい気持」）、あるいは姿を想い浮べることのできないドイツ兵で一杯の、サン＝ジェルマン＝デ＝プレ広場のカフェの情景……。そして、至るところに漂う死の影。至る所で「死」の文字が目に入るが、実は「略奪は死刑に処す」という張り紙にすぎない。あるいはまた、フラッシュバックのように時折回帰する、自分たちの屍体の映像（「暴動の日に、騎兵隊が突撃を終えたあとの、人っ子一人いない通りに転がる屍体」（p.236）、「そして潮が引いたあとには、われわれという四つの残骸が残されたのだ」（p.238））。

無人の町は、実は無人ではなく、もしかしたらドイツ兵がこちらを狙っているのかもしれない。また、姿の見えない住民が鎧戸の隙間からこちらを見ている。彼らの猜疑心と冷酷な笑みをひしひしと感じながら、サルトルら四人は、通りを彷徨い歩く。この「全面的な場違い感」、これまで経験したことのないような「打ち捨てられた孤独」……と、幼い女の子が一人、いきなり姿を現し、「ぴょんぴょん飛び跳ねながら、半開きのドアの隙間に姿を消す」。まるでキリコの画面のような、ルイス・ブニュエルの一場面のような、不条理感と超現実感。ちなみに、この情景は、『蝿』の冒頭の、オレストが初めて足を踏み入れたアルゴスの街の荒涼たる違和感の発想源となったらしい。

あの時の鮮烈な記憶を呼び起こしながら、何とかあの時の臨場感を表出しようとするサルトルの筆の格闘。彼らは紛れもなく戦争の中にいる。しかし、銃撃や砲火、兵士同士の戦闘を彼らは体験するわけではない。やがてサルトルは、いま現に体験している「辛くない戦争」から抜け出して、「本物の苦痛に出会う」ことを、希求さえするに至る。まるで、ふにゃふにゃと柔らかい無秩序の現実存在の世界を切り裂く、「鋼鉄のように美しく、硬い」物語（『嘔吐』の末尾）を希求するかのように。

戦争というものを、戦闘、ないし戦闘の集合体と考えるなら、戦争はどこにもない。しかし、戦争は紛れもなく臨在している。ないしは、付きまとっている、と言っておこうか。そして戦争というものの真の姿は、むしろあからさまに姿を見せることのない、その不断の臨在、ないし付きまといにあるのではなかろうか。だとすると、この「敗走日記」は、戦争をあるがままの姿で、ということは、戦争を生きる一個の実存が体験するがままの姿で表出した紛れもない傑作、ということになろう。捉え難きワーテルローの会戦を表出したスタンダールの『パルムの僧院』や、全編、四〇年五月の大壊滅の影にとりつかれているクロード・シモンの『フランドルへの道』のように。

日曜日、飛行機との「絆」、そしてドイツ兵の美しさ

実は、このテクストが表現する映像には、小説『魂の中の死』と共通するものが少なくない。この際、

それらのいくつかについて触れておこう。

まず「日曜日」のテーマ。人気《ひとけ》のないアグノーの町で、彼は、今日は日曜日だ、という感覚に捉えられる。そして、「今日は水曜日だ。そして午前中だ。……」と自分に言い聞かせようとする。「ところがどうしようもない。日曜日はびくともしない。もはやアグノーの町には、週のうちのただ一つの曜日、一日のうちのただ一つの時間しかない」(p.222)。一方、『魂の中の死』には、こうある。「日曜だ。三日前から日曜だ。パリにはもう、一週間のうち一つの曜日しかない。できあいの日曜日、ありふれた日曜日だが、……すでに密かな汚水でいっぱいになっている日曜日だ」(五 p.183)。これはダニエルが主体の部分で、語っているのは、男色者で悪徳に身を捧げるダニエルである。彼は、大きな衣料品店に近づき、ショーウィンドーを覗き込む。色とりどりの毛糸玉は黄ばみ始めて、古物の臭いがする。産着やブラウスも色あせている。粉っぽい埃が陳列台の上に溜まっている。白く細長い筋が窓ガラスについている。「ガラスが涙を流している」とダニエルは思った。窓ガラスの後ろはお祭り騒ぎだ。無数の蠅がブンブン飛び回っている。この件は、ほとんどそのまま、「敗走日記」の六月十一日に登場する(p.223)。さらにダニエルは、「パリの住民が戻ってきたら、腐った日曜日が彼らの死の街の上にぺちゃんこになっているのを目にするだろう」と呟くが、これも「敗走日記」のほぼ同じ箇所に登場することは、先に示した通りである。

次に飛行機との「絆」の感情。先に挙げた「飛行機に向かってハンカチを振りたい気持ち」(p.226)も、ダニエルの部分に登場する。ドイツ軍が進駐した無人のパリを一人彷徨うダニエルは、クリヨン・ホテルに翻るナチスの旗に見とれる。と、上空に飛行機が一機。「あの飛行機はおれのためだけに飛んでいる」

という気がして、彼は広場に躍り出てハンカチを振りたい衝動に駆られる。連中が爆弾を落としてくれたら、街の再生となるだろう、と。これも「敗走日記」にほとんどそのまま登場している（同前）。実はこのテーマは、「マチューの日記」の中にも、もう一つの「高度感」のテーマと絡み合って登場し、一筋縄では行かない展開を示すのである。以上の二つのテーマについて、いずれも主体がダニエルであるのは、興味深い点であるが、ここではそれ以上踏み込むことは控えるべきだろう。

最後に「ドイツ兵の美しさ」。前掲の「日曜日」のテーマの直後に、軍用車両上に整列して運ばれるドイツ兵たちを陶然と眺めるダニエルは、「この連中、なんて美しいんだろう！」と呟く（㊄p.190）。そして、その美しい彼らが〈悪の支配〉を開始することに、歓喜するのである。これも主体はダニエルだが、実はマチューもドイツ兵を美しいと思うのである。例の銃撃戦のクライマックスで、当たるを幸い、世界のあらゆるものに向かって撃ち続ける（「彼は〈人間〉に、〈美徳〉に、〈世界〉に向かって撃ち続けた」）マチューが狙う最後の標的は、「尊大にも教会めがけて駆けてくるあの美しい将校」だ。彼を銃撃することは、「〈地上の美〉全体に向かって」撃つことであり、マチューが撃つと、「〈美〉は淫猥な格好で飛び跳ねた」。ダニエルにとって、ドイツ兵は〈美〉と〈悪〉を体現し、それに彼は服従する。マチューにとっても、ドイツ兵は〈地上の美〉全体を代表し、彼はそれを破壊しようとする。今できることは、このような整理だけである。これより先に進むことは、本稿の枠を大幅に超えてしまう。

以上、「敗走日記」について一通り分析したところで、改めて整理すると、「敗走・捕虜日記」は、「魂の中の死」と、それを除いた「敗走日記」、そして「捕虜日記」に分かれ、この三者によってほぼ三等分されている（「捕虜日記」のページ数はやや少ないが）。残りの「捕虜日記」については、先に述べたように、「マチューの日記」の解題の枠内で行なうことにしたい。

「マチューの日記」

このテクストは、一九八一年九月、『レ・タン・モデルヌ』四三四号に初めて掲載された。発見の事情については今の所詳述されていないが、いずれにせよ、この掲載の日付の少し前、ということだろう。実はその時すでに、サルトルの小説作品を集めたプレイヤード版『小説作品集』は出版されていた。厳密には、一九八一年十月二日に印刷とあるから、「マチューの日記」の雑誌掲載の直後に出版されたことになる。つまり、『小説作品集』の出版準備が大詰めに差し掛かった頃にこの原稿が発見された、と想像される。

その後、プレイヤード版『『言葉』他自伝的著作集』が出版された時（二〇一〇年三月）、このテクストは収録されなかった。理由は、この日記の筆者は、明らかにマチュー・ドラリュの名を冠しているから、この日記は、『自由への道』の第四部に関連するテクストとして扱われなければならず、したがって、やがて刊行されるはずの『小説作品集』改訂版に収録されるべきものである、ということである。

実際、「日記」の第二日目たる九月十六日の日記の末尾には、「マチュー・ドラリュの日記」という文言が見え、その直前には「一度だけ私は銃を手にした……なぁーに、きっと誰にも当たりはしなかったさ」と書かれている。もちろんこう書く者は、サルトル本人ではなく、小説『魂の中の死』の第一部の末尾で、ドイツ軍に銃撃をしたマチューに他ならない。また土曜日（二十日）には、彼は「ドラリュ！」と呼び止められる（p.298）。

周知の通り、『自由への道』第四部は『最後の機会』というタイトルで構想され、その一部が「奇妙な友情」のタイトルで、一九四九年十一、十二月に『レ・タン・モデルヌ』に発表されたわけであるが、構想では、あの銃撃戦をマチューは生き延び、病院で覚醒したのち、捕虜収容所に送られることになっており、今ではその部分の草稿も発見されている。それによると、マチューは、収容所内に脱走を支援する組織を作り、そのリーダーとなるが、やがて再び脱走を企てようとするブリュネと再会する（ブリュネの最初の脱走の顚末は、「奇妙な友情」で語られている）。ここまではプレイヤード版『小説作品集』に「最後の機会」のタイトルで掲載されている断片から、窺えるところである。また、ボーヴォワールの証言によると、その後マチューは収容所を出て、レジスタンス闘士となり、最後は拷問によって死ぬ、という筋が想定されていたようである（以上は、岩波文庫『自由への道』㈥の澤田直氏の解説を参考にさせて戴いた）。

明らかに虚構の主人公たるマチュー・ドラリュの記した日記であるから、これは全編、紛れもない虚構であるか、というと、一概にそうも言い切れない。虚構の一環と考えられるにしても、ここに描かれている出来事や情景は、きわめてリアルで、事実を述べたものと考えても、違和感はないのである。現にアニー・コーエン＝ソラルは、この日記を、例えばマリユス・ペランの著作と同様に、サルトルの捕虜生活についての第一級資料として扱っている。例えば、収容所内に組織されたフランシスト・グループへの対応について、彼女は無造作に「サルトルは」と記しているが、この主語は「マチューは」でなくてはならない。
ことほど左様に、この日記の「現実性」は強い。マチューが主体として設定されているにせよ、ほとんどサルトルが自分の経験を記したものとの印象は強く、おそらくその印象のほとんどは間違っていないだろう。サルトルを書き手とするのが自明の「敗走日記」さえ、多少の「創作」的要素、要するに多少の潤色を含むことは、先に引いたサルトルの「告白」から明らかであるから、これらの日記について、現実を忠実に語ったものと、「創作」的要素を含むもの、要するに非虚構《ノンフィクション》と虚構《フィクション》を、峻別することはできないのである。

私が「敗走・捕虜日記」のうちの「捕虜日記」部分を、「マチューの日記」とともに分析するのが適切と考えるのは、その点を踏まえてのことである。つまり、この両方を、サルトル＝マチューの捕虜生活を記した「捕虜日記」として、扱おうというわけである。ところでこれらの日記の日付に注目してみるなら、以下の通りである。

（一）「捕虜日記」　八月十八日から二十日までの三日間。
（二）「マチューの日記」前半　九月十五日から十六日の二日間（ただし十五日一日が大半を占める）。
（三）「マチューの日記」後半　十一月十七日から二十五日までの九日間。

なおこの際、この全体を「捕虜日記」と呼ぶことにし、その三つの部分を、上記のように、（一）、（二）、（三）と呼ぶこともある、としておきたい。

要するに、日付は三つのグループに分かれている。八月十八日は、おそらくトリーアの捕虜収容所XII Dに入ったばかりの日付であろう。九月十五日の日記は、異常に長い。これだけで「マチューの日記」

の半ばを占めており、十六日の分と合わせると、後半の分量をはるかに凌駕する。当日や前日のことだけでなく、これまでの経過や習慣的事象を詳しく述べているのは、この日に初めて日記を記したということで説明されるのだが、それにしても長い。

(三)(「マチューの日記」後半)については、これがサルトル自身の日記なら、日付からして、神父たちとの交流や芸術家棟の活動や『バリオナ』の企画が出てきてもおかしくないが、当然、それらの要素は登場しない。わずかに、マチューに関心を示す神父が登場するくらいで、マチューは、医務棟でリストの筆写の作業に当たっている、とされている。この後半は、九月十五日の分より短い分量の中に、九日間の日付が詰まっているわけだが、何やら「物語的」連鎖ないし展開を予感させる出来事(ロディエール神父の謎の行動(土曜日)、フランシスト・グループについての情報とリナルディの部屋での昼食会)が出現する。明らかに虚構的作品の一部なのである。

日記的ランダム性と物語的「一貫性」

「日記」というものの、エクリチュールとしての特性の一つは、その「ランダム」性であると言えよう。日記には、まさにアトランダムにあらゆるカテゴリーの事柄が記される。出来事(多くの場合、日常性・慣習性の中に埋もれている)、生活情景の観察、そしてそれらをめぐる考察。サルトルの日記は特にその観が強く、『戦中日記』には、出来事の記録と観察だけでなく、読んだ本の感想やさまざまな文学的・哲学的省察、さらには『存在と無』の下書きまでもが、無造作に並んでおり、エクリチュールの多様性や多声性《ポリフォニー》を現出させていた。ちなみに、サルトルのもう一つの「日記」、すなわち『嘔吐』という「日記」

仕立ての作品は、「ランダム」性もさることながら、現象学的記述、シュルレアリストな幻想と錯乱、偉人伝的叙述、哲学的分析、内的独白、日常の会話の即物的模写、自然主義小説的描写といった、ありとあらゆる種類のエクリチュールを、まさにアトランダムに混在させた、エクリチュールの多様性や多声性《ポリフォニー》が横溢する場であった。『敗走日記』は、事の性格上、刻々と身の上に起こる出来事を、そのままの順序で描くものであったから、こうした多様性・多声性は直接問題にならないが、それでも次々と現れる事象の継起そのものが、ある種のランダム性を有していたと言える。

その意味で、ここにある三つの「捕虜日記」は、いずれも日記らしいランダム性を見せているが、(三)に入ると、そうしたランダム性の間を縫って、物語的「一貫性」が次第に進出して来る、という感じがするわけである。

それを指摘した上で、各部分について一通り見ていこう。まず(一)では、入れられたばかりの収容所の景観、というよりは主体(サルトル)がいるところ(収容所)から見晴らせる景観が描写される。収容所は高い丘陵の上にあり、遠くモーゼル川の煌めきが目に入る。自由な外の世界が、自分よりも「下にある」ことに、主体は驚き、逆説を感じる。これはサルトルの、もしかしたら特異な「高度」感が表出されている件であるが、これについては、「捕虜日記」の訳註(4)を参照して戴きたい。自分は自由を奪われ、閉じ込められているが、「われわれの眼差しの方が、われわれより自由で……大空を滑空し、下界を睥睨する」という、いかにもサルトル的な自由感の発現に他ならない。

また、労役のためトラックで運ばれる機会を利用した、トリーアの町の紹介もある(八月二十日)。

都会人のサルトルにとって、久しぶり（五カ月半ぶり？）の都市との再会。ローマ時代に建設されたトリーアは、遺跡の上にまた新しい都市が建設された、伝統を持ち、死者たちが偏在している、典型的なヨーロッパの都市で、それゆえここには一種の都市論が展開する。また、ドイツの風景（風景は熟れるに至らない）、ドイツ人の顔（秋の田園のような、なにやら仕上がっておらず、ほどけて緩んだような様子）、ドイツの街に関する興味深い感想（フランス人の優越感が如実に現れている？）。そして現在の自分の生、自分の〈存在〉への問いかけには、やはり死への参照が不可欠となる。捕虜とは、生き残り、つまり死すべきであった死を死ななかった者であるがゆえに、もはや「死すべき者」（人間）でなく、「原生動物と同様に、永遠に生きるもの」であり、この世ではなく、冥府の入り口たるリンボの中を彷徨うものなのだ。自分自身の死を失った人間、自分の死を剥ぎ取られた者。だから空襲があっても、それは捕虜には関わりがない。空襲による死への恐怖は、「天空の死」に囚われている下界の生きた人間たちのものだ。だから、捕虜仲間で死ぬ者がいるとすると、彼は「粗忽なヘマ」をやらかした、ということになる。

（一）は、冒頭に、シャピュとかクルトワという名前を持った捕虜のやりとりが出現するものの、収容所内の日常生活が語られることはほとんどない。それに対して、（二）は、日常生活のヴィヴィッドな描写がぎっしりと詰まっている。この二つを続けて読むと、まるで、収容所の外部的環境を述べた（一）が序章で、（二）に入って、本編が始まる、という印象を抱くだろう。いつ、なんのために書かれたのか、基本的には全く身分の異なる「無関係」と思われる二つのテクストの間に、ある種の連続性が感じられるのである。ただ、言えることはそこまでである。

「マチューの日記」前半

(二) は、いかにも「日記」というものの冒頭に相応しい、なぜ新たに日記を付けようと思い立ったのか、その理由の説明で始まる。それは、一切が変わってしまったという激変の只中にあって、その激変の正確な記録をライヴでとっておくことが必要である、「というのも、このわれわれの状態を、後になって、実際よりも悪いように思い出すなり、良いように思い出すなりしてしまう恐れがあるからである」(p.270) ということである。これらの文言は、奇しくも『嘔吐』の冒頭を思わせる。『嘔吐』は、何やら得体の知れない変化の兆候に接した主体 (アントローヌ・ロカンタン) が、何が起こったのか、起こっているのかを、予断なく、誇張もなく、ありのままに記録しようとして付け始めた日記だからである。

現状をプラスとマイナスのどちらの方向にも誇張することなく記録しようとする、筆者が最初に挙げる例は、捕虜の監視に当たるドイツ兵による暴力行為である。銃剣で突かれたリシャールの尻や、ビンタといった暴力行為の数々が描かれるとしても、それは告発でも非難でも嘆きでもない。このような「悲惨」な状況に置かれた時、自己欺瞞なき明晰な知性がどのようにそれを受け止め、考察するか、あたかもその見本のようなページが以下に続く (九月十五日)。

例えば、よくビンタをするあるドイツ兵 (ピルシャール) の心理分析——この男、言語の違いに敏感で、意思が疎通しないと、激怒して殴る。そして殴り出すと、「止めるのが怖くなって、殴り続けることになる」。ビンタというものの意味と効用——それは「正式の懲罰を倹約する」(時間と用紙の消費を避ける）ためである。また、ドイツ人を最も苛立たせる要因は、フランス人の「惰性的な規律不在」（p.272）である。消灯時間にバラックに戻るよう命じられても、フランス人は一向に服従しない。監視兵が一人を中に入らせている間に、他の者はまた外に出て来るという始末だ。こうしたフランス人のしたたかな不規律は、やがて、「抜け目のない」「目端の利く」フランス人が、規律正しく愚鈍なドイツの乱暴者の指の間をすり抜ける、という「フランス人神話」の形成へと繋がっていく。そして、そうしたドイツ人への軽蔑が、対独協力の道へと通ずる可能性も、日記の筆者は示唆するのである（p.283）。

粗暴な暴力にはあからさまな非難が向けられない中で、唯一、厳しい非難めいたものが向けられるのは、捕虜に打ち明け話をするドイツ兵である。マチューのバラックにも、ランゲンというドイツ兵がしょっちゅうやって来ては、ドイツ語のできる（サルトルと同様に？）マチューに打ち明け話をする。彼は友好的で、「私がここにいないものとしてやってくれ」と、他の者に言うよう頼むのである。サルトル＝マチューは、これについて以下のように分析する。「実に多くのドイツ兵が、捕虜に打ち明け話をするのは、仲間より、われわれ捕虜の方が気が置けないからだ。……話をする、そして誰かが聞いてくれる。捕虜だ。ほとんど人間とは言えないもの、こちらの言うことを、一字一句変えることなく反射する無害な家畜」。そして、「彼らが友情を騙し取ろうとすること」を非難する。「暴力行為に対しては、内面的拒絶によって身を守ることは常に可能だ。しかし、あれらの優しい魂の徒は、おまけにわれわれの同意を騙し取ろうとしているのだ」（以上、p.279）と。この辺り、例の『海の沈黙』を思わせる、ドイツの懐柔政策への警戒感と批判がよく表れていると言えようか。

例の独特の高度感も登場する（「私は自分の地理的位置の高度を、自分では言葉にすることのない、何だか分からぬ精神的優越性と混同してしまう。……すべては私の足下にある。ドイツ人たちも、ヴィシーも、イングランドも」(p.287)。つまり、彼(マチュー＝サルトル)は、全世界を見下ろす高みにあり、世界を睥睨しているのだ。彼はさらに、自分が今いる台地そのものをあたかも彼自身が体現して、遠くの丘陵との間で強者同士の意思疎通を行うだけでなく、爆撃に襲来する飛行機(英国機)とも交感する。彼は高いところ、つまり飛行機や星の浮かぶ天空にあり、谷間の下界を睥睨するのである。

サルトルの超克、マチューの形象化?

しかし、(二)の末尾は、次のような気になる文で終わっている。「ここまでのページを読み直したら、笑ってしまった。相も変わらず、明晰性だ。明晰性のこの上ない卑劣さ。それはアリバイなのだ。すべてを理解するが、それは何もしないためだ。己自身を覗き込むが、それは二つになるためだ。マチュー・ドラリュの日記、すなわち、明晰性それ自身による明晰性の裁判。それからは抜け出せまい。寝るとしよう」(九月十六日)。果たして「ここまでのページ(複数)」というのは、(二)全体、すなわち九月十五、十六日の両日分を指すのであろうか。それとも「証人、いつも証人だ。他者たちと私自身の証人。日記をつける必要などあるのだろうか」という自問自答で始まる九月十六日分だけを意味するのだろうか。いずれにせよ、この文は、(二)の冒頭の、予断も誇張もなしに、ありのままに事態を記録するという、明晰な証言というものへの疑義の提出と読める。そして、その九月十六日は、リセの教諭である自分の、金利生活者で何の拘束もなければ責任性もないというあり方についての徹底的な反省が展開し、自由であるという自負の欺瞞性の自覚にまで至っている。ややマルクス主義的ないし共産主義的な匂いもするこうした省察は、サルトル自身のものであっても、一向におかしくないが、ややマチューの方向で偏向していると言えなくもない。

あるいはマチューは、そのあともこの自問自答を繰り返しつつ、やがて「明晰な証言」の立場を捨て、ドイツに対する敵愾心という、ある意味では「不公正」な立場を固めて、レジスタンスの闘士へと変貌していくことになるのだろうか。ここで疑義を呈されている「明晰な証言」とは、いかにもサルトルらしい観察や考察と言えよう。そうだとすると、マチューはここで、サルトルを否定し、乗り超えることによって、マチューとして形象化されていく、ということなのかも知れない。

(三)に入っても、「明晰な証言」は相変わらず続いていく。例えば、密猟者の名で通っている、ブラコと呼ばれる男の件。捨て子で孤児院育ちのこの男、収容所の倉庫から盗み出した物品を外の民間人との物々交換で食料品に替え、それを「金持ち」の捕虜に転売する。あるいは、この収容所が「満ち足りた者たちの収容所」となる奇妙な事情。それと並行して、虚構的・物語的な要素が散見し、次第に比重を高めていくかに見えることとは、先に述べた通りである。とはいえもちろん、両者は明瞭に峻別することはできない。例えば、十一月十九日の道徳論的省察。道徳の逆説を巡る考察の中に、「労働者の党」の問題系が登場するが、これは『汚れた手』にまでつながる、知識人と共産党という戦後サルトルの問題系の端緒ととらえることもできるが、「思い切ってジャンプしてみるのも手だ」という締めくくりの文は、やはりマチューの物語に属していると考えられるのである。

ピネットの偏執狂的な異様な言動は、明らかに小説的であるが、そもそもピネットは、小説『魂の中の死』第一部の登場人物の中で、「敗走日記」の登場人物との同一性が確認されない人物であるから、現実のモデルがいない、小説的に創造された人物と思われる。したがって、彼の存在と行動は虚構であり、敗戦と捕虜の境涯に対する屈辱感を代表する人物として形象化されたと考えられる。また、(二)にも登場した、飛行機との交感も登場する(日曜の朝)。早朝、空襲警報を夢現つで聞きながら、飛行機との交感を夢想するのだが、ただし、すぐに目を覚まして、今回はそのように夢想した自分を自己批判する。これもマチュー的バイアスの現われと言えよう。

「マチューの日記」の執筆時期

この「マチューの日記」はいつごろ書かれ、小説『最後の機会』に対してどのように位置付けられるか、については、今のところいかなる解説もない。小説『魂の中の死』は、一九四八年には完成し、一九四九年の一月から六月まで、六回に分けて『レ・タン・モデルヌ』に連載された。『最後の機会』は、もちろんその前から構想され、執筆が続けられていたであろうが、その一部をなす「奇妙な友情」が同年十一、十二月に連載されているところから、現在残されている『最後の機会』の「草稿」の最初の部分は、遅くともその前後にかなり書き込まれていたことは、考えられよう。しかし、『魂の中の死』の完成に目鼻がつくより前に、続編に本格的に取り組むことは考え難いから、やはりそれは一九四八年から何年も遡ることはないと考えられる。とはいえもちろん、ここで精密な作品生成過程研究的な検討を行うことは不可能である。

一方、「マチューの日記」それ自体は、時系列的に「敗走・捕虜日記」からそれほど後に書かれたようには思われない。やはり記憶が生々しさを保っている間に書かれたという印象が強い。つまり、四一、四二年頃に書かれたのではなかろうか。しかし、それが「マチューの日記」であるためには、マチュー・ドラリュが一九四〇年六月十八日に銃撃戦に身を挺することが確定した後でなければならない。それは一九四八年までのいつか、ということになるから、かなり後のこととなろう。もう一つ、この「マチュー」は、『自由への道』全体の主人公であり、必ずしも銃撃戦を行うことが確定していなくとも、サルトルと同様に捕虜収容所に入っていたと想定することは可能であったと、考えることもできよう。ただ、(二)の九月十二日分には、「一度だけ私は銃を手にした……なぁーに、きっと誰にも当たりはしなかったさ」という文が見える。少なくともこのマチューは、『魂の中の死』第一部を経たマチューでなくてはならない。

確たる根拠は何もないのだから、例えば次のような想像をめぐらすことは、不可能ではなかろう。すなわち、この「マチューの日記」には、原テクストのような日記、サルトル自身の「捕虜日記」があり、それが後に、マチューを筆者とするものに再編された、というものである。こう考えることができれば、アニー・コーエン＝ソラルがこの日記を現実の非虚構の日記と受け止めたのも、ある程度は無理からぬことということになろう。その「原テクスト」は、どんなものであっても構わない。例えば、極めて断片的なもの、走り書きのようなものであっても構わないのである。

「マチューの日記」でマチューという名が登場するのは、実は九月十六日の最後の行においてである。つまり(二)の末尾であり、分量的には「マチューの日記」全体の半ばをやや過ぎた辺りである。これもいろいろな想像を掻き立てる。例えば、(二)は比較的「原テクスト」の原型を留めているが、ピネットなどが登場するのだから、「虚構化」のための調整がかなり加えられた、(三)は、「虚構化」に踏み出しているが、「原テクスト」の断片をかなり組み入れている……という具合に。さらに想像を延長するなら、サルトルは始め、『最後の機会』のマチュー部分を、このように日記仕立てで書こうと試みたが、やがて方針を転換する……と。しかしもちろん、想像はあくまでも想像に過ぎない。

もう一つ奇妙なのは、日付の件である。先に示したように、（一）は八月十八日から二十日、（二）は九月十五、十六日、（三）は、十一月十七日から二十五日、である。（一）の日付は、捕虜収容所XII Dに入ったばかりの現実の日付であり、それから九月十五日までの二十五日間は、十五日の日付で語られていることが蓄積されるのに必要な時間という印象を与える。少なくとも、九月十五日という日付は、現実の時系列を踏まえた、無理のない日付設定と言える。奇妙なのは、（三）の最初の日付、十一月十七日である。なぜ九月十六日の次の日付が、きっかり二カ月後の十一月十七日なのか。なぜ例えば十一月七日でも、十一月二十二日でもないのか。月を無視してみると、日付は十五、十六、十七、……と連続しているのだ。サルトルの不注意、というような想像を掻き立てずにはいない。いつの日か、新たな資料が発掘され、精密な作品生成過程研究が、これらの謎を解明してくれることを期待するものであるが、私としてはもちろん、これらの想像が裏付けを得ることも期待したいところである。

最後に訳語について一言。九月十六日の末尾にchanceという語が登場し、さらに数回登場する（十一月十七、十九、日曜日、二十五日）。実はタイトル『最後の機会』の「機会」の原語がこれであるから、同様に「機会」と訳すことも考えたが、これだと、この語の持つ「幸運」「可能性」のニュアンスが全く表現できないと思われたので、「好機《ツキ》」と訳すことにした。どんなものであろうか。

文献一覧

引用に当たっては、出典が邦訳のないものの時は、原書のページを示し、邦訳のあるものの時は、邦訳書のページを示す。ただし、邦訳のない文献の場合も、タイトルには一応の邦訳を施してある。例 プレイヤード版『サルトル小説作品集』など。また、邦訳のない文献については、著者名をカタカナ（太字）で先に示す場合もある。

邦訳のないもの

プレイヤード版『サルトル小説作品集』Jean-Paul Sartre, *Œuvres romanesques, Bibliothèque de la Pléiade*, Gallimard, 1981.

マリユス・ペラン『サルトルとともに捕虜収容所12Ｄにて』Marius Perrin, *Avec Sartre au stalag 12D*, jean-pierre delarge-Opéra Mundi, 1980.

プレイヤード版『サルトル『言葉』他自伝的著作集』Jean-Paul Sartre, *Les Mots et autres écrits autobiographiques*, Bibliothèque de la Pléiade, Gallimard, 2010.

邦訳のあるもの（著者がサルトルの時は、著者名を示さない）

『自由への道』(一)〜(六) 海老坂武・澤田直訳、岩波文庫

『分別ざかり』、『猶予』、『魂の中の死』は、『自由への道』からの引用として示される。例えば（(六)p.166)。

『奇妙な戦争——戦中日記』海老坂武・石崎晴己・西永良成訳、人文書院
『言葉』新訳改装版、澤田直訳、人文書院
シモーヌ・ド・ボーヴォワール『別れの儀式』朝吹三吉・二宮フサ・海老坂武訳、人文書院
アニー・コーエン＝ソラル『サルトル伝』上下、石崎晴己訳、藤原書店
「エロストラート」窪田啓作訳、『壁』人文書院、所収。
「ハーマン・メルヴィルの『白鯨』」、『いま、サルトル』思潮社、所収。
「『レ・タン・モデルヌ』創刊の辞」伊吹武彦訳、『シチュアシオンII』人文書院、所収。
『文学とは何か』改訂新装版、加藤周一・白井健三郎・海老坂武訳、人文書院
ミシェル・ヴィノック『知識人の時代』塚原史・立花英裕・築山和也・久保昭博訳、紀伊國屋書店

編訳者あとがき

本書は、サルトルの生涯の中でも最も波乱に満ちた、捕虜収容所生活を中心とした時期の作品、戯曲『バリオナ』と「敗走・捕虜日記」ならびに「マチューの日記」を翻訳し、詳細な論考と解説を付したものであるが、これらのテクストの概要と意味については、巻頭の「本書を読む前に」で触れているので、是非そちらをお読み戴きたい。

本書収録の作品の底本は以下の通りである。

『バリオナ』«Bariona, ou le Jeu de la Douleur et de l'Espoir», Jean-Paul Sartre, Théâtre complet, Bibliothèque de la Pléiade, Gallimard, 2005. に所収。

「敗走・捕虜日記」〔Journal des 10 et 11 juin 1940.〕«La Mort dans l'âme», 〔Journal du 12 au 14 juin et du 18 au 20 août 1940〕 Jean-Paul Sartre, *Les Mots et autres écrits autobiographiques*, Bibliothèque de la Pléiade, Gallimard, 2010. に所収。

「マチューの日記」«Journal de Mathieu», *Les Temps modernes*, no.437. septembre 1981.

以上のうち、「敗走・捕虜日記」のタイトルは、編者が選定したものであるが、その理由については、「解説」を参照して戴きたい。

これらはいずれも、本邦初訳であるが、『バリオナ』については、断片（前口上の部分）が、一九五三年一二月に『世紀』エンデルレ書店、五〇号に、見開き二ページで掲載されている。タイトルは「秣槽《うまぶね》」。この雑誌は「カトリック総合文化誌」と銘打ち、カトリック界ではかなり読まれていたようであるが、『バリオナ』の原文が初めて非売品として限定出版されたのが一九六二年であるから、一九五三年というのは、極めて早期ということになる。「『バリオナ』論」末尾で述べたように、フランスの左派カトリック界にはこれのタイプ原稿が出回っていたような事情があり、おそらくその筋から入手されたテクストを和訳したものと思われる。

この戯曲は、もう一つ、東北大学の翠川博之氏による学術研究助成基金の補助金（平成二十三年度〜平成二十五年度）による「サルトルのモラル論における価値創出の基盤についての研究」（研究課題番号 23520359）の研究報告書の別冊として、『バリオナ、あるいは苦悩と希望の戯れ』のタイトルで全編が翻訳されている。ただ筆者がこのことを十全に把握したのは、翻訳終了後であるため、この訳を参照させていただくことはなかった。

今回、『バリオナ』には、詳細な「『バリオナ』論」を付すことができたが、これは実は、一九九二年一一月発行の『青山フランス文学論集』復刊第一号に掲載した「『バリオナ』——両義性の戯れ」を骨子として、大幅に加筆修正したものである。この論文は、二年間にわたってゼミで行った『バリオナ』の講読の成果であり、この二年度に渡るゼミ生たちに献じられていたが、今こうして本格的な出版物の一部の骨子をなすこととなったのは、まことに慶ばしい。

また、「敗走・捕虜日記」のうちの「魂の中の死」については、いささか経緯がある。というのも、今から三十有余年前、私はこれを訳したことがあるのだ。これは当初、詳細な注釈付きのサルトル書誌である『サルトルの著作』*Ecrits de Sartre.*（1970）の付録Ⅱに掲載されたが、この付録Ⅱには、その当時にあって未刊行であったテクストがほぼ網羅的に収録されていた。サルトルの少年時代の作品、『病の天使』や『梟イエス』、『嘔吐』執筆の直前に書かれた「哲学的コント」たる『真理伝説』、そして『バリオナ』などであり、それらを翻訳出版する企画に加わるよう、海老坂武氏よりお誘いを受けて、私は「魂の中の死」など小品を数編翻訳したものである。この作品集は『真理の伝説　バリオナ』のタイトルで人文書院から刊行される予定だった。ところが、翻訳原稿が集まり、ゲラの校了まで行ったところで、刊行は見合わされることとなった。ガリマール社から、「新たな出版計画にこれらのテクストを組み込む予定であるから、翻訳はそれを待って行なって貰いたい」との意向が示された、というのが理由であった。

しかしその後の推移の中で、『真理の伝説　バリオナ』は、決定的にお蔵入りとなってしまった。従って、上に挙げた重要な作品は今日まで翻訳・刊行されていない。まことに残念である。ただ私が担当したものについては、「偉人の肖像」「顔」「ハーマン・メルヴィルの『白鯨』」を、私自身が編集に携わった『いま、サルトル』（思潮社、一九九一）に掲載することができた。また、海老坂武氏のご配慮で、『実存主義とは何か』増補新装版（人文書院、一九九六）に、「偉人の肖像」「顔」「実存主義について」を掲載して戴いた。

「魂の中の死」は、いずれもごく短いものばかりの私の担当テクストとしては、ゲラで二〇ページに達するやや長いもので、私としては愛着もあり、所属する同人誌『飛火』三九号（二〇一〇年一一月）に掲載することにし、やや長めの解説を付した。本編所収の『敗走・捕虜日記』『マチューの日記』解説」の前半は、この時の解説に大幅に加筆修正したものである。今日になって、その時の努力がこのように生かされることになり、まことに幸せである。

『バリオナ』論」と『敗走日記』、『マチューの日記』解説」は、かなり長く引用も多いものとなったので、「文献一覧」を作成した。文中の引用のページは、この「一覧」に挙げられた版のページである。

本書刊行にあたっては、多くの方のご教示を仰いだ。まず、『バリオナ』に関する資料とヒントを頂戴した、東北大学講師翠川博之氏、特に雑誌『世紀』について、ご教示戴いた、東京大学名誉教授支倉崇晴氏と、青山学院大学名誉教授支倉寿子女史、そして、岩波文庫『自由への道』のきわめて充実した解説を参考にさせて戴いた、海老坂武氏と澤田直氏、これらの方々には、ここで改めて深く感謝の意を表するものである。

本書の企画がスタートしたのは、一昨年六月、私としては、エマニュエル・トッドの『家族システムの起源』制作の作業が終了した直後で、『バリオナ』の初稿は九月上旬に脱稿している。その後、断続的に作業が続いたが、本書編集担当の小枝冬実女史には、一つの初稿が出来るとお送りする、という形で入稿させて戴いており、随分と込み入った作業にお付き合い戴くこととなってしまった。改めて厚く御礼申し上げたい。また、藤原書店社長藤原良雄氏には、昨今あまり採算性が確実とは言えないサルトルの翻訳出版という企画にご賛同下さったことについて、改めて御礼申し上げる次第である。いつもながらの氏一流のご英断であり、昨今の出版界の現状に投じられた一石であろう。

二〇一八年正月

石崎晴己

著者紹介

ジャン=ポール・サルトル（Jean-Paul Sartre, 1905-1980）

パリに生まれ、フランスの最高学府〈高等師範学校〉出身。小説『嘔吐』（1938）で、一流の小説家と目され、『存在と無』（1943）で、世界最高の哲学者の一人となる。『蠅』（1943）で劇作家としてもデビュー。戦後フランス実存主義の主導者で、自ら創刊した雑誌『レ・タン・モデルヌ』に拠って、文化から政治的時事問題まで、あらゆる領域にわたる旺盛な発言で、フランスのみならず世界の文化・知識界をリードし続けた。小説には、大河小説『自由への道』（1945-1949）、戯曲には、『出口なし』（1945）、『汚れた手』（1948）、『悪魔と神』（1951）、『アルトナの幽閉者』（1959）など。哲学では、『弁証法的理性批判』（1960）の他、死後刊行の『倫理学ノート』（1983）、『真理と実存』（1989）など。また、独自に開拓した作家評伝のジャンルに、『聖ジュネ』（ジャン・ジュネ論、1952）、『言葉』（幼年期についての自伝、1963）、『家の馬鹿息子』（フローベール論、1971-72）、さらにこの系列に属すものとして、「ティントレット論」（1957など）、「マラルメ論」（1966など）がある。自由なる主体のアンガジュマン（現実参加）を軸とするサルトルの思想は、20世紀中葉の世界をリードした、と言えよう。

編訳者紹介

石崎晴己（いしざき・はるみ）

1940 年生まれ。青山学院大学名誉教授。1969 年早稲田大学大学院博士課程単位取得退学。専攻フランス文学・思想。
訳書に、ロットマン『伝記アルベール・カミュ』（共訳、清水弘文堂）、セリーヌ『戦争、教会』（国書刊行会）、サルトル『戦中日記——奇妙な戦争』『実存主義とは何か』（共訳、人文書院）、コーエン=ソラル『サルトル』（白水社）、ボスケッティ『知識人の覇権』（新評論）、ブルデュー『構造と実践』『ホモ・アカデミクス』（共訳）、トッド『新ヨーロッパ大全Ⅰ Ⅱ』（Ⅱ共訳）『移民の運命』（共訳）『帝国以後』『デモクラシー以後』『文明の接近』（クルバージュとの共著）『最後の転落』（監訳）『不均衡という病』、レヴィ『サルトルの世紀』（監訳）、カレール=ダンコース『レーニンとは何だったか』（共訳）、コーエン=ソレル『サルトル伝 上下』（藤原書店）など多数。
編著書に、『サルトル　21 世紀の思想家』（共編、思潮社）『世界像革命』『21 世紀の知識人』（共編、藤原書店）など。

敗走《はいそう》と捕虜《ほりょ》のサルトル
——戯曲《ぎきょく》『バリオナ』「敗走《はいそう》・捕虜日記《ほりょにっき》」「マチューの日記《にっき》」

2018年 2 月10日　初版第 1 刷発行©

編訳者　石　崎　晴　己
発行者　藤　原　良　雄
発行所　株式会社　藤　原　書　店

〒 162-0041　東京都新宿区早稲田鶴巻町 523
電　話　03（5272）0301
ＦＡＸ　03（5272）0450
振　替　00160 - 4 - 17013
info@fujiwara-shoten.co.jp

印刷・製本　中央精版印刷

落丁本・乱丁本はお取替えいたします
定価はカバーに表示してあります
Printed in Japan
ISBN978-4-86578-160-1

「文明の衝突は生じない。」

文明の接近
〔「イスラームvs西洋」の虚構〕

E・トッド、Y・クルバージュ
石崎晴己訳

「米国は世界を必要としているが、世界は米国を必要としていない」と喝破し、現在のイラク情勢を予見した世界的大ベストセラー『帝国以後』の続編。欧米のイスラーム脅威論の虚構を暴き、独自の人口学的手法により、イスラーム圏の現実と多様性に迫った画期的分析！

四六上製　三〇四頁　二八〇〇円
（二〇〇八年二月刊）
◇978-4-89434-610-9

LE RENDEZ-VOUS DES CIVILISATIONS
Emmanuel TODD, Youssef COURBAGE

トッドの主著、革命的著作！

世界の多様性
〔家族構造と近代性〕

E・トッド
荻野文隆訳

弱冠三二歳で世に問うた衝撃の書。コミュニズム、ナチズム、リベラリズム、イスラム原理主義……すべては家族構造から説明し得る。「家族構造」と「社会の上部構造（政治・経済・文化）」の連関を鮮やかに示し、全く新しい世界像と歴史観を提示！

Ａ５上製　五六〇頁　四六〇〇円
（二〇〇八年九月刊）
◇978-4-89434-648-2

LA DIVERSITÉ DU MONDE
Emmanuel TODD

日本の将来への指針

デモクラシー以後
〔協調的「保護主義」の提唱〕

E・トッド
石崎晴己訳＝解説

トックヴィルが見誤った民主主義の動因は識字化にあったが、今日、高等教育の普及がむしろ階層化を生み、「自由貿易」という支配層のドグマが、各国内の格差と内需縮小をもたらしている。ケインズの名論文「国家的自給」（一九三三年）も収録！

四六上製　三七六頁　三二〇〇円
（二〇〇九年六月刊）
◇978-4-89434-688-8

APRÈS LA DÉMOCRATIE
Emmanuel TODD

自由貿易推進は、是か非か

自由貿易は、民主主義を滅ぼす

E・トッド
石崎晴己編

「自由貿易こそ経済危機の原因だと各国指導者は認めようとしない」「ドルは雲散霧消する」「中国が一党独裁のまま大国化すれば民主主義は不要になる」――米ソ二大国の崩壊と衰退を予言したトッドは、大国化する中国と世界経済危機の行方をどう見るか？

四六上製　三〇四頁　二八〇〇円
（二〇一〇年一二月刊）
◇978-4-89434-774-8

アラブ革命も予言していたトッド

アラブ革命はなぜ起きたか
（デモグラフィーとデモクラシー）

E・トッド
石崎晴己訳＝解説

米国衰退を予言したトッドは欧米の通念に抗し、識字率・出生率・内婚率などの人口動態から、アラブ革命の根底にあった近代化・民主化の動きを捉えていた。［特別附録］家族型の分布図

四六上製 一九二頁 二〇〇〇円
（二〇一一年九月刊）
◇978-4-89434-820-2

ALLAH N'Y EST POUR RIEN! Emmanuel TODD

自由貿易はデフレを招く

自由貿易という幻想
（リストとケインズから「保護貿易」を再考する）

E・トッド

自由貿易による世界規模の需要縮小こそ、世界経済危機＝デフレ不況の真の原因だ。「自由貿易」と「保護貿易」についての誤った通念を改めることこそ、経済危機からの脱却の第一歩である。

F・リスト／D・トッド／J－L・グレオ／J・サピール／松川周二／中野剛志／西部邁／関曠野／太田昌国／関良基／山下惣一

四六上製 二七二頁 二八〇〇円
（二〇一一年一一月刊）
◇978-4-89434-828-8

預言者トッドの出世作！

最後の転落
（ソ連崩壊のシナリオ）

E・トッド
石崎晴己監訳
石崎晴己・中野茂訳

一九七六年弱冠二五歳にしてソ連の崩壊を、乳児死亡率の異常な増加に着目し、歴史人口学の手法を駆使して預言した書。本書は、ソ連崩壊一年前に新しく序文を附し、刊行された新版の完訳である。"なぜ、ソ連は崩壊したのか"という分析シナリオが明確に示されている名著の日本語訳決定版！

四六上製 四九六頁 三二〇〇円
（二〇一三年一月刊）
◇978-4-89434-894-3

LA CHUTE FINALE Emmanuel TODD

グローバルに収斂するのではなく多様な分岐へ

不均衡という病
（フランスの変容1980–2010）

E・トッド
H・ル・ブラーズ
石崎晴己訳

アメリカの金融破綻を預言した名著『帝国以後』を著したトッドが、最新の技術で作成されたカラー地図による分析で、未来の世界のありようを予見する！ フランスで大ベストセラーの最新作。

カラー地図一二七点

四六上製 四四〇頁 三六〇〇円

（二〇一四年三月刊）
◇978-4-89434-962-9

LE MYSTÈRE FRANÇAIS Hervé LE BRAS et Emmanuel TODD

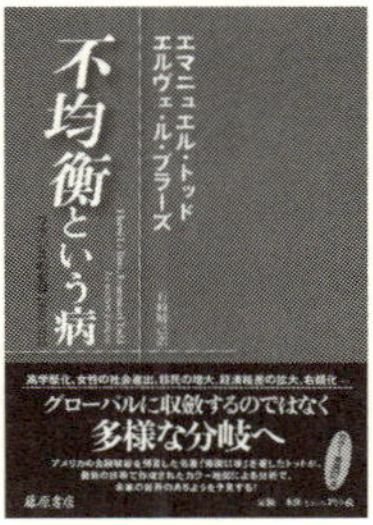